Egon Jameson

abc der klügsten Sätze

Brevier der Klugheit

Consens-Verlag Hellmuth Hirschel • 7000 Stuttgart-Botnang
Titel-und Zwischentitel-Illustrationen: Jules Stauber
Umschlag/Buchlayout/Satz: WDK WERBEATELIER • 7024 Filderstadt 4
Reproduktion: DIE REPRO • 7146 Tamm
Druck: staib + mayer • 7000 Stuttgart 1
ISBN 3-926729-14-7

Erstauflage: 5.000 Exemplare

12. Buch aus dem Consens-Verlag

T
O
F
S
S
N
g
a

Vorwort

Der mir oft gnädige Zufall spielte mir einst als Gymnasiast bei einem Antiquar ein vergilbtes Bändchen 'Schatzkästlein des jungen Kreisler' mit weisen Aussprüchen von Philosophen, Dichtern und anderen Künstlern vieler Kulturländer in die Hände. Ein blutjunger Hamburger Musikus hatte es emsig zusammengesucht, während er in Vorstadtkneipen zur Mazurka und zu Walzer und Polka aufspielte.

Ich bin kein Pianist, aber auch in meinem Berufe als Redakteur geriet ich gleichfalls oft in die Lage, meine schöne Zeit mit viel Warten oder, was noch mehr verärgert, mit mich nicht interessierenden Arbeiten vergeuden zu müssen. So folgte ich dem Beispiele jenes 'jungen Kreislers' und füllte mein Kästlein mit Leseschätzen.

Im Laufe fleißiger Jahrzehnte häuften sich Kisten mit Zetteln und auch mit Aphorismensammlungen vieler Sprachen, Epochen und verschiedener Umfänge. Da waren dünne Heftchen und auch Kolosse mit 3000 eng bedruckten Seiten. Nach meiner Schätzung sind in der Weltliteratur bisher weit über 100000 'ewige Weisheiten' be- und anerkannt.

Und als sich für mich nun die Möglichkeit ergab, die klügsten Sätze aus der Überfülle der Geistesblitze auszusondern und diesen Extrakt von 3500 Spitzenleistungen in Stichworte geordnet zu veröffentlichen, überfiel mich die Qual der Wahl.

Auch über Klugheit soll man nicht streiten. Nationen haben sich im Heldenkampfe um die Anerkennung einer Idee, die sie für weise hielten, vernichten lassen. Kulturen sind in diesem Ringen um den wahren Stein der Weisen zerstört worden. Und noch heute ist es so: was die Einen als die Quintessenz alles Denkens mitreißt, zerbricht dem Nachbarn als Zerfall des Alls das Herz und das Hirn, und was der Vater als einzig mögliche Logik pries, verhöhnt der Sohn, und es mag vorkommen, daß er es später doch noch auf seine Fahne schreibt.

Nein, der kluge Mann meidet Dispute über klug und töricht. Wenn eine Generation das 'Fünfte Rad am Wagen' als eine Herabsetzung empfand, rechnet man heute den Ersatzreifen zur wichtigsten Ausrüstung. Der grade Weg ist in der Epoche der Einbahnstraße nicht mehr der schnellste, und auch Sprüche wie

'Wo viel Licht ist, ist viel Schatten' oder 'Wo Rauch ist, ist auch Feuer' oder 'Wen's juckt, der kratze sich', 'Glück und Glas, wie leicht bricht das', 'Von der Stirne heiß, rinnen muß der Schweiß' sind durch moderne Technik und Hygiene ebenso überholt wie, um ein anderes klassisches Beispiel aus der Sphäre der Tagespolitik zu nennen, 'Ein echter deutscher Mann mag keinen Franzen leiden, doch ihre Weine trinkt er gern'.

Jedes der 195 Stichworte für die mehr als 3500 Sätze umspannt das gesamte Gebiet. So wird man zum Beispiel unter 'Denken' auch Aussprüche über 'Nachdenken', 'Denker', 'Gedanken' und 'Idee' vorfinden. Aus Gründen der Raumnot ist nur Grundsätzliches über Religion aufgnommen worden. Zitate aus der Bibel, dem Koran, dem Talmud und anderen Werken religiöser Bekenntnisse würden schon allein einen eigenen Band füllen. Unter dem Stichwort 'Politik' sind gleichfalls nur allgemein gültige Weisheiten zusammengestellt.

Um auch weiterhin Platz zu sparen, ist unter jedem Ausspruch nur der Nachname des Autors angeführt. Der Vorname wird nur angegeben, falls zwei oder mehrere Verfasser mit dem gleichen Namen vorkommen. In dem alphabetischen Verzeichnis der 650 Autoren sind Vornamen, Geburts- und Todesjahr (– soweit bekannt –) und die Nationalität genannt. Insgesamt sind 28 Völker in dieser Olympiade des Geistes vertreten. Unter den Deutschen übertreffen an Zahl Zitate von Goethe, Lichtenberg und Jean Paul die Sätze aller anderen.

Darf ich zum Abschluß noch jenem jugendlichen Vorstadtkneipen-Tanzpianisten für die Anregung zu meiner Sammlung herzlich danken.

Sein Name? Johannes Brahms.

Egon Jameson

Stichwortverzeichnis

Aberglaube 12
Ablehnung 12
Achtung 12
Alter 12
Arbeit 8
Armut 15
Arzt 16
Aufschub 16
Auge 17
Autorität 17

Bauer 18
Beleidigung 19
Bescheidenheit 19
Besitz 20
Betrug 20
Bewunderung 20
Bibel 21
Bildung 21
Buch 21

Charakter 22

Dankbarkeit 30
Denken 26
Dichter 30
Diktatur 32
Duldsamkeit 33
Dummheit 34

Ehe 36
Ehre 39
Ehrgeiz 39
Ehrlichkeit 40
Eifersucht 41
Eigenliebe 41
Einbildung 42
Einsamkeit 43
Eitelkeit 44
Eltern 45
Erfahrung 46
Erfolg 48
Erinnerung 49
Erwartung 50
Erziehung 50
Essen 52

Familie 54
Fehler 55
Feigheit 56
Feind 57
Fortschritt 58
Frau 59
Freiheit 63
Freude 66
Freund 68
Frohsinn 71
Furcht 72

Geduld 77
Gefallen 78
Geheimnis 78
Geist 79
Geiz 80
Geld 81
Gelegenheit 82
Genie 83
Gerechtigkeit 84
Geschichte 87
Geschmack 88
Gesellschaft 89
Geständnis 90
Gewissen 91
Gewohnheit 92
Glaube 93
Glück 74
Glücksspiel 94
Größe 94
Gut 97
Güte 98

Haß 101
Herz 103
Hilfe 100
Hoffnung 104
Humor 105

Illusionen 106
Irrtum 107

Jugend 110

Kind 113
Krankheit 112
Krieg 113
Kritik 114
Kultur 116
Kummer 117
Kunst 117

Lachen 120
Langeweile 121
Laster 122
Laune 123
Leben 123
Leidenschaft 128
Lernen 129
Lesen 130
Liebe 131
Lob 135
Lüge 136

Macht 142
Manieren 143
Menschen 138
Menschen-kenntnis 144
Menschenliebe 144
Mißtrauen 145
Mode 145
Moral 145
Muße 146
Mut 147

Nachahmung 149
Narren 149
Natur 148
Neid 150
Notwendigkeit 151

Öffentlichkeit 152
Optimismus 154
Originalität 154

Pflicht 159
Philosophie 156
Politik 159
Prophet 163

Rache 168
Rat 168
Recht 170
Reden 171
Reform 174
Reichtum 174
Religion 164
Revolution 175
Ruf 176
Ruhm 176

Scham 180
Schein 180
Schicksal 180
Schlechtigkeit 182
Schmeichelei 183
Schmerz 184
Schönheit 178
Schulden 185
Schwäche 185
Schweigen 186
Seele 187
Selbst-beherrschung 188
Selbst-erkenntnis 188
Selbstsucht 190
Selbstvertrauen 190
Sorgen 191
Staat 192
Stil 193
Stolz 194
Streit 195

Tadel 197
Talent 198
Tatkraft 199
Tod 200
Träume 201
Trinken 196
Trost 202
Tugend 202

Überzeugung 207
Undank 207
Unglaube 208
Unglück 204
Unrecht 209
Unsterblichkeit 209
Unwissen 210

Vaterland 213
Verbrechen 215
Vergangenheit 215
Verleumdung 215
Vernunft 216
Verständnis 218
Vertrauen 218
Verzeihen 219
Verzweiflung 220
Volk 212
Vorsicht 220
Vorteil 221
Vorurteil 221

Wahnsinn 225
Wahrheit 226
Weisheit 230
Welt 222
Wert 233
Wille 234
Wissen 234
Wohltat 237
Wunsch 237
Würde 239

Zaghaftigkeit 242
Zeit 240
Zorn 243
Zufall 244
Zukunft 245

Arbeit

Treibe dein Geschäft, sonst wird es dich treiben. *Franklin*

Arbeit, die wir lieben, ist das einzige, was uns mit dem Leben versöhnen kann. *Bang*

Der Jugend kann ich nur drei Worte des Rates erteilen: arbeite, arbeite, arbeite. *Bismarck*

Wenn ich könnte, würde ich immer schweigend und im verborgenen arbeiten und meine Bemühungen durch ihre Ergebnisse bekannt werden lassen. *Brontë*

Arbeit ist das beste Heilmittel für alle Krankheiten und alles Elend, das die Menschheit je befallen hat – ehrliche Arbeit. *Carlyle*

Was sich zu tun lohnt, lohnt sich, gut zu tun. *Chesterfield*

Ein Mensch muß sein Hobby schon sehr schätzen, daß er es ohne Hoffnung auf Ruhm und Geld ausübt, ja sogar ohne jede Chance, es gut zu machen. *Chesterton*

Sparsamkeit – keine Rüschen! Was man herstellt, muß benötigt werden. Es muß ebenso gut oder besser sein als das Beste der Konkurrenz. Man lege alles Geld, das man sparen kann, ins Geschäft zurück. Man höre nie auf, sich zu verbessern. Wenn die Zahl der Kunden nicht wächst, dann wird man's auch nicht tun. Wenn die Angestellten nicht fair behandelt werden, wird man's auch nicht. Das Unternehmen ist Ihre Angelegenheit, und Sie können es nicht von Bord einer Jacht leiten.
Du Pont

Ich habe nie Wertvolles zufällig getan. Meine Erfindungen sind nie zufällig entstanden. Ich habe gearbeitet. *Edison*

Das höchste Glück, das einem Menschen widerfahren kann, ist zu einer Beschäftigung geboren zu sein, die ihm Arbeit und Freude spendet, ob er Körbe oder Säbel macht, Kanäle oder Statuen baut oder Lieder dichtet.
Emerson

Arbeite und erwirb, und du hast das Rad des Zufalls angekettet.
Emerson

Der Versuch, beschäftigt zu wirken, wenn man es nicht ist, ist die schwerste Aufgabe von allen.
Feather

Man erkundige sich nur näher nach den Personen, die durch ehrloses Betragen sich auszeichnen; immer wird man finden, daß sie nicht arbeiten gelernt haben oder die Arbeit scheuen. *Fichte*

Die Arbeit ist etwas Unnatürliches. Die Faulheit allein ist göttlich. *France*

Nichtstun ist halber Tod; das Leben äußert sich nur in der Tätigkeit. *Friedrich der Große*

Vor zwei Dingen kann man sich nicht genug in acht nehmen: beschränkt man sich in seinem Fache, vor Starrsinn tritt man heraus, vor Unzulänglichkeit. *Goethe*

Ich möchte kein Arzt sein und von den Krankheiten der Menschen leben; auch kein Pfarrer und mich von ihren Sünden ernähren; auch kein Anwalt und aus ihrem Streit gewinnen. So scheint mir nichts anderes übrig zu bleiben, als Schriftsteller zu werden.
Hawthorne

Wenn ein Mensch nicht mehr interessiert ist, Besseres als Gutes zu leisten, dann ist er am Ende.
Haydon

Kein Mensch hat das Recht untätig zu sein, wenn er Arbeit finden kann, selbst wenn er so reich wie Krösus sein sollte. *Holland*

Kein Mensch ist unersetzbar in Geschäften. *Wilh. von Humboldt*

Das Ziel muß man früher kennen als die Bahn. *Jean Paul*

Ich liebe die Arbeit. Sie fesselt mich. Ich kann stundenlang dasitzen und sie betrachten. Ich habe sie gern in meiner Nähe: der Gedanke, sie loszuwerden, zerbricht mir fast das Herz. *Jerome*

Es ist von der größten Wichtigkeit, daß Kinder arbeiten lernen. Der Mensch ist das einzige Tier, das arbeiten muß. Durch viele Vorbereitungen muß er erst dahin kommen, daß er etwas zu seinem Unterhalte genießen kann. Die Frage, ob der Himmel nicht günstiger für uns würde gesorgt haben, wenn er uns alles schon bereitet hätte vorfinden lassen, so daß wir gar nicht arbeiten dürften, ist gewiß mit Nein zu beantworten; denn der Mensch verlangt Geschäfte, auch solche die einen gewissen Zwang mit sich führen. *Kant*

Wenn du gestattest, wünsche ich dir für die Zukunft, was sich alle Menschen wünschen – ausreichend Arbeit und ausreichend Kraft sie zu tun. *Kipling*

Als sich Tzu Lu über die Kunst der Regierung erkundigte, erwiderte der Meister: »Sei dem Volk voraus; zeige ihm, wie zu arbeiten.« Auf die Bitte, etwas mehr zu sagen, fügte der Meister hinzu: »Unermüdlich.« *Konfuzius*

Führende Posten machen große Menschen größer und kleine Menschen geringer. *La Bruyère*

Wer sich zu eingehend mit kleinen Dingen beschäftigt, wird oft unfähig, große zu verrichten. *La Rochefoucauld*

Man soll nie einen Menschen aufgeben, bevor er in einer Aufgabe versagt hat, die ihm Freude bereitet. *Lawes*

Ich glaube fest an Glück. Je schwerer ich arbeite, desto mehr habe ich davon. *Leacock*

Du, o Gott, verkaufst uns alle guten Dinge zum Preise der Arbeit. *Leonardo da Vinci*

Wenn man einmal eine Arbeit vorhat, so ist es gut, bei der Ausführung sich nicht gleich das Ganze vorzustellen. Man arbeite an dem, was man gerade vor sich hat, und wenn man damit fertig ist, gehe man an das nächste. *Lichtenberg*

Arbeit um der Arbeit willen geht gegen die Natur. *Locke*

Die Menschen scheinen am glücklichsten zu sein, wenn sie umsonst arbeiten und es sich leisten können. *Lynd*

Führe jede Tat deines Lebens so aus, als ob sie deine letzte sei.
Mark Aurel

Stillsitzen und wünschen / Macht einen Menschen groß. / Der gute Gott schickt die Fische. / Aber die Würmer muß man selber ausgraben. *Masefield*

Geschäft ist Geschäft. *Mirabeau*

Wenn der Mensch keinen Genuß mehr an der Arbeit findet und bloß arbeitet, um so schnell wie möglich zum Genusse zu gelangen, so ist es nur ein Zufall, wenn er kein Verbrecher wird.
Mommsen

Die Arbeit bekommt immer mehr als gutes Gewissen auf ihre Seite: der Hang zur Freude nennt sich bereits »Bedürfnis der Erholung« und fängt an, sich vor sich selber zu schämen. »Man ist es seiner Gesundheit schuldig«, so redet man, wenn man auf einer Landpartie ertappt wird. *Nietzsche*

Kein Mensch bedarf des Mitleids, weil er arbeiten muß. Bei weitem der schönste Preis, den das Leben zu bieten hat, ist die Möglichkeit, schwere aber lohnende Arbeit zu verrichten. *Theodore Roosevelt*

Wäre ich Mediziner, würde ich jedem Patienten Urlaub verschreiben, der seine Arbeit für bedeutend hält. *Russell*

Es gibt zwei Arten von Arbeit: erstens, die Lage von Dingen auf oder nahe der Erdoberfläche zu verändern; zweitens, andere Leute anzuweisen, es zu tun. Die erste Art ist unangenehm und schlecht bezahlt; die zweite ist angenehm und hoch bezahlt.
Russell

Wenn man Ihre Arbeit vermehrt, können Sie dreist verlangen, daß man auch Ihr Gehalt vermehre. Nur nicht blöde! *Schopenhauer*

Eines Tages Arbeit ist eines Tages Arbeit, weder mehr noch weniger, und der Mensch, der sie leistet bedarf eines Tages Nahrung, einer Nacht Ruhe und angemessener Muße, sei er Maler oder Landmann. *Shaw*

Vergiß nicht, Erfolg ist die Belohnung für schwere Arbeit.
Sophokles

Nur der ist erfolgreich in seinem Geschäft, der von der Tätigkeit leben kann, die ihm die größte Freude bereitet. *Thoreau*

Arbeit ist der unvermeidliche Zustand im menschlichen Leben, die wahre Quelle menschlichen Wohlergehens. *Tolstoi*

Für alle gibt es eine Zeit der Ruhe und eine Zeit der Arbeit. *Vergil*

Arbeit ist häufig der Vater des Vergnügens. *Voltaire*

Laßt uns nie vergessen, daß die Pflege der Erde die wichtigste Arbeit der Menschen ist. *Webster*

ABERGLAUBE

Der Aberglaube ist ein Kind der Furcht, der Schwachheit und der Unwissenheit.
Friedrich der Große

Der Aberglaube ist das ungeheure, fast hilflose Gefühl, womit der stille Geist gleichsam in der wilden Riesenmühle des Weltalls betäubt steht und einsam.
Jean Paul

Der Aberglaube traut den Sinnen bald zu viel, bald zu wenig.
Lessing

Der Aberglaub', in dem wir aufgewachsen, / Verliert, auch wenn wir ihn erkennen, darum / Doch seine Macht nicht über uns. – Es sind / Nicht alle frei, die ihrer Ketten spotten. *Lessing*

ABLEHNUNG

Wenn du nicht Nein sagen kannst, kannst du nicht erwarten, innerhalb deines Einkommens zu leben. *Feather*

Man spricht vergebens viel, um zu versagen; / Der andere hört von allem nur das Nein. *Goethe*

Neue Meinungen werden immer verdächtigt und abgelehnt, und zwar nur aus dem Grund, daß sie nicht bereits allgemein sind.
Locke

Weder die hebräische, arabische, syrische, koptische, noch sogar die chinesische Sprache erscheinen mir halb so schwierig wie die Sprache der Ablehnung.
Shenstone

ACHTUNG

Ungeheuchelte Hochachtung ist die Basis wahrer Freundschaft, und ungeheuchelte Hochachtung kann ohne ungeheuchelten Tadel, da wo Tadel Platz findet, nicht bestehen. *Jacobi*

Wenn man geschätzt sein will, muß man mit schätzenswerten Menschen leben. *La Bruyère*

Achtung ist größer aus der Entfernung. *Tacitus*

ALTER

Zu wissen, wie man altert, ist das Meisterwerk der Weisheit und eines der schwierigsten Kapitel aus der großen Kunst des Lebens.
Amiel

Unter hohem Alter verstehe ich immer: fünfzehn Jahre älter als ich bin.
Baruch

Die Arroganz des Alters muß sich damit abfinden, von der Jugend zu lernen. *Burke*

Niemand ist so alt, daß er nicht noch ein Jahr zu leben können glaubt. *Cicero*

Genau wie ich einen jungen Menschen gutheiße, in dem eine Spur von Alter ist, billige ich einen alten Menschen, der das Aroma der Jugend hat. Wer sich bemüht, Jugend und Alter zu vermischen, wird wohl körperlich altern, aber nie geistig. *Cicero*

Ein Mensch, der nichts gelernt hat, altert wie ein Ochse. Sein Fleisch nimmt zu, sein Wissen nicht. *Dhammapada*

Eines der vielen Dinge, die einem niemand über die mittleren Jahre verrät, ist die Tatsache, daß es eine so angenehme Abwechslung vom Jungsein ist. *Fisher*

Alle möchten lange leben, aber keiner möchte alt sein. *Franklin*

Als ich jünger war, hatte ich die Gewohnheit Schlüsse zu fassen, die ich für tugendhaft hielt. Ich war weniger interessiert, das zu sein, was ich war, als das zu werden, was ich zu sein wünschte. Heute glaube ich fast, daß in der Unschlüssigkeit das Geheimnis des Nichtalterns liegt. *Gide*

Der Alte verliert eins der größten Menschenrechte: er wird nicht mehr von seinesgleichen beurteilt. *Goethe*

Was man in der Jugend wünscht, hat man im Alter die Fülle. *Goethe*

Keine Kunst ist's, alt zu werden; es ist Kunst, es zu ertragen. *Goethe*

Aber in natürlich gut gearteten Menschen sind dem Alter Ruhe, Aufhören vom Zufall abhängiger Bestrebungen, Geduld, Freiheit von zu ängstlichen Sorgen eigen, und diese Vorzüge erhöhen und verschönern alles.
Wilhelm von Humboldt

Das Alter erscheint mit den Jahren allmählich, aber mit einer Krankheit oder einem großen Unglücksfall, den nichts je wieder gutmachen kann, plötzlich.
Wilhelm von Humboldt

Es (das Alter) ist ein natürlicher, menschlicher Zustand, dem Gott seine eigenen Gefühle geschenkt hat, die ihre eigenen Freuden in sich tragen. *Wilh. von Humboldt*

Das Alter ist nicht trübe, weil darin unsere Freuden, sondern weil unsre Hoffnungen aufhören.
Jean Paul

Mit zunehmenden Alter erhält der Mensch etwas, das besser als Bewunderung ist – die Fähigkeit, Dinge entsprechend ihres eigenen Wertes zu beurteilen.
Johnson

Mit dem Alter nimmt die Urteilskraft zu und Genie ab. *Kant*

Das Alter ist ein Tyrann, der bei Todesstrafe alle Vergnügen der Jugend verbietet.
La Rochefoucauld

Alte Leute beglückt es, gute Ratschläge erteilen zu können, denn es tröstet sie über die Tatsache hinweg, daß sie kein schlechtes Beispiel mehr geben können.
La Rochefoucauld

Wenn alte Gäule in Gang kommen, sind sie nicht zu halten.
Lehmann

Das Alter ist ein sehr großes Übel; denn es beraubt den Menschen aller Genüsse, läßt ihm aber das Verlangen danach und bringt alle Leiden mit sich. *Leopardi*

Wenn ich nach einigen Jahren eine Person wiedersah, die ich jung gekannt hatte, kam es mir beim ersten Blick immer so vor, als begegnete ich jemand, der irgendein großes Unglück erlitten hätte. *Leopardi*

Welche Freude, wenn es heißt: / Alter, du bist alt an Haaren, / Blühend ist dein Geist. *Lessing*

Es gibt nichts Schöneres in dieser Welt als einen gesunden weisen alten Mann.
Lin Yutang

Das Beste, das man vom mittleren Alter sagen kann, ist: ein Mann in mittleren Jahren hat wahrscheinlich gelernt, wie er sich trotz seiner Sorgen ein wenig amüsieren kann. *Marquis*

Als junger Mensch erstaunte mich Plutarchs Erklärung, daß Cato der Ältere mit achtzig Jahren Griechisch zu lernen begann. Heute bin ich nicht mehr erstaunt. Im hohen Alter ist man bereit, Aufgaben zu übernehmen, die man in der Jugend vermeidet, weil sie zu viel Zeit in Anspruch nehmen.
Maugham

Bei den meisten Menschen altert das Herz mit dem Körper.
Maupassant

Das Leben von Sokrates enthält nichts Ungewöhnlicheres als die Tatsache, daß er im hohen Alter Zeit fand, zu tanzen und Instrumente zu spielen, und daß er die Zeit für gut ausgenutzt hielt.
Montaigne

Unglückliches Geschick der Menschen! Kaum ist der Geist zu seiner Reife gelangt, beginnt der Körper dahinzuwelken.
Montesquieu

Die Zeiten gehen hin, und für jeden kommen einmal die Jahre, wo er merkt, daß sie hingegangen sind, und er sich wundert, daß er nichts getan hat, sie aufzuhalten.
Raabe

Ihr sprecht: »Man soll das Alter ehren!« / Doch nimmer sollt ihr mich belehren, / Daß eines alten Esels Melodei / Harmonischer als die eines jungen sei.
Sallet

Im Alter versteht man besser, die Unglücksfälle zu verhüten, in der Jugend sie zu ertragen.
Schopenhauer

Denn nie in meiner Jugend mischt' ich mir / Heiß und aufrührerisch Getränk ins Blut, / Noch ging ich je mit unverschämter Stirn / Den Mitteln nach zu Schwäch' und Unvermögen / Drum ist mein Alter wie ein frischer Winter, / Kalt, doch erquicklich.

Shakespeare

Kein Weiser hat sich je gewünscht, jünger zu sein.

Swift

Alt ist das Sprichwort, alt aber wahr: Alter soll denken, Jugend soll handeln.

D'Arcy Wentworth Thompson

Der Mensch kann nur eine bestimmte Anzahl Zähne, Haare und Einfälle haben. Es kommt unweigerlich die Zeit, wenn er seine Zähne, seine Haare und seine Einfälle verliert.

Voltaire

Es bedarf des Alters, um eine volkstümliche Ansicht zu zerstören. *Voltaire*

Da ich alt sein und die Gicht haben muß, habe ich diese Nachteile seit langem gut ausgenutzt und schütze sie bei jeder Gelegenheit vor, wenn sie mich davor bewahren können, etwas zu tun, was ich nicht mag. *Walpole*

Die Tragödie des Alters besteht nicht darin, daß man alt ist, sondern daß man jung ist.

Wilde

ARMUT

Ich danke dem Schicksal, daß ich arm geboren wurde. Armut hat mich den wahren Wert der Geschenke gelehrt, die fürs Leben nützlich sind.

France

Fürchterlich / Ist einer, der nichts zu verlieren hat! *Goethe*

Armut ist die einzige Last, die schwerer wird, je mehr Geliebte daran tragen. *Jean Paul*

Freiheit in den untersten Stufen eines jeden Volkes bedeutet wenig mehr als die Wahl zwischen Arbeit und Hunger. *Johnson*

Wenn Armut die Mutter von Verbrechen ist, dann ist mangelnder Verstand sein Vater.

La Bruyère

Schmerzlose Armut ist besser als verbitterter Reichtum. *Menander*

Armut hält mehr Heime zusammen, als sie zerbricht. *Saki*

Wer einen gerechten Pakt mit der Armut geschlossen hat, ist reich.

Seneca

Armut macht keine Schande, aber sie ist verdammt unbequem.

Sydney Smith

Wenn du einem Menschen das Gefühl der Armut geben willst, gib ihm tausend Dollar. Die nächsten hundert Dollar, die er erhält, werden ihm nicht mehr wert sein als die zehn, die er üblicherweise erhielt. *Thoreau*

Ein Mensch sollte lieber gleich hungern als seine Unschuld beim Brotsuchen verlieren. *Thoreau*

Der Arme ist nie frei. In jedem Lande dient er. *Voltaire*

Es gibt nur eine Klasse in der Gesellschaft, die mehr an Geld denkt als die Reichen, und das sind die Armen. Die Armen können an nichts anderes denken. Das ist die Misere des Armseins. *Wilde*

ARZT

Hunger ist nicht nur der beste Koch, sondern auch der beste Arzt. *Altenberg*

Alle guten Ärzte müssen in erster Linie begeisterungsfähig sein. Wie Schriftsteller, Maler und Priester müssen sie von ihrer Berufung überzeugt sein und müssen den tief eingewurzelten unsentimentalen Wunsch haben, Gutes zu tun. *Coward*

Wer seinen Arzt zu seinem Erben einsetzt, ist ein Dummkopf. *Franklin*

Gott heilt. Der Arzt kassiert. *Franklin*

Vergiß nicht, wie viele Ärzte tot sind, nachdem sie so oft die Stirn über ihre Patienten gerunzelt haben. *Mark Aurel*

Die medizinische Kunst ist nicht so beschränkt, daß man nicht die Erlaubnis für das erhalten kann, was man gern tun möchte. Wenn Ihr Arzt es für unzuträglich hält, daß Sie schlafen, Wein trinken oder eine spezielle Speise essen, machen Sie sich keine Sorgen. Ich werde einen anderen für Sie auftreiben, der mit ihm nicht übereinstimmt. *Montaigne*

Ein Landarzt bedarf größerer Intelligenz, um seine Arbeit einigermaßen zufriedenstellennd auszuführen, als es die fünfzig größten Industriellen in der Welt benötigen. *Pitkin*

Ein geordnetes Leben leistet bessere Dienste als die Medizin. Jeder Mensch sollte sein eigener Arzt sein. Er sollte der Natur helfen und sie nie zwingen. Vor allem sollte er aber lernen, Schmerzen zu ertragen, wie man altert, und wie man stirbt. *Voltaire*

AUFSCHUB

Ernte heute und vertraue so wenig auf morgen wie nur möglich. *Horaz*

Kein Weiser, glaube mir, spricht: Morgen will ich leben. / Der Morgen ist zu spät; heut ziemt sich's anzuheben.

Opitz

Jede Verzögerung, die unsere Freuden aufschiebt, ist lang.

Ovid

Nimm dir Zeit und Platz. Was die Vernunft nicht vermeiden konnte, hat die Verzögerung oft geheilt.

Seneca

Das beste Heilmittel gegen Zorn ist Aufschub.

Seneca

Verschiebe nicht auf Morgen, was genauso gut auf Übermorgen verschoben werden kann.

Twain

Der Aufschub ist der Dieb der Zeit. *Young*

AUGE

Wenn das Auge nicht sieht, bricht das Herz nicht.

Cervantes

Das Gesicht ist das Abbild des Hirns, die Augen seine Berichterstatter.

Cicero

Die Augen sprechen überall die gleiche Sprache. *George Herbert*

Niemand ist so blind wie die, die nicht sehen wollen.

Swift

AUTORITÄT

Ich bin ein Mann, der an Autoritäten glaubt und sich ihnen da, wo ich nicht notwendig auf mein eigenes Urteil verwiesen bin, gern unterordnet.

Bismarck

Das unfehlbare Mittel, Autorität über die Menschen zu gewinnen, ist, sich ihnen nützlich zu machen.

Ebner-Eschenbach

Der Glaube an Autoritäten ist die Quelle des Gewissens: es ist also nicht die Stimme Gottes in der Brust des Menschen, sondern die Stimme einiger Menschen im Menschen.

Nietzsche

Traurig, in einer so tief gesunkenen Zeit zu leben, daß eine solche sich von selbst verstehende Wahrheit noch erst durch die Autorität eines großen Mannes beglaubigt werden muß.

Schopenhauer

Gemächlich ist der löbliche Gebrauch, / Auf andrer Ansehen diktatorisch auch / Stracks zu bejahn und zu verneinen.

Seume

bAUER

Zu pflügen bedeutet zu beten – zu pflanzen bedeutet zu prophezeien, und die Ernte antwortet und erfüllt. *Ingersoll*

Nach dem Priester kommt niemand der Göttlichkeit näher als der Bauer. *Roux*

Wer zwei Ähren oder zwei Grashalme auf einem Flecken lassen könnte, auf dem zuvor nur eines stand, dem würde die Menschheit mehr verdanken, und der würde seinem Land einen besseren Dienst erweisen als alle Politiker zusammen. *Swift*

Kein Volk kann gedeihen, so lange es nicht lernt, daß das Pflügen eines Feldes genauso viel Würde in sich birgt wie das Schreiben eines Gedichtes.
Booker T. Washington

BELEIDIGUNG

Eine Verletzung wird viel schneller vergessen als eine Beleidigung. *Chesterfield*

Wer es zuläßt, daß man ihn beleidigt, verdient es. *Corneille*

Schreibe Kränkungen in den Staub, Wohltaten in Marmor. *Franklin*

Niemand hat das Recht, einen anderen in eine so schwierige Lage zu versetzen, in der er entweder den Betreffenden dadurch kränken muß, indem er die Wahrheit sagt, oder in der er sich selbst dadurch verletzt, indem er lügt. *Johnson*

Vergiß Kränkungen, doch vergiß Freundlichkeiten nie. *Konfuzius*

Die kleinsten Anlässe kränken kleine Menschen. *La Rochefoucauld*

Das Heilmittel gegen Kränkungen ist, sie zu vergessen. *Publius Syrus*

Beleidigungen gleichen falschen Münzen. Wir können nicht verhindern, daß sie uns angeboten werden, aber wir brauchen sie nicht zu nehmen. *Spurgeon*

BESCHEIDENHEIT

Trage dein Wissen wie deine Uhr in einer verborgenen Tasche und ziehe sie nicht hervor, nur um zu zeigen, daß du eine besitzt. *Chesterfield*

Wer sich nicht zuviel dünkt, ist viel mehr als er glaubt. *Goethe*

Die Menschen haben viele absonderliche Tugenden erfunden, aber die absonderlichste von allen ist die Bescheidenheit. Das Nichts glaubt dadurch zu etwas zu werden, daß es bekennt: ich bin nichts. *Hebbel*

Wer bescheiden bleibt, nicht nach dem Lob, sondern nach dem Tadel, der ist es wirklich. *Jean Paul*

Die Bescheidenheit ist für das Verdienst, was die Schatten bei den Gestalten eines Gemäldes: sie geben ihm Kraft und Relief. *La Bruyère*

Vergiß nicht – man benötigt nur wenig, um ein glückliches Leben zu führen. *Mark Aurel*

Bescheidenheit bei mittelmäßigen Fähigkeiten ist blosse Ehrlichkeit; bei großen Talenten ist sie Heuchelei. *Schopenhauer*

Was ist denn Bescheidenheit anderes als geheuchelte Demut, mittels welcher man, in einer von niederträchtigem Neide strotzenden Welt, für Vorzüge und Verdienste die Verzeihung derer erbetteln will, die keine haben? Denn wer sich keine anmaßt, weil

er wirklich keine hat, ist nicht bescheiden, sondern nur ehrlich.
Schopenhauer

BESITZ

Nur halb ist der Verlust des schönsten Glücks, / Wenn wir auf den Besitz nicht sicher zählten.
Goethe

Viel besser, nie besitzen, als verlieren. *Hebbel*

An nichts Geliebtes mußt du dein Gemüt / Also verpfänden, daß dich sein Verlust / Untröstbar machte! *Herder*

Der Dämon des Besitzes verpestet alles, was er berührt. Ein Reicher will überall den Herrn spielen und befindet sich nirgends wohl, wo er er nicht ist. So ist er genötigt, stets vor sich selber auf der Flucht zu sein. *Rousseau*

Ich bin das Einzige in meinem Haus, das ich mein Eigen nennen kann. *Terenz*

Wie ungerecht es ist, daß die, die weniger haben, immer zum Besitz derer hinzufügen, die mehr haben. *Terenz*

Besitz verlockt zur Sünde, und die Anhäufung von Reichtümern entsittlicht den Menschen; nur die einfache Arbeit gibt Glück und Zufriedenheit.
Tolstoi

BETRUG

Man wird nie betrogen, man betrügt sich selbst. *Goethe*

Es bereitet doppeltes Vergnügen, einen Betrüger zu betrügen.
La Fontaine

Affektierte Einfachheit ist raffinierter Betrug. *La Rochefoucauld*

Nur der Betrug entehrt, der Irrtum nie. *Lichtenberg*

BEWUNDERUNG

Ein Tor findet immer noch einen größeren Toren, der ihn bewundert. *Boileau-Despréaux*

Bewunderung selbst dem Feinde abzutrotzen, das ist süß. *Heine*

Man schätzt manchen viel zu hoch, als daß man ihn lieben könnte. Er flößt Bewunderung ein; aber er ist zu weit über uns, als daß wir mit der Vertraulichkeit der Liebe uns ihm zu nähern getrauen.
Kant

Unsere Bewunderer haben wir immer gern. *La Rochefoucauld*

Weder bewundere ich immer, was ich liebe, noch liebe ich immer, was ich bewundere. *Roux*

Glaubst du, man könne in Bewunderung mit etwas verkehren, ohne es nachzuahmen? *Sokrates*

BIBEL

Ich bin überzeugt, daß die Bibel immer schöner wird, je mehr man sie versteht, d.h. je mehr man einsieht und erschaut, daß jedes Wort, das wir allgemein auffassen und im besonderen auf uns anwenden, nach gewissen Umständen, nach Zeit- und Ortsverhältnissen einen eigenen, besondern, unmittelbar individuellen Bezug gehabt hat. *Goethe*

Die Bibel kann schon darum nicht von Gott sein, weil er darin gar zu viel Gutes von sich selbst und gar zu viel Schlimmes von den Menschen sagt. *Hebbel*

Die Bibel ist das einzige Buch, das für alle Menschen paßt, ein göttliches Elementarbuch. *Hippel*

Mir ist die Bibel nur wahr, wo sie naiv ist, in allem andern, was mit einem eigentlichen Bewußtsein geschrieben ist, fürchte ich einen Zweck und späteren Ursprung. *Schiller*

BILDUNG

Gebildete Menschen sind den ungebildeten genauso überlegen wie die Lebenden den Toten. *Aristoteles*

Sich mitzuteilen, ist Natur. Mitgeteiltes aufzunehmen, wie es gegeben wird, Bildung. *Goethe*

Die beste Bildung findet ein gescheiter Mensch auf Reisen. *Goethe*

Bildung ist ein durchaus relativer Begriff. Gebildet ist jeder, der das hat, was er für seinen Lebenskreis braucht. *Hebbel*

Natürlicher Verstand kann fast jeden Grad von Bildung ersetzen, aber keine Bildung den natürlichen Verstand. *Schopenhauer*

BUCH

Die besten Bücher sind die beste Gesellschaft. *Chesterfield*

Ein Zimmer ohne Bücher gleicht einem Körper ohne Seele. *Cicero*

Je mehr sich unsere Bekanntschaft mit guten Büchern vergrößert, desto geringer wird der Kreis von Menschen, an deren Umgang wir Geschmack finden. *Ludwig Feuerbach*

Ein sicheres Zeichen von einem guten Buche ist, wenn es einem immer besser gefällt, je älter man wird. *Lichtenberg*

Alle Bücher können in zwei Klassen eingeteilt werden: die Bücher der Stunde und die Bücher für alle Zeiten. *Ruskin*

Bücher sind der geschätzte Reichtum der Welt, die richtige Erbschaft von Generationen und Völkern. *Thoreau*

CHARAKTER

Es gibt Menschen, die sich auch innerlich kleiden, wie es die Mode heischt.

Auerbach

Unser Charakter ergibt sich aus unserem Benehmen.

Aristoteles

Die Sprache gehört zum Charakter des Menschen.

Bacon

Ein Fanatiker ist ein Mensch, der seine Ansicht nicht ändern kann, und der das Thema nicht wechseln will.

Churchill

Wohlstand kann eines Menschen Charakter verändern. Nur selten ist jemand so vorsichtig, daß er dem Einfluß eines gütigen Geschickes widersteht.

Curtius Rufus

Die Kraft des Charakters läßt sich durchaus nicht ersetzen, weder durch Beten noch durch Singen, weder durch Geduld noch durch Demut, ja nicht einmal durch die Blüte des Lebens im Gemüt, die Frömmigkeit selbst.

Diesterweg

Der Charakter ist der größte Multiplikator menschlicher Fähigkeiten.

Fischer

Mitleid ist die wahre Gundlage des Charakters.

France

Etwas für unmöglich halten, führt dazu.

Fuller

Alles, was uns imponieren soll, muß Charakter haben.

Goethe

Jedermann hat seine Eigenheiten und kann sie nicht los werden; und doch geht mancher an seinen Eigenheiten, oft an den unschuldigsten, zugrunde.

Goethe

Jeder hat etwas in seiner Natur, das, wenn er es öffentlich ausspräche, Mißfallen erregen müßte.

Goethe

Durch nichts bezeichnen die Menschen mehr ihren Charakter als durch das, was sie lächerlich finden.

Goethe

Dilettantismus, ernstlich behandelt, und Wissenschaft, mechanisch betrieben, werden Pedanterei. *Goethe*

Unreine Lebensverhältnisse soll man niemand wünschen; sie sind aber für den, der zufällig hineingerät, Prüfsteine des Charakters und des Entschiedensten, was der Mensch vermag. *Goethe*

Ich liebe keinen Menschen, der sich grundlos ereifert.

Goldsmith

Es gibt nichts Pedantischeres als vorzugeben, daß man nicht pedantisch ist. *Hazlitt*

Jede Nichtswürdigkeit wird verziehen, nur kein Charakter. Wer die Welt verstehen will, der merke sich das. *Hebbel*

In der Einheit des Charakters besteht die Vollkommenheit des Menschen.

Kant

Drei Charakter hat jeder Mensch: einen, den er zeigt, den, den er hat und den, den er zu haben glaubt.

Karr

Ein Armer, der nicht schmeichelt, und ein Reicher, der nicht stolz ist, sind annehmbare Charaktere. Sie kommen aber nicht den Armen gleich, die vergnügt sind, und nicht den Reichen, die trotzdem die Regeln des Anstandes bewahren.

Konfuzius

Fremdes Mißgeschick zu tragen sind wir alle stark genug.

La Rochefoucauld

Es reicht nicht aus, gute Eigenschaften zu besitzen. Man muß sie auch gut ausnutzen.

La Rochefoucauld

Wir machen uns nie so lächerlich durch die Eigenschaften, die wir besitzen, wie durch die, die wir vortäuschen.

La Rochefoucauld

Wenn die Leute ihre Träume aufrichtig erzählen wollten, da ließe sich der Charakter eher daraus erraten als aus dem Gesicht.

Lichtenberg

In jedes Menschen Charakter sitzt etwas, das sich nicht brechen läßt – das Knochengebäude des Charakters.

Lichtenberg

Ich habe durch mein ganzes Leben gefunden, daß sich der Charakter eines Menschen aus nichts so sicher erkennen läßt, wenn alle Mittel fehlen, als aus einem Scherz, den er übelnimmt.

Lichtenberg

Der Charakter gleicht einem Baum, und der Ruf gleicht seinem Schatten. Der Schatten ist das, an das wir denken, auf den Baum kommt es an.

Lincoln

Der Wahrheit ins Gesicht zu blikken und sie nicht zu verübeln, wenn sie wenig schmackhaft ist, und menschliche Natur so hinzunehmen, wie man sie findet – wenn das Zynismus bedeutet, dann bin ich wohl ein Zyniker.

Maugham

Der Charakter eines Menschen läßt sich weniger daraus erkennen, was er wünscht, als wie er es wünscht.

Mohr

»Es ist nicht möglich«, schreibst du mir? Das ist nicht französisch.

Napoleon I.

Das Schicksal eines jeden Menschen wird von seinem Charakter gebildet.

Nepos

Ein Charakter ist ein vollständig gebildeter Wille.

Novalis

Hoch steht über aller Begeisterung, über allem Enthusiasmus, selbst über allem Genie und Talent – die Gesinnung.

Rahel

Vertraue einem edlen Charakter mehr als einem Eid.

Solon

O glaube mir, am schnellsten kommt zu Fall / Ein allzu starrer Sinn.

Sophokles

Die Grundsätze der Menschen enthüllen ihre Charaktere.
Vauvenargues

Unser Wort soll feststehen wie die Berge Gottes, nicht sowohl um anderer als um unserer selbst und des Charakters willen, gerecht um anderer, wahr um unsertwillen; dann erst kann man sagen: das ist ein Mann!

Weber

Ein Zyniker ist ein Mensch, der von allem den Preis und von Nichts den Wert kennt.

Wilde

Charakter ist ein Nebenprodukt. Er wird in der großen Fabrik der täglichen Pflicht produziert.

T. Woodrow Wilson

dENKEN

Nur wer denkt, ist frei und selbständig. *Ludwig Feuerbach*

Große Gedanken bedürfen wie große Taten keiner Trompete. *Bailey*

Aber ein Gedanke, der richtig ist, kann auf die Dauer nicht niedergelogen werden. *Bismarck*

Beschränkten Menschen ist es eigen, daß sie die wenigen Ideen, die in dem engen Kreise ihrer Fassungskraft liegen, mit einer Klarheit ergreifen, die uns in der Schätzung ihres Geistes oft irre macht. Sie sind wie Bettler, die das Gepräge und die Jahreszahl jedes ihrer Kreuzer kennen. *Börne*

Menschen denken zu historisch. Sie leben immer zur Hälfte auf dem Friedhof.

Briand

Jeder neue Gedanke muß einen Teil der Schmerzen und Gefahren einer Kindesgeburt durchmachen.

Samuel Butler

Der tiefe Denker hegt immer den Verdacht, daß er oberflächlich ist.

Disraeli

Es gibt keinen Ausweg, den ein Mensch nicht beschreitet, um die tatsächliche Arbeit des Denkens zu vermeiden.

Edison

Unsere Gedanken sind oft schlechter als wir selbst.

George Eliot

Laßt die Menschen nur ein Menschenalter hindurch nicht mehr laut miteinander denken dürfen: und seid gewiß, sie haben ihre Denkkraft verloren.

Engel

Denken ist die schwerste Arbeit, die es gibt. Das ist wahrscheinlich der Grund, warum sich so Wenige damit beschäftigen.

Ford

Es liegt eben in der menschlichen Natur, vernünftig zu denken und unlogisch zu handeln.

France

Handeln ist leicht, Denken ist schwer, nach dem Gedanken handeln unbequem.

Goethe

Jeder Mensch muß nach seiner Weise denken: denn er findet auf seinem Wege immer ein Wahres oder eine Art von Wahrem, die ihm durchs Leben hilft. Nur darf er sich nicht gehen lassen: er muß sich kontrollieren; der bloße nackte Instinkt geziemt nicht dem Menschen.

Goethe

Man kann die Nützlichkeit einer Idee anerkennen und doch nicht recht verstehen, sie vollkommen zu nutzen.

Goethe

Eigentlich kommt alles auf die Gesinnungen an: wo diese sind, treten auch die Gedanken hervor, und nach dem sie sind, sind auch die Gedanken.

Goethe

Das schönste Glück des denkenden Menschen ist, das Erforschliche erforscht zu haben und das Unerforschliche ruhig zu verehren.

Goethe

Alles Gescheite ist schon gedacht worden; man muß nur versuchen es noch einmal zu denken.

Goethe

Tief und ernstlich denkende Menschen haben gegen das Publikum einen bösen Stand.

Goethe

Man muß denken wie die wenigsten und reden wie die meisten.

Gracián

Weise erdenken die neuen Gedanken, und Narren verbreiten sie.

Heine

Der Intellektuelle ist ein Mensch, der beim Anblick einer Wurst an Picasso denkt.

Sir Alan Patrick Herbert

Man liebt zu bemänteln allerorten / Schwache Gedanken mit starken Worten.

Heyse

Keine Armee kann der Kraft einer Idee widerstehen, wenn die Zeit für sie reif geworden ist.

Hugo

Denken und Wissen sollten immer gleichen Schritt halten. Das Wissen bleibt sonst tot und unfruchtbar.

Wilhelm von Humboldt

Jeder Mann, der einen ehrlichen Gedanken ausdrückt, ist ein Soldat in der Armee der intellektuellen Freiheit.

Ingersoll

Gedanken ohne Inhalt sind leer, Anschauungen ohne Begriffe sind blind.

Kant

Der Gedanke ist es, der das Wort adelt.

Keller

Lernen ohne zu denken, ist verlorene Arbeit. Denken ohne zu lernen, ist gefährlich.

Konfuzius

Der Mensch ist mit nichts in der Welt zufrieden, ausgenommen mit seinem Verstande; je weniger er hat, desto zufriedener.

Kotzebue

Die Menschen denken über die Vorfälle des Lebens nicht so verschieden, wie sie darüber sprechen.

Lichtenberg

Es ist mit den Sinngedichten wie mit den Erfindungen überhaupt; die besten sind ebenfalls diejenigen, wobei man sich ärgert, den Gedanken nicht selbst gehabt zu haben.

Lichtenberg

Einer erzeugt den Gedanken, der andere hebt ihn aus der Taufe, der dritte zeugt Kinder mit ihm, der vierte besucht ihn am Sterbebette, und der fünfte begräbt ihn.

Lichtenberg

Oft wird uns durch einen Gedanken heißer als durch Feuer.

Longfellow

Der Gedanke legt den Grund für die Tat.

Moltke

Das Denken und das Denken allein trennt Recht von Unrecht. Das Denken und das Denken allein erhebt oder erniedrigt

menschliche Taten und Wünsche.
George Moore

Wie mancher Gedanke fällt um wie ein Leichnam, wenn er mit dem Leben konfrontiert wird.
Morgenstern

Alles Denken ist Zurechtmachen.
Morgenstern

Wir leben in dem am wenigsten selbstsüchtigen Zeitalter, denn kaum jemand ist so egoistisch, daß er den Wunsch hat, für sich selbst zu denken. So viele sind immer bereit und begierig, es für uns zu tun.
Christopher D. Morley

Die Menschen neigen zu der Auffassung, daß, da sich alle unsere mechanischen Apparate so flink vorwärts bewegen, wir auch schneller denken.
Christopher D. Morley

Mancher wird nur deshalb kein Denker, weil sein Gedächtnis zu gut ist.
Nietzsche

Der Mensch ist nur ein Schilfrohr, das schwächste der Natur, aber er ist ein denkendes Schilfrohr.
Pascal

Worüber wir nicht ernsthaft nachgedacht haben, das vergessen wir bald. *Proust*

Gute Gedanken, selbst wenn sie vergessen werden, sterben nicht.
Publius Syrus

Es ist schwierig, edel zu denken, wenn man nur daran denkt, seinen Lebensunterhalt zu bestreiten.
Rousseau

Nichts schwerer, als bedeutende Gedanken so auszudrücken, daß jeder sie verstehen muß.
Schopenhauer

Verzicht auf Denken ist geistige Bankrotterklärung.
Schweitzer

Ich habe nie einen Menschen gefunden, der zwei Minuten hintereinander denken konnte.
Sydney Smith

Für die Wissenschaft existiert überhaupt kein Heiliges, sondern nur ein Wahres; dieses aber verlangt keine Weihrauchwolke der Andacht, sondern Klarheit des Denkens und der Rede.
Strauß

Die Menschen leiden mehr durch das Denken als durch irgend etwas anderes.
Tolstoi

Wenn ein Gedanke zu schwach ist, um einfach ausgedrückt zu werden, beweist es, daß er abgelehnt werden muß.
Vauvenargues

Das Denken hängt völlig vom Magen ab, aber trotzdem sind die Besitzer der besten Mägen nicht die besten Denker.
Voltaire

Ein ungefährliche Idee ist nicht wert, eine Idee genannt zu werden.

Wilde

DANKBARKEIT

Nichts erwirbt so sicher allgemeine Gunst als Dankbarkeit.

Ambrosius

Die Dankbarkeit ist von allen Tugenden am meisten zu loben.

Boccaccio

Die Dankbarkeit ist eine Last, und jede Last will abgeschüttelt sein.

Diderot

Begegnet uns jemand, der uns Dank schuldig ist, gleich fällt es uns ein. Wie oft können wir jemand begegnen, dem wir Dank schuldig sind, ohne daran zu denken.

Goethe

Im Atemholen sind zweierlei Gnaden: / Die Luft einziehen, sich ihrer entladen; / Jenes bedrängt, dieses erfrischt: / So wunderbar ist das Leben gemischt. / Du danke Gott, wenn er dich preßt, / Und dank' ihm, wenn er dich wieder entläßt.

Goethe

Die Dankbarkeit soll eine der schwersten Tugenden sein. Eine noch schwerere möchte sein, die Ansprüche auf Dank nicht zu übertreiben.

Hebbel

Die Dankbarkeit der meisten Menschen drückt nur den geheimen Wunsch nach weiteren Wohltaten aus.

La Rochefoucauld

Man darf wohl eine Bitte abweisen, aber nimmermehr darf man einen Dank abweisen oder, was dasselbe ist, ihn kalt und konventionell annehmen. Dies beleidigt tief.

Nietzsche

DICHTER

Wenig große Lieder bleiben, / Mag ihr Ruhm auch stolzer sein; / Doch die kleinen Sprüche schreiben / Sich ins Herz des Volkes ein, / Schlagen Wurzel, treiben Blüte, / Tragen Frucht und wirken fort; / Wunder wirkt oft im Gemüte / Ein geweihtes Dichterwort.

Bodenstedt

Ich habe noch nie einen Dichter gekannt, der sich nicht für den besten hielt.

Cicero

Für einen Dichter ist es die größte Tragödie, bewundert zu werden, weil er mißverstanden ist.

Cocteau

Es hat nie einen Dichter gegeben, dessen Herz nicht am rechten Fleck war.

Emerson

Die echten Schriftsteller sind Gewissensbisse der Menschheit.

Ludwig Feuerbach

Ein Schriftsteller ist selten so beredt, als wenn er über sich selbst spricht.

France

Der Dichter steht auf einer höhern Warte, / Als auf den Zinnen der Partei.

Freiligrath

O Freund, man kann ein lyrischer Dichter / Und doch ein dummer Teufel sein.

Geibel

Der hat's wahrhaftig als Poet / Nicht hoch hinausgetrieben, / In dessen Liedern mehr nicht steht, / Als er hineingeschrieben.

Geibel

Die Frage: »Woher hat's der Dichter?« geht nur auf's Was; vom Wie erfährt dabei niemand etwas.

Goethe

Die größten Dichter der Welt sind nach großen, öffentlichen Unglücksfällen entstanden.

Hugo

Solange ein Mensch ein Buch schreibt, kann er nicht unglücklich sein.

Jean Paul

Wenn das Talent es versagt, dann macht die Entrüstung den Dichter.

Juvenal

Widriger sind mir die redenden als die schreibenden Schwätzer; / Diese leg' ich weg; jenen entflieh' ich nicht stets.

Klopstock

Als wenn man nur, die Leser klug zu machen, schriebe! Genug, wenn man zeigt, daß man selbst klug ist.

Lessing

Eltern, die bemerken, daß ihr Junge ein Poet von Profession werden will, sollten ihn so lange peitschen, bis er das Versemachen aufgibt, oder bis er ein großer Dichter wird.

Lichtenberg

Ein Schriftsteller, der zu seiner Verewigung eine Bildsäule nötig hat, ist auch dieser nicht wert.

Lichtenberg

Jeder Mensch ohne Ausnahme hat jährlich wenigstens drei Augenblicke der Genialität, und der größte Dichter hat vor keinem unter uns etwas voraus als die häufigere Wiederkehr solcher Augenblicke und die besonnene Auffassung derselben.

Lichtenberg

Es ist schade, daß man bei Schriftstellern die gelehrten Eingeweide nicht sehen kann, um zu erforschen, was sie gegessen haben.

Lichtenberg

Eine gute Regel für Schriftsteller: erkläre nicht zu viel.

Maugham

Viele Menschen lieben Dichter bloß so, wie sie den Käse lieben, d. h. sie finden ihn nur dann erst gut, wenn er von den Würmern angegangen ist.

Saphir

Bezeichnend für den Wert / Des Dichters ist: / In welchem Alter man / Ihn gerne liest.

Tauber

Der Unterschied zwischen Literatur und Journalismus: Journalismus ist unlesbar, und die Literatur wird nicht gelesen.

Wilde

Keiner hat das tiefe Bedauern und den blutigen Schweiß so gut gekannt wie ich: denn wer mehr als ein Leben lebt, muß mehr als einen Tod sterben.

Wilde

Dichtung ist das spontane Übersprudeln gewaltiger Gefühle. Ihr Ursprung rührt von Gefühlen her, die in Ruhe zurückgerufen wurden.

Wordsworth

DIKTATUR

Diktatoren reiten auf Tigern hin und her, von denen sie nicht abzusteigen wagen. Und die Tiger werden hungrig.

Churchill

Wer tun kann, was er will, befiehlt, wenn er bittet.

Corneille

Jeder Tyrann, der je gelebt hat, hat an die Freiheit geglaubt – für sich selbst.

Elbert G. Hubbard

Sklaven wären Tyrannen, wenn sich ihnen die Gelegenheit bieten würde.

Hugo

Ein Mann kann sich einen Thron aus Bajonetten bauen, aber er kann darauf nicht sitzen.

Inge

Der Tyrann fällt den Geist früher als den Körper an; ich meine, er sucht seine Sklaven vorher dumm zu machen, eh' er sie elend macht, weil er weiß, daß Leute, die einen Kopf haben, ihre Hände damit regieren und sie gegen den Tyrannen aufheben.

Jean Paul

Seit altersher nutzen Tyrannen einen Teil des Volkes aus, um den Rest in Ordnung zu halten.

Jefferson

Nirgends sitzt die Gewaltherrschaft so fest im Sattel wie unter dem Bildnis und der Fahne der Freiheit.

Landor

Keine Gewalt hat Dauer.

Leonardo da Vinci

Kein Mensch ist gut genug, um über einen anderen ohne seine Zustimmung zu herrschen.

Lincoln

Wie sehr eine Minderheit, die zur Mehrheit wird und die Macht ergreift, die Minderheit haßt.

Robbins

Schrecklich immer, / Ach in gerechter Sache, ist Gewalt.

Schiller

DULDSAMKEIT

Eine fremde Sprache lernen und gut sprechen gibt der Seele eine innere Toleranz; man erkennt, daß alles innerste Leben sich auch noch anders fassen und darstellen lasse; man lernt fremdes Leben achten.

Auerbach

Nichts bekommt einem großen Menschen besser als Höflichkeit und Duldsamkeit.

Cicero

Die Toleranz muß in einem Staate jedem Freiheit geben, alles zu glauben, was er will, aber sich nicht so weit erstrecken, daß sie die Frechheit und Ausgelassenheit junger unbesonnener Leute autorisiert, die dem kühn Hohn sprechen, was das Volk verehrt.

Friedrich der Große

Welchen Weg mußte nicht die Menschheit machen, bis sie dahin gelangte, auch gegen Schuldige gelind, gegen Verbrecher schonend, gegen Unmenschliche menschlich zu sein. Gewiß waren es Männer von göttlicher Natur, die dies zuerst lehrten.

Goethe

Toleranz sollte eigentlich nur eine vorübergehende Gesinnung sein; sie muß zur Anerkennung führen. Dulden heißt beleidigen.

Goethe

Toleranz kann nicht bestehen gegen Intoleranz, wenn dieses nicht als ungefährliche, private Verschrobenheit gleichgültig behandelt werden darf. Es darf keine Freiheit geben zur Zerstörung der Freiheit.

Jaspers

Obwohl die gesamte Gesellschaft auf Unduldsamkeit begründet ist, ist jede Verbesserung auf Duldsamkeit begründet.

Shaw

DUMMHEIT

Mit wilder Narrheit will ich lieber kämpfen / Als mit der Dummheit, die geregelt ist.

Auffenberg

Jeder dumme Teufel ist zugleich ein Besessener, von der Idee nämlich, er sei kein Dummer.

Bentzel-Sternau

Der Fuchs verdammt die Falle, nicht sich selbst.

William Blake

Vieles gemeinem Verstand Unverständliche / Hat seinen Urquell im Unverstand.

Bodenstedt

Besser, auf des Berges Gipfeln / Mit den wilden Tieren weilen, / Als des Paradieses Hallen mit den dummen Menschen teilen.

Bohlen

Was ist dümmer als Ungewißheit mit Gewißheit, Falschheit mit Wahrheit zu verwechseln.

Cicero

Seit Adams Zeiten sind die Dummen in der Mehrheit.

Delavigne

Der Gescheitere gibt nach! Eine traurige Wahrheit; sie begründet die Weltherrschaft der Dummheit.

Ebner-Eschenbach

Es ist besser, dumm wie alle zu sein, als klug wie keiner.

France

Nichts Schön'res wüßt' ich als Vernunft auf Erden – / Wenn Torheit nicht um vieles schöner wär'!

Gaudy

Das Menschenpack fürchtet sich vor nichts mehr als vor dem Verstande; vor der Dummheit sollten sie sich fürchten, wenn sie begriffen, was fürchterlich ist.

Goethe

Die Dummheit anderer erscheint denen am lächerlichsten, die selbst am dümmsten sind.

Goldsmith

In der Dummheit ist eine Zuversicht, worüber man rasend werden möchte.

Jacobi

Dumm geboren sein, ist eine unheilbare Krankheit.

Jonson

Nichts erfrischt unser Blut so sehr, wie wenn es uns gelungen ist, eine Dummheit zu vermeiden.

La Bruyère

Wer ohne Dummheiten lebt, ist nicht so klug wie er glaubt.

La Rochefoucauld

Es gibt keine unbequemeren Dummköpfe als die, die Geist haben.

La Rochefoucauld

Wann Torheit thäte weh, o welch erbärmlich Schrein / Würd' in der ganzen Welt in allen Häusern sein!

Logau

Niemand hat je etwas sehr Dummes getan, es sei denn aus irgendeinem Prinzip, von dem er überzeugt war.

Melbourne

Ein gelehrter Dummkopf ist ein größerer Dummkopf als ein unwissender Dummkopf.

Molière

Wer einmal sehr dumm gewesen ist, wird zu keiner Zeit sehr klug sein.

Montaigne

Es ist unvermeidlich, daß jeder Mensch Dummheiten ausspricht. Unheil wird nur angerichtet, wenn es absichtlich geschieht.

Montaigne

Auch ein Dummkopf pflegt manchmal nachzudenken; aber immer erst nach der Dummheit.

Rousseau

Es gibt viele Wege, einer Verantwortung zu entkommen; Flucht in den Tod; Flucht in Krankheit und Flucht in Dummheit. Der letztere ist der sicherste und einfachste, denn selbst intelligente Menschen sind diesem Ziel meist näher als sie selbst annehmen möchten.

Schnitzler

Es gibt keine Sünde außer Dummheit.

Wilde

eHE

Ehen, aus leidenschaftlicher, blinder Liebe geschlossen, geraten selten. *Weber*

Nur in der Ehe, nur im Familienleben wird der Zweck der Menschheit erreicht. *Börne*

Man fragte Sokrates, was doch das Beste wäre, / Zu freien oder nicht zu frei'n? / Der Weise gab darauf die Lehre: / Tut, was ihr wollt, so wird es euch gereuen. *Brockes*

Die Liebe gefällt mehr als die Ehe, wie für die meisten ein Roman unterhaltender ist als Geschichte. *Chamfort*

Ich habe immer die Ansicht vertreten, daß jede Frau heiraten sollte, aber nie ein Mann. *Disraeli*

Halte die Augen vor der Ehe weit offen und halb geschlossen danach. *Franklin*

Laß Raum sein in unserem Zusammensein. *Gibran*

Die Ehe ist der Anfang und der Gipfel aller Kultur. Sie macht den Rohen mild, und der Gebildetste hat keine bessere Gelegenheit, seine Milde zu beweisen. *Goethe*

Im Ehestand muß man sich manchmal streiten, denn dadurch erfährt man was von einander.

Goethe

Die reine Vernunft tut es beim Heiraten noch weniger als das unvernünftige Herz.

Goethe

Ohne Ehe ist der Mensch überall und nirgends zu Hause.

Goltz

Wer ein witzroutiniertes Frauenzimmer zur Ehe nimmt, kommt gegen sie nicht auf. Und was ist das für ein fluchtwürdiges Verhältnis, wenn man die Person, der unsere Zärtlichkeit gewidmet sein soll, profan abtrumpfen oder sich von ihr selbst mit Übermut traktieren lassen muß.

Goltz

Die erste Stelle im Paradiese werden diejenigen einnehmen, die sich in der Ehe getäuscht haben und doch ausharrten.

Gutzkow

Heiratet, und ihr werdet den Ernst des Lebens kennen lernen. Eben deshalb soll man aber heiraten.

Hähnel

Eine Ehefrau muß Gott danken, daß ihr Mann Fehler hat; ein fehlerfreier Mann ist ein gefährlicher Beobachter.

Halifax

Viele Zänkereien in der Ehe kommen davon, daß man fordert, der Gatte solle die Liebe erraten, die man auszusprechen zu stolz und schamhaft ist.

Jean Paul

. . . denn die Ehe fordert Heiterkeit. *Jean Paul*

Menschen heiraten nicht aus Vernunft und weiser Voraussicht, sondern aus Neigung. Ein Mann ist arm. Er denkt »Schlechter kann es mir nicht gehen, so nehme ich Peggy«.

Johnson

Um der Schönheit willen heiraten, ist ebenso viel, als um der Rose willen ein Landgut kaufen. Ja, das letztere wäre noch vernünftiger, denn die Rosenzeit kommt doch alljährlich wieder.

Kotzebue

Die meisten glücklichen Ehen werden seufzend geschlossen, die meisten unglücklichen im Rausche des Entzückens.

Kotzebue

Heiraten ist, wenn man die Wahrheit prüft, / Ein Übel, aber ein notwendiges Übel.

Menander

Die Ehe ist die einzige wirkliche Leibeigenschaft, die unser Gesetz kennt. Es gibt keine Sklaven mehr, außer den Herrinnen jedes Hauses. *Mill*

In der Ehe geht, wie auch sonst, Zufriedenheit über Reichtum.

Molière

Das große Geheimnis einer glücklichen Ehe besteht darin, alle Katastrophen als Zwischenfälle und keinen Zwischenfall als Katastrophe zu behandeln.

Nicolson

Man soll sich beim Eingehen einer Ehe die Frage vorlegen: glaubst du, dich mit dieser Frau bis ins Altern hinein gut zu unterhalten? Alles andere in der Ehe ist transitorisch, aber die meiste Zeit des Verkehrs gehört dem Gespräche an.

Nietzsche

Nicht mangelnde Liebe, sondern mangelnde Freundschaft führt zu unglücklichen Ehen.

Nietzsche

Die Ehe ist ein konzentrierter Umgang.

Rahel

In einer guten Ehe ernennt einer den anderen zum Beschützer seines Alleinseins.

Rilke

Von einem Unverheirateten erwartet man nicht, daß er »glücklich« ist – wenn er aber heiratet, sind die Menschen aufs höchste erstaunt, wenn er es nicht ist.

Rilke

O wie manche Ehe mag nach so überstandenem Sturme glücklicher und segensreicher geworden sein als sie vorher war.

Schleiermacher

Die Ehe ist beliebt, weil sie ein Höchstmaß an Versuchung mit einem Höchstmaß an Gelegenheit verbindet.

Shaw

Es ist Sache der Frau, so früh wie möglich zu heiraten. Die Aufgabe des Mannes ist es, so lange unverheiratet zu bleiben, wie er kann.

Shaw

Heirate nur. Bekommst du eine gute Frau, wirst du sehr glücklich werden; bekommst du eine schlechte, wirst du Philosoph werden.

Sokrates

Keine Frau sollte einen Abstinenzler oder einen Mann heiraten, der nicht raucht.

Stevenson

Das einzige, was die Ehe heiligen kann, ist Liebe, und die einzig echte Ehe ist die, die von Liebe geheiligt ist.

Tolstoi

Ehe ist das einzige Abenteuer, das dem Feigling offen steht.

Voltaire

Heutzutage ist es für einen Ehemann höchst gefährlich, seiner Frau in der Öffentlichkeit zu viel Aufmerksamkeit zu schenken. Es führt dazu, daß die Leute glauben, er schlägt sie zu Hause.

Wilde

EHRE

Man merkt erst, wenn die Ehre gestürzt ist, wie weit und in welchem Grund ihre Wurzeln gehen.
Auerbach

Nach Gott ist mir meine Ehre das Höchste.
Beethoven

Meine Ehre steht in niemandes Hand als in meiner eigenen, und man kann mich damit nicht überhäufen.
Bismarck

Was natürlich ist, ist nie entehrend.
Euripides

Es kann die Ehre dieser Welt / Dir keine Ehre geben, / Was dich in Wahrheit hebt und hält, / Muß in dir selber leben.
Fontane

Die Ehre, / Einmal erkrankt und dann nicht rasch geheilt, / Steht niemals wieder von den Toten auf.
Hebbel

Die Ehre ist das äußere Gewissen und das Gewissen die innere Ehre.
Schopenhauer

Ruhm muß erworben werden; die Ehre hingegen braucht nur nicht verloren zu werden.
Schopenhauer

EHRGEIZ

Ehrgeiz ist die Unbescheidenheit des Geistes. *d'Avenant*

Ehrgeiz ist die gleiche Leidenschaft beim Höfling, Soldaten oder Geistlichen. Doch wenden sie auf Grund ihrer verschiedenartigen Ausbildungen und Gewohnheiten verschiedene Methoden an, um sie zu befriedigen.
Chesterfield

Jeder Ehrgeiz ist zulässig, so lange er nicht am Elend und an der Leichtgläubigkeit der Menschen emporklettert.
Conrad

Ehrgeiz hat seine Enttäuschungen, die uns verbittern, aber niemals das Glück, uns zu befriedigen. *Franklin*

Ein verfolgter Sklave hat nur einen Herrn. Ein ehrgeiziger Mensch muß der Sklave aller sein, die zu seiner Erhebung beitragen könnten.
La Bruyère

Der Weise wird vom Ehrgeiz durch den Ehrgeiz geheilt.
La Bruyère

Der Ehrgeiz ist der größte aller Schmeichler.
La Rochefoucauld

Heftiger Ehrgeiz und Mißtrauen habe ich noch allemal beisammen gesehen.
Lichtenberg

Den meisten Menschen würden kleine Dinge gelingen, wenn sie nicht von großem Ehrgeiz geplagt wären.

Longfellow

Liebe ist klüger als Ehrgeiz.

Procter

Ehrgeiz führt Menschen oft dazu, die niedrigsten Arbeiten zu verrichten; der Aufstieg wird dann in der gleichen Stellung wie das Kriechen durchgeführt.

Swift

EHRLICHKEIT

Das Wahre, Einfache und Aufrichtige sagt der menschlichen Natur am meisten zu.

Cicero

Man verdient kein Lob fürs Ehrlichsein, wenn niemand versucht, einen zu bestechen.

Cicero

Jeder Mensch sorgt dafür, daß ihn sein Nachbar nicht betrügt. Doch kommt der Tag, an dem er sich zu sorgen beginnt, daß er seinen Nachbarn nicht betrügt. Dann ist alles gut.

Emerson

Ein beschränkter, ehrlicher Mensch sieht oft die Schelmerei der feinsten Mächler (faiseurs) durch und durch.

Goethe

Ehrlichkeit macht sich bezahlt, aber vielen Menschen scheint die Bezahlung nicht auszureichen.

Kin Hubbard

Oh, man ist auch verzweifelt, wenn man weiter nichts ist als ehrlich.

Lessing

Gib dich damit zufrieden, so zu erscheinen, wie du wirklich bist.

Martial

Ehrliche Leute rufen so wenig in den Haufen: Ihr seid alle Narren, als: Ihr seid alle Kanaillen.

Pestalozzi

Sei ehrlich und bescheiden; lerne unwissend zu sein, dann wirst du dich und andere nie täuschen.

Rousseau

Ganz ehrlich meint jeder es am Ende doch nur mit sich selbst und höchstens mit seinem Kinde.

Schopenhauer

Laßt uns sagen, was wir empfinden, und empfinden, was wir sagen. Laßt die Rede mit dem Leben übereinstimmen.

Seneca

Nichts soll ein ehrlicher Mensch mehr fürchten, als mehr zu verdienen und mehr auszugeben als ihm zukommt.

Stevenson

EIFERSUCHT

Die Eifersucht macht den Mann dumm, lächerlich und setzt ihn in der Liebe und Achtung des Weibes herab; das Weib macht sie geistreicher, liebenswürdiger, und sie steigert die Empfindungen des Mannes.

Börne

Eifersucht macht scharfsinnig und blind / Sieht wie ein Schütz und trifft wie ein Kind.

Geibel

Setzten wir uns an die Stelle anderer Personen, so würden Eifersucht und Haß wegfallen, die wir so oft gegen sie empfinden; und setzten wir andere an unsere Stelle, so würde Stolz und Einbildung gar sehr abnehmen.

Goethe

Die Eifersucht wächst nur heran unter Zweifeln, und sie wird rasend oder stirbt dahin, sobald der Zweifel der Gewißheit weicht.

La Rochefoucauld

Die Eifersucht ist das größte Übel und erweckt doch gerade bei den Menschen, die es verursachen, am wenigsten Mitleid.

La Rochefoucauld

Neugierde wird aus Eifersucht geboren. *Molière*

Dinge, leicht wie Luft / Sind für die Eifersucht Beweise stark / Wie Bibelsprüche.

Shakespeare

EIGENLIEBE

Die meisten Menschen sind wie Eier: zu voll mit sich selbst, um etwas anderes zu enthalten.

Billings

Wer sich in sich selbst verliebt, wird keine Nebenbuhler haben.

Franklin

Sie schelten einander Egoisten; / Will jeder doch nur sein Leben fristen. / Wenn der und der ein Egoist, / So denke, daß du es selber bist.

Goethe

Die eigentliche Eigenliebe läßt uns sowohl unsere Tugenden als unsere Fehler viel bedeutender, als sie sind, erscheinen.

Goethe

Der geringste Schmerz in unserem kleinen Finger erregt und bedrückt uns mehr als die Zerstörung von Millionen unserer Mitmenschen.

Hazlitt

Die gleichen Leute, die anderen alles versagen können, verweigern sich selbst nichts.

Hunt

Wer seine Meinung nie zurückzieht, liebt sich selbst mehr als die Wahrheit.

Joubert

Die Eigenliebe und jeder Affekt betrügen uns innerlich.

Kant

Von dem Tage an, wo der Mensch anfängt, durch Ich zu sprechen, bringt er sein geliebtes Selbst, wo er nur darf zum Vorschein, und der Egoismus schreitet unaufhaltsam fort.

Kant

Eigenliebe ist die größte aller Schmeichlerinnen.

La Rochefoucauld

Eine elegante Frau ist immer verliebt – in sich selbst.

La Rochefoucauld

Jeder liebt sich selber nur / Am meisten.

Lessing

Der Mensch, welcher nur sich liebt, fürchtet nichts so sehr, als mit sich allein zu sein.

Pascal

Der Egoist duldet keinen Egoismus.

Roux

Selbstliebe ist nur insofern sittlich, als sie alle andere Liebe in sich schließt.

Schleiermacher

Ich zitiere mich oft selbst. Das würzt meine Unterhaltung.

Shaw

Nichts amüsiert mich mehr, als wenn ich über mich selbst lache.

Twain

Gekränkte Eigenliebe verzeiht nie.

Vizé

Eigenliebe stirbt nie. Sie ist das Instrument unserer Selbsterhaltung. Sie ähnelt der Vorkehrung für die Beständigkeit der Menschheit: sie ist erforderlich, sie ist uns teuer, sie bereitet uns Freude, und wir müssen sie verbergen.

Voltaire

Die Eigenliebe ist ein mit Wind gefüllter Ballon, woraus Stürme hervorbrechen, wenn man hineinsticht.

Voltaire

Selbstliebe in den Schranken der Mäßigkeit und Weisheit ist die Quelle alles Glücks und aller Vollkommenheiten; blind und regellos aber wird sie der Anfang alles Unglücks und aller Leidenschaften.

Weber

Selbstliebe ist der Beginn einer lebenslänglichen Leidenschaft.

Wilde

EINBILDUNG

Die Welt erträgt die Einbildung der Erfolgreichen, aber von niemand anders.

John L. Blake

Jeder hat das Recht, eingebildet zu sein, bis er Erfolg hat.

Disraeli

Er war wie ein Hahn, der glaubte, die Sonne wäre aufgegangen, um ihn krähen zu hören.

George Eliot

Denke nur niemand, daß man auf ihn als den Heiland gewartet habe. *Goethe*

Allgemeine Begriffe und großer Dünkel sind immer auf dem Wege, entsetzliches Unglück anzurichten.

Goethe

So lange ein Mensch mit sich selbst und seinen eigenen Mitteln zufrieden ist, ist alles in Ordnung. Wenn er eine Rolle auf der Bühne übernimmt, um die Welt zu überreden, mehr von ihm zu halten als von sich selbst, begibt er sich auf einen Weg, auf dem er nichts als Dornen, Verdruß und Enttäuschungen finden wird.

Hazlitt

Der Bursche, der sagt »Ich mag mich irren, aber –« hält es für unmöglich.

Kin Hubbard

Niemand wird es je zu einer hohen Stellung bringen, der offen oder insgeheim glaubt, daß er jede seiner Anordnungen verfolgen und dafür sorgen muß, daß sie ausgeführt wird. Er wird auch nie einen fähigen Gehilfen ausbilden.

Mahin

Was ist der Mensch? Jedenfalls nicht das, was er sich einbildet zu sein, nämlich die Krone der Schöpfung. *Raabe*

Einbildung mag einen Menschen aufblasen, ihn aber nie stützen.

Ruskin

EINSAMKEIT

Einsamkeit wirkt bei manchen Menschen wie Wein: sie dürfen nicht zu viel davon genießen, denn sie steigt zu Kopf.

Mary Coleridge

Da es gute und schlechte Gesellschaft gibt, gibt es auch gute und schlechte Einsamkeit.

Franz von Sales

Wer sich der Einsamkeit ergibt, /
Ach! der ist bald allein. *Goethe*

Die wenigsten Menschen verstehen, wie unendlich viel in der Einsamkeit liegt.

Wilhelm von Humboldt

Gar zu leicht mißbrauchen und vernachlässigen uns die Menschen, sobald wir mit ihnen in Vertraulichkeit verkehren. Um angenehm zu leben, muß man fast immer als ein Fremder unter den Leuten erscheinen. Dann wird man geschont, geehrt, aufgesucht. *Knigge*

Nur unter deinesgleichen hast du das Recht, dich einsam zu fühlen.

Schnitzler

Einsamkeit ist das Los aller hervorragenden Geister.

Schopenhauer

Ein Hauptstudium der Jugend sollte sein, die Einsamkeit ertragen zu lernen, weil sie eine Quelle des Glückes und der Gemütsruhe ist. *Schopenhauer*

Denn in ihr (der Einsamkeit) fühlt der Jämmerliche seine ganze Jämmerlichkeit, der große Geist seine ganze Größe, kurz jeder sich, als was er ist.

Schopenhauer

Ich liebe es, allein zu sein. Nie habe ich Gesellschaft gefunden, die so gesellig wie die Einsamkeit war.

Thoreau

Sei artig, und du wirst einsam sein.

Twain

EITELKEIT

Was ist der Mensch für eine elende Kreatur, wenn er alle Eitelkeit abgelegt hat.

Goethe

Wie kann ein junger Mann sich bilden, der nicht eitel ist?

Goethe

Man kann niemandem beibringen, wie er es anstellen soll, nicht eitel zu sein. Man kann nur lehren, Eitelkeit zu verbergen.

Gutzkow

Niemand hat Mitgefühl mit den Sorgen der Eitelkeit.

Johnson

So lange die Eitelkeit der menschlichen Gemüter noch mächtig sein wird, so lange wird sich das Vorurteil auch erhalten, das ist, es wird niemals aufhören.

Kant

Die menschliche Eitelkeit vermengt sich mit den edelsten Ideen und verleiht ihnen oft eine Hartnäckigkeit, die uns sonst fehlen würde.

Keller

Was die Eitelkeit anderer so unerträglich macht, ist die Tatsache, daß sie die eigene kränkt.

La Rochefoucauld

Die Eitelkeit ist der notwendige Fehler aller großen Leute, namentlich derer, welche die Welt mit Worten oder mit Tönen erobern. Ein Künstler, der nicht eitel ist, gleicht einem Weibe, das nicht gefallen will; – beide sind langweilig.

Laube

Es hält, aus Eitelkeit, in seiner Sphäre / Sich selbst ein jeder für den Mittelpunkt.

Madách

Die Eitelkeit anderer geht uns nur dann wider den Geschmack, wenn sie wider unsre Eitelkeit geht.

Nietzsche

Mit Ausnahme der Eitelkeit gibt es keine Torheit, von der man einen Menschen, der nicht ein vollkommener Narr ist, heilen könnte.

Rousseau

Wer hat die Eitelkeit? Die Klugen und die Gecken; / Doch diese zeigen sie, weil jene sie verstecken.

Rückert

Leben ohne Eitelkeit ist fast unmöglich.

Tolstoi

Er besaß nur eine Eitelkeit: er glaubte, daß er besseren Rat geben könnte als jeder andere.

Twain

Eitelkeit ist die Klippe, an der die meisten Großen, gar viele Gelehrte und alle Weiber scheitern.

Weber

ELTERN

Vater werden ist nicht schwer, / Vater sein dagegen sehr.

Busch

Kein Vater und keine Mutter halten ihre Kinder für häßlich.

Cervantes

Jedes Baby, das das Licht der Welt erblickt, ist schöner als das vorhergehende.

Dickens

Es ist bloß ein Dünkel der Eltern, wenn sie sich einbilden, daß ihr Dasein für die Kinder so nötig sei.

Goethe

Ein Vater ist mehr als hundert Schulmeister.

George Herbert

Im allgemeinen erfreuen sich die Eltern der höchsten Achtung, die sie am meisten verdienen.

Johnson

Wenn physische Strafen oft wiederholt werden, bilden sie einen Starrkopf; und strafen Eltern ihre Kinder des Eigensinns wegen, so machen sie sie nur noch immer eigensinniger. *Kant*

Eltern, die ihren Sohn so sehen könnten, wie er wirklich ist, würden den Kopf schütteln und sagen: »Willie taugt nichts: wir werden ihn verkaufen.« *Leacock*

Für wohlgeratene Kinder können Eltern nicht zu viel tun. Aber wenn sich ein blöder Vater für einen ausgearteten Sohn das Blut vom Herzen zapft, dann wird Liebe zur Torheit.

Lessing

Das zukünftige Geschick des Kindes ist immer das Werk der Mutter. *Napoleon I.*

Wer als Vater herrschen will, eher er als Bruder geliebt hat, der herrscht nicht als Vater.

Pestalozzi

Wer die Pflichten eines Vaters nicht zu erfüllen vermag, hat auch kein Recht, es zu werden. Keine Armut, keine Arbeit, keine menschliche Rücksicht irgendwelcher Art kann ihn davon lossprechen, seine Kinder zu ernähren und sie selbst zu erziehen.

Rousseau

Ein Vater soll zu Gott an jedem Tage beten: / Herr lehre mich, dein Amt beim Kinde zu vertreten!

Rückert

Der grundlegende Fehler von Vätern besteht darin, von ihren Kindern zu erwarten, daß sie ihnen Ehre machen.

Russel

Nicht Fleisch und Blut, das Herz macht uns zu Vätern und Söhnen.

Schiller

Sobald eine Frau ihrem Mann ein Kind schenkt, wächst ihre Fähigkeit, sich Sorgen zu machen: sie hört mehr Einbrecher, sie riecht mehr Verbranntes, im Theater oder beim Tanz fragt sie sich, ob ihr Mann seinen Armeerevolver im Kinderzimmer gelassen hat.

Thurber

Kein Mensch ist für seinen Vater verantwortlich. Das ist einzig und allein Sache seiner Mutter.

Turnbull

Zu gewissen Zeiten scheint Elternschaft nichts anderes zu bedeuten, als den Mund zu stopfen, der dich beißt.

Vries

Zuerst lieben Kinder ihre Eltern. Später urteilen sie über sie. Selten, wenn je, verzeihen sie ihnen.

Wilde

Je länger ich lebe, desto deutlicher kommt in mir das Gefühl auf, daß, was für unsere Väter gut genug war, für uns nicht gut genug ist.

Wilde

ERFAHRUNG

Ein Mann, der jung an Jahren ist, mag alt an Stunden sein, wenn er keine Zeit verloren hat.

Bacon

Der Adler hat nie so viel Zeit vergeudet, wie in dem Moment, in dem er sich dazu herabließ, von der Krähe zu lernen.

William Blake

Die Erfahrung gleicht einer unerbittlichen Schönen. Jahre gehen vorüber, bis du sie gewinnst, und ergibt sie sich endlich, seid ihr beide alt geworden, und ihr könnt euch nicht mehr brauchen.

Börne

Ein Spezialist ist einer, der mehr und mehr über weniger und weniger weiß.

Nicholas Murray Butler

Erfahrung ist der beste Lehrmeister. Nur das Schulgeld ist teuer.

Carlyle

Erfahrung ist das Kind des Denkens und Denken das Kind des Handelns.

Disraeli

Ergebnisse! Mein Guter, ich habe viele Ergebnisse erzielt. Ich kenne Tausende von Sachen, die nicht funktionieren.

Edison

Phantasie ist ein schlechter Ersatz für Erfahrung.

Ellis

Erfahrung ist ein teurer Lehrmeister. Doch Narren wollen nirgends woanders lernen.

Franklin

Erfahrung ist der Vater der Weisheit und Erinnerung ihre Mutter.

Fuller

Erfahrung bleibt die beste Wünschelrute. *Goethe*

Erfahrung ist fast immer eine Parodie auf die Idee. *Goethe*

Ein kleiner, selbsterfahr'ner Spruch / Ist mehr wert als ein gutes Buch, / Das einer menschenfern geschrieben / Und so dem Leben fremd geblieben.

Güll

Hat dir der Tag was gebracht? So fragt sich am Abend der Jüngling; / Hat dir der Tag was geraubt? Fragt sich der Mann und der Greis. *Hebbel*

Durch die Brille der Erfahrung wirst du beim zweiten Hinschauen klar sehen.

Ibsen

Große Klugheit ohne Erfahrung ist Maulwitz.

Lehmann

Ein Dorn der Erfahrung ist mehr wert als eine ganze Wildnis der Warnung.

Lowell

Ein Schriftsteller braucht kein ganzes Schaf zu essen, um schildern zu können wie Hammel schmeckt. Es genügt, wenn er ein Kotelett ißt. Das aber sollte er tun.

Maugham

Jede gründliche Erfahrung muß mit eignem Leben bezahlt werden – und fremdem.

Morgenstern

Die wahre Weisheit der Völker ist Erfahrung.

Napoleon I.

Niemand weiß, welche Nachricht von Bedeutung ist, bevor hundert Jahre vergangen sind.

Nietzsche

Zwei Dinge belehren den Menschen über seine Natur: der Instinkt und die Erfahrung.

Pascal

Erfahrung lehrt uns, einen Riesenunterschied zwischen Frömmigkeit und Güte zu erkennen.

Pascal

Niemand weiß, was er tun kann, bevor er es versucht.

Publius Syrus

Bei anderen bemitleiden wir nur die Übel, die wir selbst erfahren haben.

Rousseau

Was ist Erfahrung? Eine armselige kleine Hütte, aus den Ruinen eines Palastes aus Gold und Marmor erbaut, genannt unsere Illusionen.

Roux

Am Abend wird man klug / Für den vergangenen Tag, / Doch niemals klug genug / Für den, der kommen mag.

Rückert

Was uns heut' ein Schlagwort heißt, / Ist morgen eine Phrase.

Sallet

Die größte Schwierigkeit der Ausbildung besteht darin, Erfahrungen aus Gedanken zu sammeln.

Santayana

Wir lernen aus Erfahrung, daß die Menschen nichts je aus Erfahrung lernen.

Shaw

Die Menschen sind nicht klug im Verhältnis zu ihrer Erfahrung, sondern im Verhältnis zu ihrer Fähigkeit, Erfahrungen zu sammeln.

Shaw

Im Laufe der Zeit lernen wir die Dinge lieben, die wir einst gehaßt haben, und die Dinge ablehnen, die wir einst verehrt haben.

Stevenson

Gibt es jemand, der so weise ist, daß er aus den Erfahrungen anderer lernt?

Voltaire

Man weiß doch nichts, als was man selbst erfährt.

Wieland

ERFOLG

Wer im Großen siegen will, / Sei im Kleinen fleißig; / Von ein, zwei kommt man zu drei, / Von dem Drei zu Dreißig.

Arndt

Je größer die Schwierigkeit, desto größer der Sieg.

Cicero

Konzentration ist das Geheimnis der Stärke in der Politik, im Krieg, im Handel, kurz gesagt in der Handhabung aller menschlichen Angelegenheiten.

Emerson

Nur klugtätige Menschen, die ihre Kräfte kennen und sie mit Maß und Gescheitigkeit benutzen, werden es im Weltwesen weit bringen.

Goethe

Wenn einen Menschen die Natur erhoben, / Ist es kein Wunder, wenn ihm viel gelingt; / Man muß in ihm die Macht des Schöpfers loben, / Der schwachen Ton zu solcher Ehre bringt: / Doch wenn ein Mann von allen Lebensproben / Die sauerste besteht, sich selbst bezwingt, / Dann kann man ihn mit Freuden andern zeigen / Und sagen: Das ist er, das ist sein eigen!

Goethe

Alles unterwirft sich dem Erfolg, sogar die Grammatik.

Hugo

Die meisten beurteilen Menschen nur nach ihrem Erfolg oder ihrem Glück.

La Rochefoucauld

Zu wissen, wie man abwartet, ist das große Geheimnis des Erfolges. *Maistre*

Die allgemeine Annahme, nach der Erfolg Menschen dadurch verdirbt, daß er sie eitel, egoistisch und selbstzufrieden macht, ist ein Irrtum. Im Gegenteil, in den meisten Fällen macht er sie bescheiden, tolerant und liebenswürdig. Mißerfolg verbittert Menschen und macht sie grausam.

Maugham

Der Erfolg der meisten Dinge hängt davon ab, daß man weiß, wie lange es dauern wird, bis sie gelingen.

Montesquieu

In jedem Beruf ist der erste Schritt zum Erfolg, sich dafür zu interessieren.

Osler

Man muß den Leuten nur ein bißchen verrückt vorkommen, dann kommt man schon weiter.

Raabe

Wer sagt: ich suchte, doch fand ich nicht; glaub', er lügt! / Wer sagt: ich suchte nicht und fand; glaub', er betrügt! / Wer sagt: Ich sucht' und fand; dem glaub', er redet wahr; / Anstrengung und Erfolg sind ungetrennt ein Paar.

Rückert

Im allgemeinen werden Menschen freundliche oder feindselige Gefühle für einander in dem Verältnis hegen, in dem sie ihr eigenes Leben für erfolglos oder erfolgreich halten.

Russel

Wenn du Erfolg haben willst, begrenze dich. *Sainte-Beuve*

Ich habe die Leben großer Männer und berühmter Frauen studiert und ich habe festgestellt, daß die Männer und Frauen die Spitze erreicht haben, die die ihnen vorgelegten Aufgaben mit ihrer gesamten Energie und ihrem gesamten Enthusiasmus und durch schwere Arbeit erfüllt haben.

Truman

Dein Erfolg enthält immer etwas, das selbst deinen besten Freunden mißfällt. *Wilde*

ERINNERUNG

Alles hat eine unentdeckte Seite, denn anstatt die Dinge mit unseren Augen zu betrachten, betrachten wir sie mit den Erinnerungen an die Gedanken anderer.

Flaubert

Wo der Anteil sich verliert, verliert sich auf das Gedächtnis.

Goethe

Die Erinnerung ist das einzig Feste, was dem Menschen bleibt; dies sollte jeder Bösewicht bedenken, dann würd er sich nicht aus so vielen Stunden Höllen zusammenzimmern.

Hebbel

Die Vergangenheit und die Erinnerung haben eine unendliche Kraft, und wenn auch schmerzliche Sehnsucht daraus quillt, sich ihnen hinzugeben, so liegt darin doch ein unaussprechlich süßer Genuß.

Wilhelm von Humboldt

Die Erinnerung ist das einzige Paradies, woraus wir nicht vertrieben werden können.

Jean Paul

Die Probe eines Genusses ist seine Erinnerung.

Jean Paul

ERWARTUNG

Was wir erwarten, trifft selten ein.

Disraeli

Schöner selbst als der vollste Besitz ist die Erwartung des Glücks.

Geibel

Das Erwartete bleibt gewöhnlich unter der Erwartung.

Kotzebue

Beide schaden sich selbst: der zuviel verspricht, und der zuviel erwartet.

Lessing

Gesegnet sei der, der nichts erwartet. Er wird nie enttäuscht werden.

Pope

ERZIEHUNG

Einem Krebs können wir nicht beibringen, grade zu gehen.

Aristophanes

Ist der Mensch zwar »bös von Jugend an«, so ist er doch ebenso auch »gut von Jugend an«, und es kommt in der Hauptsache nur darauf an, welchen von beiden Menschen man zuerst anfaßt und bearbeitet; in der Kindheit hat man noch die Verfügung über beide, nachher wird es schwerer.

Egidy

Das Geheimnis der Erziehung liegt in der Achtung des Schülers.

Emerson

Lehre dein Kind, den Mund zu halten. Es wird schnell genug reden lernen.

Franklin

Der Mensch lebt eine so kurze Zeit, sein Gedächtnis ist so schwindelnd, des Wissenswerten ist so viel, daß er von früh an nur durch das Ausgesuchteste unterrichtet werden sollte.

Friedrich der Große

Erziehung ist Beispiel und Liebe, sonst nichts.

Fröbel

Ein Lehrer, der das Gefühl an einer einzigen guten Tat, an einem einzigen guten Gedicht erwecken kann, leistet mehr als einer, der uns ganze Reihen untergeordneter Naturbildungen der

Gestalt und dem Namen nach überliefert.

Goethe

Was heißt das für ein Leben führen, / Sich und die Jungens ennuyieren?. . . / Das Beste, was du wissen kannst, / Darfst du den Buben doch nicht sagen.

Goethe

Nur der ist ein geborener Lehrer, welcher die Begeisterung seiner Schüler erwecken kann.

Hähnel

Der Mensch, der zu alt zum Lernen ist, war wahrscheinlich immer zu alt zum Lernen.

Haskins

Der Mensch bedarf der Erziehung. Nicht als ob er ohne Erziehung nicht gedeihen könnte, sondern weil es nicht dem Zufall überlassen bleiben soll, ob er gedeihen werde.

Herbart

Der Lehrer muß keine Liebe des Vorzuges gegen ein Kind besonders zeigen. Sobald das Kind sieht, daß sich nicht alle übrigen auch demselben Gesetz unterwerfen müssen, wir es aufsässig.

Kant

Eines der größten Probleme der Erziehung ist, wie man die Unterwerfung unter den gesetzlichen Zwang mit der Fähigkeit, sich seiner Freiheit zu bedienen, vereinigen könne. Denn Zwang ist nötig.

Kant

Ein jeder hat von Natur das Maß des Verstandes, das er haben soll. Die Erziehung kann die Verstandeskräfte, die in der Seele sind, entwickeln, aber die nicht hineinlegen, die nicht darin sind.

Kleist

Lerne nicht mehr als du unbedingt brauchst, um durchs Leben zu kommen.

Kraus

Einen Menschen erziehen, heißt seinen Willen bestimmen; ihn gut erziehen, heißt seinen Willen gewöhnen, stets nur das Gute zu erstreben.

Lagarde

Der größte Fehler, den man bei der Erziehung zu begehen pflegt, ist dieser, daß man die Jugend nicht zum eigenen Nachdenken gewöhnt.

Lessing

Wenn man nur die Kinder dahin erziehen könnte, daß ihnen alles Undeutliche völlig verständlich wäre.

Lichtenberg

Es gibt keine neue Ideen in der Pädagogik. Die letzte und endgültige dachte sich James I. aus. Er sperrte einen einjährigen Knaben in einen Keller ein, um festzustellen, ob er bei der Freilassung zehn Jahre später Hebräisch sprechen konnte. Moderne pädagogische Theorien sind nur schüchterne Versuche, die gleichen Gedanken auszuwerten. Der fortschrittlichste Lehrer an der fortschrittlichsten Schule hat nur den tiefen Glauben, daß man einen Knaben am besten lehren kann, indem man ihn seinen eigenen Einfällen überläßt.

Menen

Stets hat die erste, von einer zärtlichen und tugendhaften Mutter geleitete Erziehung auf unsere Zukunft ebensoviel Einfluß, wie die trefflichste natürliche Anlage.

Napoleon III.

Bei uns nicht mehr als bei der Erziehung muß es heißen: Und hätte ich alle Weisheit und hätte die Liebe nicht, so wäre ich nichts nütze.

Rückert

Erziehung bedeutet nicht, Menschen zu lehren, was sie nicht wissen. Es bedeutet, sie zu lehren, wie man sich benimmt und wie nicht. Es besteht nicht darin, die Jugend die Form der Buchstaben und die Tricks der Zahlen zu lehren und es ihr dann zu überlassen, das Rechnen in Spitzbubereien und Literatur in Gelüste zu verwandeln. Es bedeutet im Gegenteil, sie zu der vollkommenen Ausübung und königlichen Zurückhaltung ihrer Körper und Seelen auszubilden. Es ist eine schmerzhafte, immerwährende und schwierige Aufgabe, die durch Güte, Beobachten, Warnen, Gebot und Lob, vor allem aber durch Beispiel erfüllt werden kann.

Ruskin

Sexuelle Aufklärung besteht im wesentlichen aus der Beantwortung von Fragen. Zwei Regeln erfassen das Gebiet. Erstens, man muß auf jede Frage ehrlich antworten. Zweitens, man muß genau die gleiche Einstellung zu sexuellem Wissen haben wie zu jedem anderen Wissen.

Russel

Wir stehen vor der paradoxen Tatsache, daß die Erziehung zu einem der wesentlichen Hindernisse für Intelligenz und Freiheit des Denkens geworden ist.

Russel

Weniges, aber das Wenige recht, das ist der Grundsatz alles echten Unterrichts.

Thiersch

ESSEN

Sage mir, was du ißt, und ich werde dir sagen, was du bist.

Brillat-Savarin

Wer zu viel ißt, weiß nicht, wie man essen muß.

Brillat-Savarin

Die Entdeckung eines neuen Gerichts trägt mehr zum Glück der Menschen bei als die Entdeckung eines Sterns.

Brillat-Savarin

Ich habe wenige an Hunger sterben sehen, am Überessen aber 100.000.

Franklin

Viele ausgezeichnete Köche werden dadurch verdorben, daß sie zur Kunst übergehen.

Gauguin

Du mußt dich niemals mit Schwur vermessen: / »Von dieser Speise will ich nicht essen.«

Goethe

Wer sich den ganzen Tag mit Essen vollstopft, ohne sich mit irgend etwas geistig zu beschäftigen, ist ein unerfreulicher Mitmensch. Gibt es denn keine Glücks- und Schachspieler? Es ist immer noch besser, zu ihnen zu gehören, als nichts zu tun.

Konfuzius

Übermäßiges Essen und Trinken tötet mehr Menschen als das Schwert. *Osler*

Eher muß man darauf achten, mit wem man ißt und trinkt, als was man ißt und trinkt. Ohne Freund ist das Leben wie das Abfüttern eines Löwen oder eines Wolfes.

Seneca

Andere Menschen leben, um zu essen. Ich esse, um zu leben.

Sokrates

Gott schickt das Fleisch, und der Teufel sendet die Köche.

Taylor

Ein Teil des Geheimnisses des Erfolges im Leben besteht daraus, zu essen, was man mag, und es im Innern des Körpers ausfechten zu lassen. *Twain*

Glück wird vom Magen hervorgerufen.

Voltaire

Bei leerem Magen / Sind alle Übel doppelt schwer.

Wieland

Nach einem guten Essen könnte man jedem vergeben, selbst seinen eigenen Verwandten.

Wilde

FAMILIE

Familien mit Kindern und kinderlose Familien bedauern einander.
Howe

Eine traurige Wahrheit: selbst große Menschen haben arme Verwandte. *Dickens*

Die Sicherheit und Erhabenheit der Familie und des Familienlebens sind die ersten Ziele der Zivilisation und der endgültige Zweck aller Arbeit.
Charles W. Eliot

Besuche deine Tante, aber nicht jeden Tag. Geh zu deinem Bruder, aber nicht jeden Abend.
Franklin

Die meisten Dinge müssen unter Verwandten und Freunden unbemerkt bleiben, ja, sogar unter Feinden.
Gracián

Nie hat je ein Mann seine eigene Herkunft gekannt.
Homer

Ein Bruder ist ein von der Natur gegebener Freund.

Legouvé

Die Frau weiß, was der Mann bereits allzu lange vergessen hat, nämlich, daß endgültige wirtschaftliche und geistige Einheit einer jeden Zivilisation noch immer die Familie ist.

Luce-Booth

Es bereitet nur wenig mehr Mühe, seine Familie zu regieren, als ein ganzes Königreich.

Montaigne

Der Mensch, der sich nur seiner berühmten Vorfahren brüsten kann, gleicht einer Kartoffel – sein einzig Gutes ist unter der Erde.

Overbury

Die Familie ist eines der Meisterwerke der Natur.

Santayana

Wohltätigkeit beginnt im eigenen Heim.

Terenz

Glückliche Familien ähneln sich. Aber jede unglückliche Familie ist auf ihre eigene Weise unglücklich.

Tolstoi

FEHLER

Zu versuchen, netter zu sein als man ist, ist der größtmögliche Fehler.

Bagehot

Der Großen Hochmut wird sich geben, / Wenn unsre Kriecherei sich gibt.

Bürger

Der größte Fehler ist meiner Ansicht, sich keines bewußt zu sein.

Carlyle

Narren haben die merkwürdige Eigenschaft, die Fehler anderer zu entdecken und die eigenen zu vergessen.

Cicero

Die Fehler der Jugend sind den Triumphen des Mannestums oder den Erfolgen des hohen Alters vorzuziehen.

Disraeli

Ein großer Fehler, daß man sich mehr dünkt, als man ist, und sich weniger schätzt, als man wert ist.

Goethe

Wir hängen unseren Fehlern gar zu gern das Gewand eines gütigen Gesetzes um.

Goethe

Alle Menschen, wie sie zur Freiheit gelangen, machen ihre Fehler gelten: die Starken das Übertreiben, die Schwachen das Vernachlässigen.

Goethe

Möchtest du die schwachen Punkte eines Menschen ausfindig machen? Stelle die Fehler fest, die er am schnellsten bei anderen bemerkt.

J. C. und A. W. Hare

Es ist gut, daß niemand fehlerfrei ist, denn er würde keinen einzigen Freund in der Welt haben.

Hazlitt

Wenn wir fehlerfrei wären, würde es uns nicht so viel Vergnügen bereiten, sie in anderen festzustellen.

Horaz

Niemand wird fehlerfrei geboren; wer die wenigsten besitzt, ist der Beste.

Horaz

Menschen werden schlecht und schuldig, weil sie reden und handeln, ohne die Folgen ihrer Worte und Taten vorauszusehen.

Kafka

Es gibt gewisse Fehler, welche, gut dargestellt, besser glänzen als Tugenden.

La Rochefoucauld

Nur großen Männern steht es zu, große Fehler zu haben.

La Rochefoucauld

Das Glück heilt uns von mehr Fehlern, als die Vernunft es vermag.

La Rochefoucauld

Von all unseren Fehlern entschuldigen wir die Faulheit am leichtesten.

La Rochefoucauld

Wenn du die Fehler eines Menschen kennst, dem du gefallen willst, mußt du sehr ungeschickt sein, wenn es dir nicht gelingt.

Le Sage

Der Stolz, eine edle Leidenschaft, ist nicht blind gegen eigene Fehler, aber der Hochmut ist es.

Lichtenberg

Ein Mensch, der keine Fehler macht, macht im allgemeinen nichts.

Phelps

Wer einen Fehler übersieht, fordert einen weiteren heraus.

Publius Syrus

Ich schreibe nicht, um meine Fehler zu entschuldigen, sondern um meine Leser zu verhindern, sie nachzuahmen.

Rousseau

Wer andrer Fehler dir zuträgt und gern erzählt, / Gewiß auch andern trägt er zu, was du gefehlt.

Saadi

FEIGHEIT

Eine feige Töle bellt lauter als sie beißt.

Curtius Rufus

Viele wären Feiglinge, wenn sie ausreichend Mut hätten.

Fuller

Die Furcht, daß wir uns lächerlich machen, verursacht unsere größten Feigheiten.

Gide

Der Feige droht nur, wo er sicher ist.

Goethe

Feigheit, die Mutter der Grausamkeit.

Montaigne

Der Selbstmord ist das größte Verbrechen. Welchen Mut kann derjenige besitzen, der vor einem Wechsel des Glücks zittert? Der wahre Heldenmut besteht darin, über das Elend des Lebens erhaben zu sein.

Napoleon I.

Sich mitten unter die Feinde werfen, kann das Merkmal der Feigheit sein.

Nietzsche

Ich weiß nicht, wie es kommt; / Allein ich find' es feig und niederträchtig, / Aus Furcht, was kommen mag, des Lebens Zeit / So zu verkürzen.

Shakespeare

Wenn Männer von hoher Stellung den Mut ihrer Meinung nicht haben, was läßt sich da von Männern in niedriger Stellung erwarten?

Smiles

Es gibt eine Reihe guter Schutzmaßnahmen gegen die Versuchung. Doch die sicherste ist Feigheit.

Twain

FEIND

Selbst von einem Feind kann der Mensch Weisheit lernen.

Aristophanes

Schreibe deinem Gegner nie schlechtere Motive als deine eigenen zu.

Barrie

Unausgesprochene und verhüllte Feindseligkeit ist mehr zu fürchten als offene und erklärte.

Cicero

Ein Mensch mit tausend Freunden hat keinen überzähligen – ein Mensch mit einem Feind wird ihm überall begegnen.

Emerson

Liebe deine Feinde, denn sie sagen dir deine Fehler.

Franklin

Wer dir als Freund nichts nützen kann, / Kann allemal als Feind dir schaden.

Gellert

Gegner glauben uns zu widerlegen, wenn sie ihre Meinung wiederholen und auf die unsrige nicht achten.

Goethe

Vermeide Siege über Überlegene.

Gracián

Ein Weiser nutzt seine Feinde besser aus als ein Narr seine Freunde.

Gracián

Nichts trägt mehr dazu bei, einen Menschen weise werden zu lassen, als wenn er immer einen Feind in seinem Blickfeld hat.
Halifax

Wer gegen andere Krieg führt, lebt nicht in Frieden mit sich selbst. *Hazlitt*

Ein Feind ist zu viel.
George Herbert

Unsere Feinde kommen in ihrer Beurteilung über uns der Wahrheit näher als wir selbst.
La Rochefoucauld

Wer noch nie einem Feind verziehen hat, hat noch nie eine der höchsten Lebensfreuden genossen. *Lavater*

Wenn wir die Geheimgeschichte unserer Feinde lesen könnten, würden wir im Leben eines jeden so viel Kummer und Leiden feststellen, daß es ausreichen würde, alle feindseligen Gefühle zu entwaffnen.
Longfellow

Du darfst nicht zu oft mit einem Feinde kämpfen, denn sonst lehrst du ihn seine gesamte Kriegskunst.
Napoleon I.

Es ist schlecht, dem Feind zu vertrauen. *Ovid*

Vergleiche machen unsere Freunde zu Feinden.
Philemon

Ein kluger Mensch fürchtet seine Feinde, wie unbedeutend sie auch sein mögen.
Publius Syrus

Gegen seine Feinde kann man alles einsetzen. *Richelieu*

Das Geschenk des Feindes ist keins und bringt uns auch keinen Gewinn.
Sophokles

Ich habe nur ein Mal Gott gebeten: »Oh, mache meine Feinde lächerlich.« Und Gott hat es erhört. *Voltaire*

Meine Freunde wähle ich auf Grund ihres guten Aussehens, meine Bekannten auf Grund ihres guten Charakters und meine Feinde auf Grund ihrer guten Intelligenz. Man kann in der Wahl seiner Feinde nicht vorsichtig genug sein.
Wilde

Vergib stets deinen Feinden. Nichts ärgert sie so. *Wilde*

FORTSCHRITT

Der Weg zur Vollkommenheit und zu jedem Fortschritt ist fortwährende Selbstkritik.
Böcklin

Die große Bekämpferin der Unduldsamkeit ist nicht die Humanität, sondern die Wissenschaft. Der Verbreitung der Wissenschaft und ihr allein verdanken wir das allmähliche Aufhören des unfraglich größten Übels, welches die Menschen je ihrem eigenen Geschlechte zugefügt haben.

Buckle

Fortschritt ist die Mutter von Problemen.

Chesterton

Was wir Fortschritt nennen, ist der Austausch einer Plage für eine andere.

Ellis

Alte Menschen beharren viel zu stur auf ihren eigenen Ideen. Darum bringen die Bewohner der Fidschi-Inseln ihre Eltern um, wenn sie alt werden. Auf diese Weise fördern sie den Fortschritt, während wir seinen Vormarsch durch die Begründung von Akademien zurückhalten.

France

Die Zeit aber ist in ewigem Fortschreiten begriffen, und die menschlichen Dinge haben alle fünfzig Jahre eine andere Gestalt, so daß eine Einrichtung, die im Jahre 1800 vielleicht eine Vollkommenheit war, schon im Jahre 1850 vielleicht ein Gebrechen ist.

Goethe

Das ist doch nur der alte Dreck, / Werdet doch gescheiter! / Tretet nicht immer denselben Fleck, / So geht doch weiter!

Goethe

Leben bedeutet Fortschritt, und Fortschritt bedeutet Leiden.

Loon

Jeder Schritt vorwärts wird auf Kosten seelischer und körperlicher Schmerzen von jemand gemacht.

Nietzsche

Jeder Fortschritt, den die Welt gemacht hat, ist von Schafott zu Schafott, von Scheiterhaufen zu Scheiterhaufen gewesen.

Phillips

Den größten Anteil am Fortschritt hat der Wunsch nach Fortschritt.

Seneca

FRAU

Frauen wollen ohne Warum und Wofür geliebt werden; nicht weil sie hübsch oder gut oder wohlerzogen oder graziös oder intelligent, sondern weil sie selbst sind.

Amiel

Eine Frau kann alles sein, was der Mann, der sie liebt, wünscht.

Barrie

Mitleid ist das tödlichste Gefühl, das man einer Frau anbieten kann. *Baum*

Eine Frau, die geliebt wird, hat immer Erfolg. *Baum*

Weiblichkeit ist die Achse der Erde und die Milchstraße am Himmel. *Börne*

Der Eigensinn einer Frau ist auf eine ganz wunderliche Art befestigt. Der Graben ist hinter dem Walle, und hat man die steilsten

Einwendungen erstiegen und glaubt, jetzt wäre alles geschehen, entdeckt man erst, daß das Schwerste noch zu tun sei.

Börne

Wer zwischen Geist und Schönheit wählen kann, muß zur Dame die Schöne, zum Weib die Kluge wählen.

Calderón

Eine Frau, die entschlossen ist, geachtet zu werden, kann es selbst inmitten eines Heeres erreichen.

Cervantes

So schlecht ein Mann auch über die Frauen denken mag, es gibt doch keine Frau, die über diesen Gegenstand nicht noch schlechter dächte als er.

Chamfort

Hast du nicht festgestellt, daß jede Frau unfehlbar durch jede Art von Schmeichelei gewonnen werden kann, und jeder Mann durch die eine oder die andere?

Chesterfield

Frauen schauen nicht so genau hin. Sie sind leicht mit dem Vogelleim der Worte zu fangen.

Daudet

Frauen machen immer gewisse geistige Vorbehalte.

Destouches

Was ist Zivilisation? Ich antworte: die Macht guter Frauen.

Emerson

Mit Frauen soll man sich nie unterstehn zu scherzen. *Goethe*

Ach, sie war nicht liebenswürdig, wenn sie liebte, und das ist das größte Unglück, das einem Weibe begegnen kann. *Goethe*

Ein edler Mann wird durch ein gutes Wort der Frauen weit geführt. *Goethe*

Es ist nichts Himmlischeres als ein weibliches Wesen, das sich dem geliebten Manne hingibt.

Goethe

Der Umgang mit Frauen ist das Element guter Sitten.

Goethe

Ein schönes, herrliches Weib, das unvermählt bleibt, ist eine stille und doch laute Anklage gegen alle Männer. *Goltz*

Selbst gebildete Frauen vertragen nicht immer andauernd gleichmäßiges Glück und fühlen einen unbegreiflichen Antrieb zu Teufeleien und Narrheiten, durch die Abwechslung ins Leben kommt.

Goltz

Schöne Frauen haben seit undenklichen Zeiten das Vorrecht, dumm sein zu dürfen.

Hahn-Hahn

Die einzige Möglichkeit, eine Frau zu verstehen, ist sie zu lieben – und dann ist es nicht nötig, sie zu verstehen.

Harris

Des Weibes Leib ist ein Gedicht, / Das Gott der Herr geschrieben / Ins große Stammbuch der Natur, / Als ihn der Geist getrieben.

Heine

Nur wenige können sich rühmen, ein Weib zu besitzen, das ihnen mit jedem Tage neu und doch so unentbehrlich ist wie die älteste, liebste Lebensgewohnheit.

Heyse

Man sehe die Geschichte, und man wird finden, daß, wenn gleich die Weiber nicht regierten, alles doch durch sie regiert wird.

Hippel

Ich bin der unvorgreiflichen Meinung, daß kein Mädchen völlig häßlich ist.

Hippel

Je tapferer und gesitteter ein Volk war, desto mehr hat es die Weiber geehrt. *Hippel*

Ein Mann ist so gut, wie er sein muß, eine Frau so schlecht, wie sie wagt.

Elbert G. Hubbard

Allein auch in Frauen bewahrt das Alter vieles, was man in ihrer Jugend vergebens suchen würde, und was jeder Mann von Sinn und Gefühl vorzugsweise schätzen wird.

Wilhelm von Humboldt

Bei Weibern ist alles Herz, sogar der Kopf.

Jean Paul

Mädchen, wie Perlen und Pfauen, schätzt man nach keiner anderen Farbe als der weißesten.

Jean Paul

Jede Frau ist feiner als ihr Stand.

Jean Paul

Ich liebe den Umgang mit Frauen. Ich liebe ihre Schönheit, Zartheit, Lebhaftigkeit und ihr Schweigen.

Johnson

Die Vermutung einer Frau ist viel genauer als die Gewißheit eines Mannes.

Kipling

Eine Frau ist nur eine Frau, aber eine gute Zigarre kann man rauchen. *Kipling*

Torheit, du regierst die Welt, und dein Sitz ist ein schöner weiblicher Mund.

Kleist

Sind die Frauen gut, so stehen sie zwischen dem Mann und dem Engel; sind sie schlecht, so stehen sie zwischen dem Mann und dem Teufel.

Kotzebue

Ein Mädchen darf nicht suchen, es darf nur finden, und, lieber Gott, wie selten findet der, der nicht sucht.

Kotzebue

Die liebenswürdigste der Frauen / Wird immer auch die schönste sein.

Kotzebue

Wegen der Männer können sich Frauen nicht leiden.

La Bruyère

Sehr wenig Frauen haben Grundsätze. Die meisten werden nur von ihrem Herzen geleitet, und ihre Tugend hängt von der Gesinnung ihrer Liebhaber ab.

La Bruyère

Was zehn schlechte Weiber einem Manne vom Glauben an die Menschheit genommen haben, kann ein edles Weib hundertfach ersetzen. *Leixner*

Die Natur rüstet das weibliche Geschlecht zur Liebe, nicht zu Gewaltseligkeiten aus; es soll Zärtlichkeit, nicht Furcht erwecken; nur seine Reize sollen es mächtig machen, nur durch seine Liebkosungen soll es herrschen, und soll nicht mehr beherrschen wollen, als es genießen kann.

Lessing

Selbst die sanftesten, bescheidensten und besten Mädchen sind immer sanfter, bescheidener und besser, wenn sie sich vor dem Spiegel schöner gefunden haben.

Lichtenberg

Wenn Frauen sich küssen, muß man immer an Boxer denken, die sich die Hände reichen.

Mencken

Eine geistreiche Frau ist ein Schatz, eine geistreiche Schönheit eine Macht.

Meredith

Welche Mission hat die Frau? Zum ersten, zu lieben; zweitens, einen einzigen zu lieben, und drittens immer zu lieben.

Michelet

Wenn ein Mann in mich drängte, ihm einen Grund anzugeben, warum ich ihn liebe, könnte ich nur folgende Antwort geben: weil er es ist, weil ich es bin.

Montaigne

Das ist der Frauen feine Kriegskunst, / Daß sie, den Kampf ablehnend, dennoch siegen.

Raupach

Männer arbeiten und denken, aber Frauen empfinden.

Rossetti

Alle Völker, die Gesittung hatten, haben die Frauen geachtet.

Rousseau

Meinerseits mißtraue ich allen Verallgemeinerungen über Frauen, günstig und ungünstig, männlich und weiblich, alt und modern.

Russel

Im richtigen und tiefen Seelengefühl des Wahren übertreffen die Frauen, welche unverdorben und zum Guten und Schönen gebildet sind, bei weitem die meisten Männer. *Schlegel*

Der weibliche Charakter wird so oft nicht verstanden, eben weil es die schöne Natur des Weibes ist, seine Seele zu verhüllen wie seine Reize. *Schlegel*

Die Natur hat den Frauen nur ein Mittel gegeben, sich zu verteidigen und zu schützen, die Verstellung; diese ist ihnen angeboren und ihre Verwendung so natürlich, wie für das Tier die Anwendung seiner Waffen; ja, sie fühlt sich hierbei bis zu einem gewissen Grade im Recht.

Schopenhauer

Frauen sind weiser als Männer, denn sie wissen weniger und verstehen mehr. *Stephens*

Kein wahrer Gentleman wird die reine Wahrheit in Anwesenheit von Damen sprechen.

Twain

Die gesamte Vernunft der Männer ist nicht ein Gefühl der Frauen wert. *Voltaire*

Wir Mädchen sehn doch immer mit Vergnügen / Die Weisheit eines Manns zu unsren Füßen liegen.

Wieland

Des Weibes Liebe hat ein Falkenauge.

Wieland

Frauen werden nie durch Komplimente entwaffnet. Männer immer.

Wilde

Nie darf man einer Frau trauen, die einem ihr wahres Alter verrät. Eine Frau, die das verrät, ist fähig, alles zu verraten.

Wilde

FREIHEIT

Es gibt keinen Menschen, der nicht die Freiheit liebte, aber der Gerechte fordert sie für alle, der Ungerechte nur für sich allein.

Börne

Für freie Menschen sind Drohungen wirkungslos. *Cicero*

Die Freiheit besteht darin, daß man alles das tun kann, was einem andern nicht schadet.

Claudius

Die Freiheit wird einem nicht angeboren; sie wird nicht geschenkt, sie will erarbeitet sein; sie ist eine Folge des geistig durchgebildeten Charakters.

Diesterweg

Die schönste Sache in der Welt ist die Redefreiheit.

Diogenes

Wer nicht sein eigener Meister ist, ist nicht frei. *Epiktet*

Kein Mensch, der in Furcht oder Sorge oder Tumult lebt, ist frei, aber wer sich von Sorgen, Furcht und Tumult befreit, wird dadurch auch aus der Sklaverei befreit.

Epiktet

Freiheit ist immer gefährlich. Aber sie ist das Sicherste, was wir haben.

Fosdick

Wer grundlegende Freiheit aufgeben würde, um ein wenig vorübergehende Sicherheit zu erkaufen, verdient weder Freiheit noch Sicherheit.

Franklin

Ich bin der festen Überzeugung, daß kein Mensch seine Freiheit verliert, es sei denn durch seine eigene Schwäche.

Gandhi

Freiheit ist wertlos, wenn sie nicht auch Freiheit zu Irren bedeutet.

Gandhi

Dem Weltlaufkundigen geht kein Gut mehr / Über die Freiheit.

Geibel

Das Wort Freiheit klingt so schön, daß man es nicht entbehren könnte, und wenn es einen Irrtum bezeichnete.

Goethe

Die Freiheit ist kostbarer als jedes Geschenk, das dich verleiten mag, sie aufzugeben. *Gracián*

Alles prüfe der Mensch, sagen die Himmlischen, / Daß er, kräftig genährt, danken für alles lern / Und verstehe die Freiheit, / Aufzubrechen wohin er will.

Hölderlin

Ein Mann darf nicht seine besten Hosen anziehen, wenn er in die Schlacht für Freiheit und Wahrheit zieht.

Ibsen

Die Geschichte der Zivilisation ist die Geschichte der langsamen und schmerzhaften Befreiung der Menschheit.

Ingersoll

Es ist besser, eine Frage zu diskutieren, ohne sie zu regeln, als sie ohne Diskussion zu regeln.

Joubert

Der Mensch hat aber von Natur einen so großen Hang zur Freiheit, daß, wenn er erst eine Zeitlang an sie gewöhnt ist, er ihr alles aufopfert.

Kant

Die Freiheit eines jeden hat als logische Grenze die Freiheit der anderen.

Karr

Freiheit! du bist wie das Brot; jedem Stande und jedem Alter Bedürfnis. Brot ist des Körpers Nahrung und Freiheit Seelenspeise.

Kotzebue

Niemand erwartet von einem Bettler, daß er eine Bürgschaft für jemand leistet. Kein Mensch belästigt ihn mit Fragen über seine Religion oder politischen Anschauungen. Er ist der einzige freie Mensch im Weltall.

Lamb

Nicht die Freiheit, sondern, was scharf zu unterscheiden ist, die individuelle Willkür hat ihre Grenze, eine Grenze, die gerade durch das positive und substantielle Wesen der menschlichen Freiheit an ihr gesetzt wird.

Lassalle

Was die wahre Freiheit und den Gebrauch derselben am deutlichsten charakterisiert, das ist der Mißbrauch derselben.

Lichtenberg

Die Welt hat nie eine gute Definition für das Wort Freiheit gefunden. *Lincoln*

Die Freiheit ist kein Privilig, das verliehen wird, sondern eine Gewohnheit, die erworben werden muß.

Lloyd George

In der Freiheit gibt es Einschränkungen, aber keine Grenzen.

Lloyd George

Demokratie verleiht jedem Menschen das Recht, sein eigener Unterdrückter zu sein.

Lowell

Manche Politiker pflegen es als selbstverständlich hinzustellen, daß kein Volk frei sein darf, bis es imstande ist, seine Freiheit auszunutzen. Dieser Grundsatz erinnert an die Fabel vom Toren, der nicht eher ins Wasser gehen wollte, als bis er schwimmen gelernt hatte.

Macaulay

Ansichten können nicht überleben, wenn man nicht die Möglichkeit hat, für sie zu kämpfen.

Mann

Wir können nie sicher sein, daß eine Meinung, die wir zu unterdrücken suchen, wirklich falsch ist; und selbst wenn wir sicher wären, wäre ihre Unterdrückung noch immer ein Übel.

Mill

Die einzige Freiheit, die des Namens wert ist, ist die, die es uns gestattet, unser eigenes Gutes auf unsere eigene Weise zu verfolgen, so lange wir nicht versuchen, andere ihrer zu berauben oder ihre Bemühungen hindern, sie zu erhalten. *Mill*

Wer seine eigene Freiheit sichern will, muß selbst seinen Feind vor Unterdrückung schützen.

Paine

Ewige Wachsamkeit ist der Preis der Freiheit.

Phillips

Frei sein kann gar nichts anderes heißen, als seiner innersten Natur sklavisch folgen zu dürfen. Absolute Freiheit ist etwas Unmenschliches.

Rahel

Der Mensch ist frei geboren, und dennoch liegt er überall in Ketten.

Rousseau

Es ist offensichtlich, daß das Denken nicht frei ist, wenn es durch das Vertreten bestimmter Meinungen unmöglich wird, seinen Lebensunterhalt zu verdienen.

Russel

Wo viel Freiheit ist, ist viel Irrtum; / Doch sicher ist der schmale Weg der Pflicht.

Schiller

Die schönsten Träume von Freiheit werden im Kerker geträumt.
Schiller

Der Mensch ist frei geschaffen, ist frei / Und würd' er in Ketten geboren. *Schiller*

Die wahre Freiheit ist nichts anderes als Gerechtigkeit.
Seume

Freiheit bedeutet Verantwortung. Darum fürchten sie die meisten Menschen. *Shaw*

Was ist Freiheit? Freizeit. Was ist Freizeit? Freiheit. *Shaw*

Es ist das Glück der Zeit, daß man denken darf, wie man will, und daß man reden darf, wie man denkt. *Tactius*

Ein Pferd, das in einen Wagen eingespannt ist, hat nicht die Freiheit, ihn nicht zu ziehen; und wenn es ihn nicht ziehen will, dann wird ihm der Wagen auf die Beine schlagen, und es wird dem Wege des Wagens folgen, wo immer er hinläuft, und es wird ihn unfreiwillig ziehen. Trotz dieser begrenzten Freiheit, steht es ihm frei, den Wagen zu ziehen oder sich von ihm schleppen zu lassen. Das gleiche trifft auf den Menschen zu.
Tolstoi

Ich mißbillige, was du sagst, aber bis in den Tod werde ich dein Recht verteidigen, es zu sagen.
Voltaire

Freiheit hat ihren Ursprung nie in der Regierung gehabt. Sie hat immer von ihren Untertanen gestammt. Die Geschichte der Freiheit ist eine Geschichte des Widerstandes. Die Geschichte der Freiheit ist eine Geschichte der Begrenzung der Regierungsgewalt, nicht ihrer Vergrößerung.
T. Woodrow Wilson

FREUDE

Übermäßige Freude ist schwerer zu ertragen als jede Menge Kummer.
Balzac

Was anders wäre Freude, als Freude machen?
Byron

Wenn du Menschen erfreuen willst, mußt du sie auf ihre Weise erfreuen.
Chesterfield

Die glücklichsten Pessimisten! Welche Freude empfinden sie, so oft sie bewiesen haben, daß es keine Freude gibt.
Ebner-Eschenbach

Wenn wir behaupten, daß Freude Zweck und Ziel des Lebens ist, dann meinen wir nicht die Freuden der Verschwendung und die Freuden der Sinne. Unter Freude verstehen wir einen schmerzfreien Körper und eine sorgenlose Seele.
Epikur

Viele Menschen glauben, Vergnügen zu kaufen, wenn sie sich ihm in Wirklichkeit als Sklaven verkaufen.

Franklin

Jede vollkommene Handlung wird von Freude begleitet. Daran kann man erkennen, daß man es tun soll. *Gide*

So eine wahre, warme Freude ist nicht in der Welt, als eine große Seele zu sehen, die sich gegen einen öffnet.

Goethe

Die beste Freude ist Wohnen in sich selbst.

Goethe

Unsres Lebens schönste Freude / Schaffet weder Ruhm noch Gold.

Jacobi

Die Menschen sollen sich einander bei den Händen fassen und nicht nur gut sein, sondern auch froh. Die Freude ist der Sommer, der die inneren Früchte färbt und schmilzt.

Jean Paul

Der Mensch kann gegen seinen Willen überzeugt werden, aber nicht erfreut.

Johnson

Seltenheit verleiht der Freude Würze.

Juvenal

Das Wesen der Freude liegt nicht im Genuß einer Sache, sondern in dem begleitenden Bewußtsein. Wenn mir ein einfacher Geist diente, der mir auf meine Bitte um ein Glas Wasser den kostbarsten Wein in einem Kelch servierte, würde ich ihn entlassen, um ihn zu lehren, daß Freude nicht im Genuß liegt, sondern darin, meinen eigenen Willen durchzusetzen.

Kierkegaard

Mit allen Kräften müssen wir uns die Freuden des Lebens zu erhalten suchen, die uns die Jahre eine nach der anderen entreißen.

Montaigne

Wer viel Freude hat, muß ein guter Mensch sein: aber vielleicht ist er nicht der klügste, obwohl er gerade das erreicht, was der Klügste mit aller seiner Klugheit erstrebt.

Nietzsche

Welches auch die Gaben sein mögen, mit denen du erfreuen kannst, erfreue.

Ovid

Ein glückliches Leben muß zum größten Teil ein ruhiges Leben sein, denn wahre Freude kann nur in einer ruhigen Atmosphäre leben.

Russel

Glaube mir, wirkliche Freude ist eine ernste Angelegenheit.

Seneca

Einem Menschen bereitet es Freude, sein Land zu verbessern,

einem anderen, seine Pferde. Mein Vergnügen liegt darin, zu beobachten, daß ich selbst von Tag zu Tag besser werde.

Sokrates

Die höchste Vollkommenheit der Seele ist, Freude empfinden zu können.

Vauvenargues

FREUND

Ein Freund aller, ist niemands Freund.

Aristoteles

Was ist ein Freund? Eine einzige Seele, die in zwei Körpern wohnt.

Aristoteles

Nichts verstärkt eine Freundschaft so wie der Glaube eines Freundes, daß er dem anderen überlegen ist.

Balzac

Dem Vogel ein Nest, der Spinne ein Netz, dem Menschen Freundschaft.

William Blake

Gewiß ist es, daß eine einzige Stunde vertraulicher Mitteilung zwei fremde Menschen einander näher bringt als ganze Jahre gewöhnlichen Beisammenlebens.

Bodenstedt

Freundschaft ist wie Geld: leichter zu erwerben als zu behalten.

Samuel Butler

Freundschaft ist Liebe ohne ihre Flügel.

Byron

Die meisten Menschen freuen sich über die Unterlegenheit ihrer besten Freunde.

Chesterfield

Sind neue Freunde, die der Freundschaft wert sind, alten Freunden vorzuziehen? Die Frage ist menschlicher Wesen unwürdig, denn es darf keinen Überdruß an Freunden geben, wie es bei anderern Dingen der Fall ist. Wie bei Weinen, die sich mit zunehmendem Alter verbessern, müssen alte Freundschaften die schönsten sein. Außerdem ist der alte Satz wahr: Männer müssen große Mengen Salz gemeinsam verzehren, bevor die Ansprüche der Freundschaft erfüllt sind.

Cicero

Freundschaft ist das Geschenk der Götter und die kostbarste Gabe für den Menschen.

Disraeli

Selbst der bescheidenste Mensch hält mehr von sich, als sein bester Freund von ihm hält.

Ebner-Eschenbach

Es gibt wenig aufrichtige Freunde; – die Nachfrage ist auch gering.

Ebner-Eschenbach

Gastfreundschaft besteht aus einem kleinen Feuer, ein wenig Essen und ungeheurer Ruhe.

Emerson

Die Freunde, die ein Haus besuchen, sind seine Zierde.

Emerson

Erwarte nicht von Freunden, daß sie das für dich tun, was du selbst tun kannst.

Ennius

Von allen Geschenken, die uns eine weise Voraussicht gewährt, um das Leben völlig beglückend zu gestalten, ist Freundschaft das schönste.

Epikur

Wähle einen Freund langsam, wechsele ihn noch langsamer.

Franklin

Mit einem törichten Freund intim zu sein, ist als ob man mit einem Rasiermesser zu Bett geht.

Franklin

Reich sind die, die wahre Freunde haben.

Fuller

Einen Freund, o Gott, nur Einen! / Wer die Menge hat, hat keinen!

Gleim

Die Welt ist so leer, wenn man nur Berge, Flüsse und Städte darin denkt; aber hier und da jemand zu wissen, der mit uns übereinstimmt, mit dem wir auch stillschweigend fortleben, das macht dieses Erdenrund erst zu einem bewohnten Garten.

Goethe

Die kleinen Gefälligkeiten der Freundschaft sind tausendmal werter als jene blendenden Geschenke, wodurch uns die Eitelkeit des Gebers erniedrigt.

Goethe

Es ist ein Unglück für einen Menschen, wenn er keinen Freund in der Welt hat, aber aus diesem Grunde wird er auch keinen Feind haben.

Halifax

Freunde hast du so viele, wie Tage im Jahre; doch leider / Schließt der Plural hier meistens den Singular aus.

Hebbel

Wenn ein Freund bittet, gibt es kein Morgen. *George Herbert*

Mancher große Mann hätte nie an sich geglaubt, wenn ihn nicht gute Freunde entdeckt hätten.

Heyse

Anstatt deine Feinde zu lieben, behandle deine Freunde ein wenig besser.

Howe

Zürnet dein Freund mit dir, so verschaff ihm eine Gelegenheit, dir einen großen Gefallen zu erweisen; darüber muß sein Herz zerfließen, und er wird dich wieder lieben.

Jean Paul

Wenn meine Freunde einäugig sind, betrachte ich ihr Profil.

Joubert

Was wäre die Freundschaft, wofern sie unsterblich nicht wäre?

Klopstock

Leute, die sich in ihren Begriffen von der Freundschaft nicht höher schwingen können, als daß sie alle gute Bekannte für Freunde halten, denken, daß nichts gewöhnlicher in der Welt als die Freundschaft sei! Wie betrügen sie sich!

Klopstock

In der Freundschaft sehen wir nur die Fehler, die unseren Freunden zum Nachteil gereichen können. In der Liebe sehen wir nur die Fehler, durch die wir selbst leiden.

La Bruyère

So selten treue Liebe ist, treue Freundschaft ist noch seltner.

La Rochefoucauld

Wenn sich unsere besten Freunde in Nöten befinden, gibt es immer etwas, das uns nicht völlig mißfällt.

La Rochefoucauld

Es ist beschämender, einem Freund nicht zu vertrauen, als von ihm betrogen zu werden.

La Rochefoucauld

Mein Freund muß kein Freund der ganzen Welt sein.

Lessing

Der Narr wirft bei der ersten Wärme hinweg sein altes Winterkleid; / Vergiß nicht, wenn das Glück dir dämmert, den guten Freund aus böser Zeit.

Wilhelm Müller

Ein treuer Freund ist ein wahres Abbild Gottes.

Napoleon I.

Ich stelle als Tatsache fest, daß wenn alle Menschen wüßten, was jeder über den anderen sagt, es keine vier Freunde in der Welt gäbe.

Pascal

Ich schätze dich, wenn du die Sorgen deiner Freunde als deine eigenen betrachtest.

Plautus

Ein beständiger Freund ist selten und schwer zu finden.

Plutarch

Freundschaft ist freigiebig, aber Liebe ist geizig.

Rousseau

Zu seinem Freunde wird wohl jeder lieber den Redlichen, den Gutmütigen, ja selbst den Gefälligen, Nachgiebigen und leicht Beistimmenden wählen, als den bloß Geistreichen.

Schopenhauer

Mache Freunde nie auf ihre gesellschaftlichen Verstöße aufmerksam. Sie werden die Fehler ablegen und dir nie verzeihen.

Logan P. Smith

Eigenartigerweise kann ein Mann immer sagen, wie viele Schafe er besitzt, aber er kann nicht sagen, wie viele Freunde er hat, so gering ist der Wert, den wir ihnen beimessen.

Sokrates

Schließe Freundschaften nicht voreilig, aber einmal geschlossen, laß sie nicht fallen.

Solon

Wechsele deine Vergnügungen, aber nie deine Freunde.

Voltaire

Jedermann kann für die Leiden eines Freundes Mitgefühl aufbringen. Es bedarf aber eines wirklich edlen Charakters, um sich über die Erfolge eines Freundes zu freuen.

Wilde

Sollte einer meiner Freunde ein Fest veranstalten und mich nicht einladen, so würde mich das nicht stören. Sollte aber einer meiner Freunde Sorgen haben und mir nicht gestatten, sie zu teilen, so würde mich das zutiefst verbittern. Sollte er mir die Türen des Trauerhauses verschließen, würde ich zurückkehren und um Einlaß flehen, so daß ich das mit ihm zu teilen vermag, wozu ich berechtigt bin. Glaubt er, daß ich nicht wert bin, mit ihm zu weinen, würde ich das als scharfe Kränkung empfinden, als die schwerste Form, in der mir eine Entwürdigung angetan werden kann. Wer die Lieblichkeit der Welt betrachten und an ihrer Sorge teilnehmen und sich über das Wunder beider klar werden kann, steht in direktem Kontakt mit göttlichen Dingen und ist Gottes Geheimnis so nahe gekommen, wie es möglich ist.

Wilde

Hoffe in niemand einen Freund zu finden. / Als wer einen Freund in dir gefunden hat!

Young

Wer ohne Freund ist, geht wie ein Fremdling über die Erde, der niemandem gehört.

Zschokke

FROHSINN

Nur dem Fröhlichen blüht der Baum des Lebens.

Arndt

Keine Leistung entschädigt für den Verlust an menschlichem Frohsinn.

Emerson

Wer schaffen will, muß fröhlich sein.

Fontane

Nur der ist froh, der geben mag.

Goethe

Seid von Herzen froh! / Das ist das A und O.

Goethe

Heiterkeit und Freudigkeit ist der Himmel, unter dem alles gedeiht, Gift ausgenommen.

Jean Paul

Nur das fröhliche Herz allein ist fähig, Wohlgefallen an dem Guten zu empfinden.

Kant

Und ein fröhliches Herz lebt am längsten.

Shakespeare

FURCHT

Verzweiflung und Zuversicht verbannen Furcht.

Alexander

Es ist nichts zu fürchten als die Furcht.

Börne

In großer Gefahr empfindet Furcht kein Mitleid.

Caesar

Keine Macht ist stark genug, um von Dauer zu sein, wenn sie unter Furcht wirkt.

Cicero

Furcht führt zur Bereitschaft der Menschen, das Schlimmste zu glauben. *Curtius Rufus*

Zu fürchten hat allein man jene Dinge, / Die Macht besitzen, Schaden zuzufügen, / Nicht alles übrige, – es ist nicht furchtbar.

Dante

Furcht vor Gefahr ist zehntausendmal beängstigender als die Gefahr selbst.

Defoe

Wer nicht täglich eine Furcht überwindet, hat die Lektion des Lebens nicht gelernt.

Emerson

Furcht stammt immer von Unwissen. *Emerson*

Wen sie fürchten, den hassen sie.

Ennius

Nicht Tod oder Elend sind furchterregend, sondern die Furcht vor Tod und Elend.

Epiktet

Denn alles, was aus Furcht oder Angst geschieht, trägt auch das Gepräge davon.

Friedrich der Große

Die Eltern der Furcht sind Grausamkeit. *Froude*

Furcht ist stärker als Liebe.

Fuller

Die Menschen fürchtet nur, wer sie nicht kennt.

Goethe

Furcht tötet mehr als Krankheit.

George Herbert

Der Furchtsame erschrickt vor der Gefahr, der Feige in ihr, der Mutige nach ihr.

Jean Paul

Die Furcht malt das Verschwiegene nur viel schwärzer.

Körner

Es ist dumm, das zu befürchten, was unvermeidlich ist.

Publius Syrus

Furcht verhindert jede Tugend.

Publius Syrus

Liebe zu fürchten, bedeutet das Leben zu fürchten, und wer das Leben fürchtet, ist bereits drei Viertel tot.

Russel

Fürchte, wer dich fürchtet, selbst wenn er eine Fliege ist und du ein Elefant bist.

Saadi

Wer nichts fürchtet, ist nicht weniger mächtig als der, den alles fürchtet.

Schiller

Unsere Furcht macht uns zu Verrätern.

Shakespeare

Das Schlimmste zu befürchten, heilt oft das Schlimmere.

Shakespeare

Selbst die Tapfersten erschrecken vor plötzlichem Grauen.

Tacitus

Die Pflicht eines Vaters ist es, seinen Sohn daran zu gewöhnen aus eigenem Antrieb richtig zu handeln und nicht aus unnatürlicher Furcht.

Terenz

Furcht folgt dem Verbrechen und ist seine Strafe.

Voltaire

Das einzige, wovor ich mich fürchte, ist Furcht.

Wellington

GLÜCK

Glück kommt nie zu spät.

Drayton

Glückseligkeit ist die vollkommene Tugend in einem vollkommenen Leben.

Aristoteles

Jedes Glück ist von Mut und Arbeit abhängig. Ich habe viel Elend erlebt, aber mit Energie und vor allem mit Illusionen habe ich es immer überwunden. *Balzac*

Um glücklich zu sein, muß man sich unabhängig von andern machen; nicht außer sich nach einem Objekte suchen, sondern im Innern sich eins verschaffen.

Bulwer-Lytton

Ein glückliches Leben besteht in erster Linie aus Freiheit von Sorgen.

Cicero

Ich dächte, jeder müsse bei sich selber anfangen und zunächst sein eigenes Glück machen, woraus denn zuletzt das Glück des Ganzen unfehlbar entstehen wird.

Eckermann

Höhepunkt des Glücks ist es, wenn der Mensch bereit ist, das zu sein, was er ist.

Erasmus

Manche von uns würden das Glück finden, wenn wir aufhörten, so verzweifelt darum zu kämpfen. *Feather*

Glücklichsein ersetzt mit Höhe, was es an Länge mangelt.

Frost

Wer glücklich ist, kann glücklich machen; / Wer's tut, vermehrt sein eigenes Glück. *Gleim*

Das beste Glück, des Lebens schönste Kraft, / Ermattet endlich!

Goethe

Das höchste Glück ist das, welches unsere Mängel verbessert und unsere Fehler ausgleicht.

Goethe

Dem Greifenden ist meist Fortuna hold.

Goethe

Du wirst keine deiner Torheiten bereuen und keine zurückwünschen: kein glücklicheres Schicksal kann einem Menschen werden. *Goethe*

Was ist das höchste Glück des Menschen, als daß wir ausführen, was wir als recht und gut einsehen, daß wir wirklich Herren über die Mittel zu unsern Zwecken sind?

Goethe

Es ist das wahre Glück an keinen Stand gebunden. *Hagedorn*

Das wahre Glück kann nichts anderes sein, als sich hinzugeben, ohne sich zu verlieren, weil man sich wiederfindet in etwas Besserem, als man selber ist.

Heyse

Mir ward ein Glück, das ich höher schätzte / Als alles Gold in Kaliforniens Eb'ne: / Ich hatte niemals Vorgesetzte / Und niemals Unterge b'ne. *Heyse*

Wenn es dem Dummen geglückt, dann sieht man in ihm den Gescheiten; / Und wenn das Glück ihn verläßt, gilt der Gescheite für dumm.

Hoffmann von Fallersleben

Immer wieder lesen wir die Überschrift in den Zeitungen: »Das Geheimnis des Glücks«. Ein solches Geheimnis gibt es nicht.

Howe

Es ist überhaupt eine sehr gewisse Sache im Leben, daß das Glück am meisten unberufen kommt, je mehr man es gleichsam zurückstößt.

Wilhelm von Humboldt

Großes Glück ist die Feuerprobe des Menschen, großes Unglück nur die Wasserprobe.

Jean Paul

Ein glücklicher Mensch ist seltener als eine weiße Krähe.

Juvenal

Die Natur hat gewollt, daß der Mensch keiner andern Glückseligkeit oder Vollkommenheit teilhaftig werde, als die er sich selbst, frei vom Instinkt durch eigene Vernunft verschafft hat.

Kant

Der hat nie Glück gekostet, / Der's in Ruh' genießen will.

Körner

Unter allen Mitteln, sein Glück zu machen, ist das kürzeste und das beste das: die Leute klar erkennen zu lassen, daß es in ihrem Interesse liege, euch Gutes zu erweisen.

La Bruyère

Die glücklichen Leute bessern sich kaum; sie glauben stets recht zu haben, wenn das Schicksal ihr schlechtes Betragen unterstützt.

La Rochefoucauld

Wir sind nie so glücklich oder so unglücklich wie wir annehmen.

La Rochefoucauld

Das Glück liegt im Geschmack, nicht in der Sache; und der Besitz dessen, was man selbst gerne hat, nicht dessen, was andere gern haben, macht glücklich.

La Rochefoucauld

Das verdammte Glück! Ohne das kann man nicht einmal ein guter Spitzbube sein.

Lessing

Sich recht anschauend vorstellen zu lernen, daß niemand vollkommen glücklich ist, ist vielleicht der nächste Weg, vollkommen glücklich zu werden. *Lichtenberg*

Wie glücklich viele Menschen wären, wenn sie sich genauso wenig um die Angelegenheiten anderer bekümmerten wie um ihre eigenen.

Lichtenberg

Ruhige Kontinuität ist das Prinzip der menschlichen Glückseligkeit.

Lindner

Nichts trägt mehr zu unserem Wohlbefinden bei als der Gedanke, daß jemand anders ein Bösewicht ist.

Lynd

Die Tage, die uns Glück geben, geben uns Weisheit.

Masefield

Zufriedenheit übertrifft Reichtum.

Molière

Glück ist gut für den Körper, aber Kummer stärkt den Geist.

Proust

Wenn das Glück uns begünstigt, wird es von Popularität begleitet.

Publius Syrus

Ich laß es mir nicht ausreden. Glückseligkeit ist in, außer, neben uns, durch uns und ohne uns zu finden. *Rahel*

Glücklichsein: ein gutes Bankkonto, eine gute Köchin und eine gute Verdauung.

Rousseau

In nächster Zukunft scheint das goldene Glück zu liegen, / Und wird sie Gegenwart, so sehn wir's weiterfliegen. *Rückert*

Sprich, wer ist glücklich in der Welt? / Nur der, der sich für glücklich hält. *Sanders*

Glücklich leben und naturgemäß leben ist eins. *Seneca*

Glückselig kann auch der genannt werden, der, von der Vernunft geleitet, nichts mehr wünscht und nichts mehr fürchtet.

Seneca

In dieser Welt laufen viele dem Glück nach wie ein Geistesabwesender, der nach seinem Hut jagt, während er ihn die ganze Zeit auf dem Kopf oder in der Hand hat.

Sydney Smith

Wer im Glücke lebt, / Bewache drum sein Leben desto mehr; / Sonst merkt er's nicht und ist bereits verdorben.

Sophokles

Die Seele bekommt alles Einförmige satt, selbst das vollkommene Glück.

Stendhal

Wir unterschätzen keine Pflicht so sehr wie die Pflicht, glücklich zu sein.

Stevenson

Es gibt Menschen, die glücklich sind, ohne es zu wissen.

Vauvenargues

Das vollkommene Glück ist unbekannt; für den Menschen ist es nicht geschaffen.

Voltaire

Wären die Menschen mit ihrem Glück so zufrieden als mit ihrem Verstande, welche Millionen Glücklicher!

Weber

GEDULD

Geduld wird mehr schaffen als Gewalt.

Burke

Geduld ist ein Pflaster für alle Wunden.

Cervantes

Geduld ist eine der wichtigsten Eigenschaften eines Geschäftsmannes. Viele ziehen es vor, daß man ihre Geschichte anhört, als daß man ihre Bitte erfüllt.

Chesterfield

Ein kleiner Feind, dies lerne fein, / Will durch Geduld ermüdet sein.

Gellert

Was nicht zu ändern ist, wird durch Geduld erleichtert.

Horaz

Geduld dient als Schutz gegen Unrecht genau wie Kleidung gegen Kälte. Denn wenn du mit zunehmender Kälte mehr Kleider anziehst, wird sie keine Macht haben, dir etwas anzutun. Auf gleiche Weise muß deine Geduld wachsen, wenn du großem Un-

recht begegnest. Dann wird es machtlos sein, dich zu verärgern.
Leonardo da Vinci

Der wesentliche Teil des Glaubens ist Geduld. *Macdonald*

Um zu leben mit den Menschen, / Ist Geduld das ein'ge Mittel.
Platen Hallermund

Was Geduld hat, kann alles überstehen. *Rabelais*

Geduld ist bitter, aber sie trägt süße Früchte.
Rousseau

Geduld ist die Kunst zu hoffen.
Schleiermacher

Nichts ist so bitter, daß ein geduldiges Gemüt keinen Trost dafür finden kann.
Seneca

Gott schenke uns Geduld.
Shakespeare

Wie arm sind die, die keine Geduld haben. *Shakespeare*

GEFALLEN

Wer Tausenden gefallen will, / Gefällt nicht einem recht.
Bodenstedt

Es ist die lächerlichste Prätension, allen gefallen zu wollen.
Goethe

Erlaubt ist, was gefällt. *Goethe*

Denn man strebet fast / Viel stärker zu gefallen, wenn man einmal / Mißfallen hat, als wenn man stets gefällt / Und endlich denkt, man müsse nur gefallen.
Goethe

Allen immer gefallen ist ein Glücksspiel, / Wenigen gefallen ein Werk der Tugend, / Wenn's die Besseren sind. Gefallen niemand / Schmerzet und kränket. / Soll ich wählen? Ich möchte gern die Mitte, / Wenigen gefallen und nur den Besten.
Herder

Der kann's nicht weit bringen in der Welt, / Der gar nicht fragt, ob er gefällt.
Kinkel

Suche in der Welt weniger selbst zu glänzen, als anderen Gelegenheit zu geben, sich von ihrer vorteilhaftesten Seite zu zeigen, wenn du gefallen willst.
Knigge

Was den Vortrefflichen gefällt, ist gut; was allen ohne Unterschied gefällt, ist es noch mehr.
Schiller

Ich kann dir keine Erfolgsformel, aber eine Mißerfolgsformel geben, die lautet: Versuche, allen zu gefallen. *Swope*

GEHEIMNIS

Wenn ein Tor ein Geheimnis erfährt, verrät er es, weil er ein Tor ist. Wenn ein Schurke eines erfährt, verrät er es, wann immer es in seinem Interesse liegt. Aber Frauen und junge Menschen neigen zum Verrat von Geheimnissen aus Eitelkeit darüber, daß man ihnen vertraut hat.

Chesterfield

Drei können ein Geheimnis bewahren, wenn zwei von ihnen tot sind.

Franklin

Verschwiegenheit fordern ist nicht das Mittel, sie zu erlangen.

Goethe

Wer ein Geheimnis verrät, ist eines anderen Diener.

George Herbert

Wer verrät, er verwahre ein Geheimnis, hat schon dessen Hälfte ausgeliefert; und die zweite wird er nicht lange behalten.

Jean Paul

Wenn ein Geheimnis verraten wird, ist es die Schuld des Menschen, der es anvertraut hat.

La Bruyère

Denn man hat über Dinge, die man nicht kennt, immer eine bessere Meinung, und Geheimnisse, die enthüllt werden, fordern oft den Spott heraus.

Leibniz

Wenn du ein Geheimnis bewahren willst, hülle es in Offenheit.

Alexander Smith

GEIST

Der Geist ist die Kraft, jedes Zeitliche ideal aufzufassen.

Burckhardt

Man ist noch kein geistreicher Mann, wenn man viele Ideen hat, so wie man noch kein guter General ist, wenn man viele Soldaten hat.

Chamfort

Körper ohne Geist gleichen Denkmälern auf dem Marktplatz.

Euripides

Wenn schon eine Rangordnung im Reiche des Geistes stattfinden soll, so mag die Phantasie die niedrigste, der Wille die mittlere, die Vernunft die höchste Stelle einnehmen.

Feuchtersleben

Der Wunsch nach Vollkommenheit ist die schrecklichste Krankheit, die je den menschlichen Geist befallen hat.

Fontane

Der Geist kann den Körper nicht ertragen, wenn er überernährt ist, wenn er aber unterernährt ist, kann der Körper den Geist nicht ertragen.

Franz von Sales

Alles, was unsern Geist befreit, ohne uns die Herrschaft über uns selbst zu geben, ist verderblich.

Goethe

Der Geist hat seine ewigen Rechte; er läßt sich nicht eindämmen durch Satzungen.

Heine

Wäre Verstand und Geist vor unsrer Erde verschwunden, / Glaubte jeglicher doch: Meinen behielt ich zurück.

Herder

Ein Mensch, der nur in einer gewissen Mittelmäßigkeit Geist besitzt, ist ernsthaft und ganz aus einem Stück; er lacht nicht, er scherzt niemals, er weiß aus dem Kleinen keinen Gewinn zu ziehen. *La Bruyère*

In unsererm Geiste steckt mehr Faulheit als in unserem Körper.

La Rochefoucauld

Der Geist ist immer der Narr des Herzens.

La Rochefoucauld

Was wir aus der Geschichte des Geistes lernen können, das ist, meine ich, vor allem eine immer tiefere Bescheidenheit, uns zu äußern.

Morgenstern

Es ist nicht groß oder klein, was auf der Landkarte so scheint; es kommt auf den Geist an.

Johannes von Müller

Je mehr Geist man hat, desto mehr originelle Menschen entdeckt man. Alltägliche Leute finden bei den Menschen keine Unterschiede.

Pascal

Es ist der Geist, der sich den Körper baut.

Schiller

Mens sana in corpore sano ist ein närrischer Satz. Der gesunde Körper ist das Produkt eines gesunden Geistes.

Shaw

Der Geist denkt, das Geld lenkt.

Spengler

Geistreichsein bedeutet, die Ähnlichkeit der Dinge zu erkennen, die verschieden sind, und die Unterschiede der Dinge, die sich gleich sind.

Staël

GEIZ

Ich halte, daß der Geiz ein' solche Freude bringt, / Als wann der Durstige viel Salz mit Wasser trinkt.

Harsdörfer

Der Geiz ist eine der unedelsten, schändlichsten Leidenschaften. Man kann sich keine Niederträchtigkeiten denken, deren ein Geizhals nicht fähig wäre, wenn seine Begierde nach Reichtümern ins Spiel kommt.

Knigge

Der Schüchterne bezeichnet sich als vorsichtig, der Geizige als sparsam.

Publius Syrus

Der Geizhals tut niemandem etwas Gutes, aber er behandelt sich selbst am schlechtesten.

Publius Syrus

GELD

Geld, der Meister aller Sachen, / Weiß aus Nein oft Ja zu machen.
Abschatz

Ich kann es mir nicht leisten, meine Zeit mit Geldverdienen zu vergeuden. *Agassiz*

Mit Geld kann man einen guten Hund kaufen, aber es wird nicht das Wedeln seines Schwanzes erwerben. *Billings*

Keine Festung ist so stark, daß Geld sie nicht einnehmen kann.
Cicero

Und all das Geld und all das Gut / Gewährt zwar viele Sachen; / Gesundheit, Schlaf und guten Mut / Kann's aber doch nicht machen.
Claudius

Ein Geschäft, das nichts als Geld verdient, ist ein schlechtes Geschäft.
Ford

Geld ist wie ein Arm oder ein Bein – benutze es oder verliere es.
Ford

Wenn du den Wert des Geldes kennenlernen willst, versuche, dir welches zu borgen.
Franklin

Wer der Ansicht ist, daß Geld alles verschafft, kann leicht in den Verdacht kommen, daß er alles für Geld tut.
Halifax

Liebe zum Geld und Liebe zum Lernen begegnen sich selten.
George Herbert

Eine Frau davon zu überzeugen, daß auch ein Gelegenheitskauf Geld kostet, ist eine der schwierigsten Aufgaben des Lebens.
Howe

Gib dein Geld nie aus, bevor du es hast. *Jefferson*

Wer kein Geld hat, hat auch keinen Mut. Er fürchtet, überall zurückgesetzt zu werden, glaubt jede Demütigung ertragen zu müssen und zeigt sich allerorten in ungünstigem Licht.
Knigge

Auch selbst den weisesten unter den Menschen sind die Leute, die Geld bringen, mehr willkommen, als die, die welches holen.
Lichtenberg

Es ist angenehm, Geld zu besitzen, und die Dinge zu kaufen, die man mit Geld erwerben kann. Es ist aber auch ratsam, gelegentlich zu überprüfen und sich zu vergewissern, daß man nicht die Dinge verloren hat, die man sich nicht mit Geld beschaffen kann.
Lorimer

Es ist ungeheuerlich, wieviel Zeit und Geld Menschen aufwenden, um etwas umsonst zu bekommen.
Lynd

Du mußt Geld ausgeben, wenn du Geld verdienen willst. *Plautus*

Ohne Geld ist die Ehre nur eine Krankheit.

Racine

Der typische moderne Mann aber betrachtet Geld als ein Mittel, zu mehr Geld zu kommen, damit er protzen und Aufwand treiben kann und über diejenigen triumphieren, die bisher seinesgleichen waren.

Russel

Kein Geld ist vorteilhafter angewandt als das, um welches wir uns haben prellen lassen; denn wir haben dafür unmittelbar Klugheit eingehandelt.

Schopenhauer

Ein Vetter sagte einmal über Geld: Geld ist immer da. Nur die Taschen wechseln: Nach einer Veränderung ist es nicht mehr in der gleichen Tasche, und das ist alles, was sich über Geld sagen läßt.

Stein

Ein Bankier ist ein Mensch, der seinen Schirm verleiht, wenn die Sonne scheint, und der ihn sofort zurückhaben will, wenn es zu regnen beginnt.

Twain

Wenn es sich um Geld handelt, gehört jeder der gleichen Religion an.

Voltaire

GELEGENHEIT

Kleine Gelegenheiten sind häufig der Anfang großer Unternehmen.

Demosthenes

Schlechte Zeiten sind von wissenschaftlichem Wert. Sie sind Gelegenheiten, die ein guter Lerner nicht missen möchte.

Emerson

Kein großer Mensch hat sich je über mangelnde Gelegenheit beschwert.

Emerson

Doch der den Augenblick ergreift, das ist der rechte Mann.

Goethe

Eine gute Gelegenheit bietet sich selten und ist leicht verpaßt.

Publius Syrus

Ich habe viele gekannt, die nicht konnten, als sie wollten, denn sie hatten es nicht getan, als sie konnten.

Rabelais

Gelegenheiten sind selten gekennzeichnet.

Shedd

Die Gelegenheit, Unheil anzurichten, bietet sich hundertmal am Tag, und Gutes zu tun, nur einmal im Jahr.

Voltaire

GENIE

Das mit Leichtigkeit zu tun, was anderen schwer fällt, ist Begabung. Das tun, was die Begabung nicht kann, ist Genie.

Amiel

Es gibt kein großes Genie ohne einen Schuß Verrücktheit.

Aristoteles

Genie ist ein Prozent Eingebung und neunzig Prozent Schweiß.

Edison

Das Genie schenkt Gott, aber das Talent ist unsere Sache.

Flaubert

Mittelmäßige schwitzen Blut, um Müll herzustellen. Genies schaffen mühelos Wunder.

France

Das Erste und Letzte, was vom Genie gefordert wird, ist Wahrheitsliebe.

Goethe

Der gesunde Menschenverstand ist der Menschheit Genie.

Goethe

Es besteht der gleiche Unterschied zwischen Begabung und Genie wie zwischen einem Steinmetz und einem Bildhauer.

Ingersoll

Es bedarf eines gewissen Gnies, ein Vermögen zu erwerben, und insbesondere ein großes Vermögen. Es ist weder auf Güte, Intelligenz, Begabung, Kraft noch auf Feinfühligkeit zurückzuführen. Ich weiß nicht genau, wie man es schafft: ich warte darauf, daß es mir jemand mitteilt.

La Bruyère

Der Mensch ist verloren, der sich früh für ein Genie hält.

Lichtenberg

Ich verachte das Genie nicht – in der Tat, ich wünschte, ich hätte eine Unmenge davon. Doch auf Grund großer Erfahrung und langer Beobachtung bin ich zu der Überzeugung gekommen, daß Fleiß eher zum Ziel führt als Genie. Er mag einen Menschen nicht so weit bringen wie der Genius, aber Fleiß – geduldiger, beständiger, intelligenter Fleiß – wird Tausenden Komfort und sogar Ruhm bringen, und das tut er mit völliger Gewißheit.

Lippmann

Das Genie ist die Macht, Gott der menschlichen Seele zu offenbaren.

Liszt

Wenn wir Genies wollen, müssen wir uns mit ihrer Unbequemlichkeit abfinden, und das ist etwas, was die Welt nie tun wird. Sie wünscht sich Genies, will aber, daß sie sich genau wie der Durchschnitt benehmen.

George Moore

Es liegt im Wesen der Genies, die einfachsten Ideen auszunutzen.

Péguy

Das Genie ist es, das das Wissen nützlich macht. *Rousseau*

Genie besteht aus folgendem: das Wissensvermögen ist wesentlich stärker entwickelt als es der Dienst des Willens erfordert. Die grundlegende Voraussetzung für Genie ist eine anomale Überlegenheit der Vernunft über Reizbarkeit und reproduktive Macht.
Schopenhauer

Das Talent arbeitet, das Genie schafft. *Schumann*

Nur wenn Genie mit Wissenschaft vereint ist, können die besten Ergebnisse erzielt werden.
Spencer

Wenn ein wahres Genie in der Welt erscheint, kann man es an diesem Zeichen erkennen: alle Toren verschwören sich gegen es.
Swift

GERECHTIGKEIT

Der Himmel sorgt dafür, daß sich kein Mensch sein Glück durch Verbrechen sichert. *Alfieri*

Richter sollen gelehrter als weise sein, ehrfurchtsvoller als glaubwürdig und mehr beratend als vertrauend. Vor allem kommt es ihnen zu, redlich zu sein, und das ist ihre richtige Tugend.
Bacon

Wenn es auf die Gerechtigkeit ankommt, so will ich nicht um einen Pfennig prinzipiell verkürzt werden. *Bismarck*

Besser, daß zehn Schuldige entkommen, als daß ein Unschuldiger leidet.
Blackstone

Kein Mensch kann einen anderen gerecht tadeln oder verdammen, denn kein Mensch kann einen anderen richtig kennen.
Browne

Waffen und Gesetz gedeihen nicht zusammen.
Caesar

Es ist besser, daß ein Richter zum Mitgefühl neigt als zur Strenge.
Cervantes

Es ist ein großer Trost, frei von Schuld zu sein.
Cicero

Es ist Aufgabe der Gerechtigkeit, Mitmenschen kein Unrecht zuzufügen.
Cicero

Ein Volk zeigt der Gerechtigkeit größere Achtung, noch verweigert es Unterwerfung, wenn es beobachtet hat, daß die Verfasser ihren Gesetzen gehorchen.
Claudian

Die Strafe muß sein wie eine vom Arzte gereichte bittere Medizin.
Comenius

Strenge ist zulässig, wo Milde vergebens ist. *Corneille*

Wenn die Menschen rein sind, sind Gesetze nutzlos; wenn die Menschen korrupt sind, werden die Gesetze übertreten.

Disraeli

Leben und leben lassen ist die Regel der allgemeinen Gerechtigkeit.

l'Estrange

In seiner majestätischen Gleichheit verbietet das Gesetz den Reichen wie auch den Armen unter den Brücken zu schlafen, in den Straßen zu betteln und Brot zu stehlen. *France*

Gerechtigkeit ohne Weisheit ist unmöglich. *Froude*

Unschuld ist kein Schutz. *Fuller*

Zu schwer bezahlt man oft ein leicht Vergehn.

Goethe

Menschen werden nicht gehängt, weil sie Pferde gestohlen haben, sondern damit die Pferde nicht gestohlen werden.

Halifax

Unschuld hat einen sehr knappen Stil. *Halifax*

Der Mensch hat mehr Trieb als Fähigkeit, gerecht zu sein.

Hebbel

In der wahren Zivilisation gibt jeder jedem anderen jedes Recht, das er für sich beansprucht.

Ingersoll

Verbote wirken nichts, aber Beispiele der Milde tun alles.

Jean Paul

Ich liebe die Universität von Salamanca: als die Spanier Zweifel hatten, ob die Eroberung Amerikas gesetzlich zulässig wäre, hat die Universität von Salamanca die Ansicht vertreten, daß es ungesetzlich wäre.

Johnson

Unsere Justiz spricht die Krähe frei und verurteilt die Tauben.

Juvenal

Die Hand der Justitia sollte kein Schwert halten.

Juvenal

Menschen begehen die gleichen Verbrechen mit verschiedenem Geschick: der eine erhält ein Kreuz, der andere eine Krone.

Juvenal

Wenn die Gerechtigkeit untergeht, hat es keinen Wert mehr, daß Menschen auf Erden leben.

Kant

Ein wesentlicher Umstand bei der Gerechtigkeit, die man andern schuldet, ist, daß man sie ihnen sogleich und ohne Aufschub widerfahren läßt.

La Bruyère

Bei den meisten Menschen bedeutet Gerechtigkeitsliebe nichts weiter als die Furcht vor Ungerechtigkeit.

La Rochefoucauld

Gerechtigkeit ist nichts anderes als die Nächstenliebe des Weisen.
Leibniz

Die Wahrscheinlichkeit, daß wir den Kampf verlieren werden, darf uns nicht davon abhalten, eine Sache zu unterstützen, die wir für gerecht halten. *Lincoln*

Kein Gesetz kann den Wünschen aller entsprechen. Wir müssen zufrieden sein, wenn es im großen und ganzen und der Mehrheit nützlich ist. *Livius*

Strafe soll sein wie Salat, / Der mehr Öl als Essig hat. *Logau*

Ungerechtigkeit ist verhälnismäßig leicht zu ertragen. Es ist die Gerechtigkeit, die schmerzt.
Mencken

Es haben die Strafen, wenn sie zahlreich sind, geringeres Ansehen. *Metastasio*

Ich bin peinlich gerecht, weil es die Distanz aufrecht erhält.
Nietzsche

Wahrlich niemand hat in höherem Grade einen Anspruch auf unsere Verehrung als der, welcher den Trieb und die Kraft zur Gerechtigkeit besitzt. *Nietzsche*

Ein sich der Unschuld bewußtes Gemüt lacht über falsche Gerüchte. *Ovid*

Das Urteil der Menschen ist fehlbar. *Ovid*

Gesetze wurden gemacht, damit der Stärkere seinen Willen nicht in allen Dingen durchsetzt.
Ovid

Eine spaßige Gerechtigkeit, die von einem Fluß begrenzt wird! Wahrheit diesseits der Pyrenäen ist Irrtum jenseits.
Pascal

Wie die Mode (Gewohnheit) die Anmut schafft, so schafft sie auch die Gerechtigkeit.
Pascal

Die Qualität von Gerechtigkeit und Wahrheit ist zu fein, als daß man sie mit unseren klobigen menschlichen Instrumenten messen kann. *Pascal*

Den Gerechtesten ist es nicht gestattet, in eigener Sache zu richten. *Pascal*

Wer die Schlechten schont, verletzt die Guten.
Publius Syrus

Unschuld hat nichts zu befürchten. *Racine*

Oft erlaubt das Gesetz, was die Ehre verbietet.
Saurin

Unkenntnis des Gesetzes entschuldigt niemand: nicht, weil jeder das Gesetz kennt, sondern weil jeder diese Entschuldigung angeben wird, und weil niemand weiß, wie man es widerlegen kann. *Selden*

Gerechtigkeit ist angenehm, selbst wenn sie vernichtet.
Sidney Smith

Vier Eigenschaften gehören zu einem Richter: höflich anzuhören, weise zu antworten, vernünftig zu erwägen und unparteiisch zu entscheiden.
Sokrates

In der Stadt lebt man am besten, in der sich die Bürger, denen kein Unrecht zugestoßen ist, genauso wie die ungerecht behandelten Bewohner bemühen, einen Übeltäter zu bestrafen.
Solon

Gerechtigkeit, wenn auch langsam, ist sicher.
Solon

Es gibt einen Punkt, bei dem selbst Gerechtigkeit ungerecht ist.
Sophokles

Ich erhalte meine Sicherheit besser durch Unschuld als durch Beredsamkeit.
Tactius

Man kann nicht gerecht sein, wenn man nicht menschlich ist.
Vauvenargues

Gerechtigkeit ist der einzige Grund der Macht und der Dauer des Staates sowie das einzige Band der menschlichen Gesellschaft.
Wieland

GESCHICHTE

Ich habe zu viel Geschichte geschrieben, um an sie zu glauben. Wenn jemand glaubt, daß ich mich irre, neige ich dazu, ihm zuzustimmen.
Adams

Geschichte ist einfach ein bedrucktes Stück Papier. Die Hauptsache ist immer noch, Geschichte zu machen, nicht sie zu schreiben. Jeder kann Geschichte machen. Nur ein Großer kann sie schreiben.
Bismarck

Man betrachtet die Geschichte der Vergangenheit nicht als ein düsteres Memento mori, sondern als ein freundliches Vergißmeinnicht, dessen Lehre man sich mit Liebe erinnern soll. *Börne*

Keine Verdrehung der Wahrheit durch die Phantasie hat so viel Unheil gestiftet als der übertriebene Respekt vor vergangenen Zeiten. Diese Verehrung des Altertums streitet mit aller Vernunft und ist nur ein Schwelgen in poetischen Gefühlen zugunsten des Entfernten und Unbekannten.
Buckle

Geschichte schreiben ist eine Art, sich das Vergangene vom Halse zu schaffen.
Goethe

Das Beste, was wir von der Geschichte haben, ist der Enthusiasmus, den sie erregt. *Goethe*

Die Geschichte hat die Menschheit nie gebessert. *Grabbe*

Aber die Geschichte wird schon zu ihrer Zeit aufstehen und reden; und wenn sie geredet hat, so kommt alles vorhergegangene Geschwätz nicht mehr in Betracht. *Klopstock*

Die Geschichte soll nicht das Gedächtnis beschweren, sondern den Verstand erleuchten.

Lessing

Dem Mittelalter verdanken wir die beiden schlechtesten menschlichen Erfindungen: romantische Liebe und Schießpulver.

Maurois

Die Geschichte wird nur von starken Persönlichkeiten ertragen, die schwachen löscht sie vollends aus. *Nietzsche*

Ein tüchtiger Historiker kann jedes bereits eingetretene Ereignis als unvermeidlich darstellen.

Simonson

Geschichte wäre etwas Ausgezeichnetes, wenn sie nur wahr wäre. *Tolstoi*

Es gibt nichts Neues in der Welt mit Ausnahme der geschichtlichen Ereignisse, die man nicht kennt. *Truman*

Geschichte wiederholt sich nie, aber die Historiker wiederholen einander immer.

Williamson

GESCHMACK

Jeder trägt sein eigenes Zentimetermaß des Geschmacks mit sich und amüsiert sich, es triumphierend anzulegen, wo immer er reist.

Adams

Den Geschmack kann man nicht am Mittelgut bilden, sondern nur am Allervorzüglichsten.

Eckermann

Menschen werden heftig, wenn sie ihren Geschmack verteidigen.

Emerson

Liebe zur Schönheit ist Geschmack. Das Schaffen von Schönheit ist Kunst.

Emerson

Hohen ästhetischen Geschmack kann man nicht wie Hosen von der Stange kaufen.

Gilbert

Der Geschmack ist das literarische Wissen der Seele.

Joubert

Der Geschmack hängt nicht an unseren Bedürfnissen. Der Mann muß schon sehr gesittet sein, wenn er eine Frau nach Geschmack wählen soll.

Kant

Zwischen Vernunft und gutem Geschmack liegt der Unterschied zwischen Ursache und Wirkung.

La Bruyère

Der gute Geschmack kommt eher von der Urteilskraft als vom Geist.
La Rochefoucauld

Es ist einem jeden vergönnt, seinen eigenen Geschmack zu haben; und es ist rühmlich, sich von seinem eigenen Geschmack Rechenschaft zu geben suchen. Aber den Gründen, durch die man ihn rechtfertigen will, eine Allgemeinheit erteilen, die, wenn es seine Richtigkeit damit hätte, ihn zu dem einzigen wahren Geschmacke machen müßte, heißt aus den Grenzen des forschenden Liebhabers herausgehen und sich zu einem eigensinnigen Gesetzgeber aufwerfen.
Lessing

Der wahre Kunstrichter folgert keine Regeln aus seinem Geschmacke, sondern hat seinen Geschmack nach den Regeln gebildet, welche die Natur der Sache erfordert.
Lessing

Und ihr sagt mir, Freunde, daß nicht zu streiten sei über Geschmack und Schmecken? Aber alles Leben ist Streit um Geschmack und Schmecken.
Nietzsche

Ich habe einen ganz einfachen Geschmack. Ich bin immer mit dem Besten zufrieden.
Wilde

GESELLSCHAFT

Die Gesellschaft ist ein Maskenball, auf dem jeder seinen wahren Charakter verbirgt und ihn durch das Verbergen verrät.
Emerson

Jeder gleicht der Gesellschaft, in der er sich meist aufhält.
Euripides

Man sollte nur den Umgang solcher Menschen suchen, denen gegenüber man sich zusammennehmen muß.
Feuchtersleben

Mit rechten Leuten wird man was.
Goethe

Der Geist der Wahrheit und der Geist der Freiheit: sie sind die Säulen der Gesellschaft. *Ibsen*

Die Menschen werden ungleich geboren. Der große Segen der Gesellschaft besteht darin, diese Ungleichheit soweit wie möglich durch die Beschaffung von Sicherheit, des erforderlichen Eigentums, der Ausbildung und des Beistands für einen Jeden zu mindern.
Joubert

Alles, was der Gesellschaft, d. h. dem Menschengeschlecht und der Welt nützt, ist ehrenvoll, alles, was ihr schädlich ist, schändlich.
Leibniz

Mittelmäßiger Umgang schadet mehr, als die schönste Gegend

und die geschmackvollste Bildergalerie wieder gutmachen können.

Schiller

Ungeladene Gäste sind oft am willkommensten, wenn sie gegangen sind.

Shakespeare

Ein wenig Gesellschaft ist erforderlich, um einem Menschen seine Fehler zu zeigen.

Stevenson

Ich möchte lieber allein auf einem Kürbis als auf einem überfüllten Samtkissen sitzen.

Thoreau

Es ist besser, ein dauerhaftes Einkommen zu haben, als faszinierend zu sein.

Wilde

GESTÄNDNIS

Menschen werden sich des Verrats, Mords, der Brandstiftung, falscher Zähne oder einer Perücke bekennen. Wie viele von ihnen werden aber zugeben, daß sie humorlos sind?

Colby

Geständnisse werden meist von denen gemacht, die ihre Bedeutung nicht kennen.

Darling

Ein großzügiges Geständnis entwaffnet Verleumdung.

Fuller

Ein charmant eingestandener Irrtum ist ein errungener Sieg.

Gascoigne

Geständnis ist der erste Schritt zur Reue.

Gayton

Überdies wird man dadurch nicht besser, daß man seine Fehler verbirgt, vielmehr gewinnt unser moralischer Wert durch die Aufrichtigkeit, mit der wir sie gestehen.

Lichtenberg

Geständnis unserer Fehler kommt gleich nach Unschuld.

Publius Syrus

GEWISSEN

Sittsamkeit ist das Gewissen des Körpers.

Balzac

Das Gewissen ist der elastischste Stoff von der Welt. Heute kannst du es nicht über einen Maulwurfshügel spannen; morgen bedeckt es einen Berg.

Bulwer-Lytton

Wer ein ruhiges Gewissen genießen will, muß ein ruhiges Leben führen.

Chesterfield

Halte das Gewissen rein, dann befürchte nichts.

Franklin

Die Qual, die das Gewissen einem Menschen verursacht, der bereits unrecht gehandelt hat, ist bald überwunden. Das Gewissen ist feig; und wenn es nicht stark genug ist, das Unrecht zu vermeiden, so ist es selten so gerecht, sich selber anzuklagen.

Goldsmith

Ein böses Gewissen ist ein Ofen, der immer raucht, ein Gewitter ohne Regen. Es ist Kläger, Richter, Henker in einer Person. Die Nachtigall singt dir: du bist ein Dieb, die Lerche: du hast gestohlen.

Hippel

Ein Anblick ist großartiger als das Meer; es ist der Himmel. Ein Anblick ist großartiger als der Himmel: es ist das Gewissen.

Hugo

Eines Menschen Eitelkeit sagt ihm, was Ehre ist; eines Menschen Gewissen, was Gerechtigkeit ist.

Landor

Das Gewissen ist eine Schwiegermutter, deren Besuch nie endet.

Mencken

Das Gewissen ist die innere Stimme, die uns warnt, daß jemand zusieht.

Mencken

Es gibt einen Grad von eingefleischter Verlogenheit, den nennt man »das gute Gewissen«.

Nietzsche

Der eine Mensch ist für den anderen sein Gewissen; und dies ist namentlich wichtig, wenn der andre sonst keines hat.

Nietzsche

Eine Narbe auf dem Gewissen ist das gleiche wie eine Wunde.

Publius Syrus

Wer kein Gewissen hat, hat nichts.

Rabelais

Des Menschen Schuldbuch ist sein eigenes Gewissen; / Darin durchstrichen wird kein Blatt, noch ausgerissen.

Rückert

Wissen sie nichts Vernünftiges mehr zu erwidern, / Schieben sie's einem geschwind in das Gewissen hinein.

Schiller

Gewissen hat genauso wenig mit Tapferkeit zu tun wie mit Politik.

Sheridan

Das Gewissen bezeugt Gottes Anwesenheit im Menschen.

Swedenborg

Arbeite schwer, um den kleinen Funken göttlichen Feuers in deiner Brust am Leben zu erhalten, der Gewissen heißt.

George Washington

Das Gewissen macht uns alle zu Egoisten.

Wilde

GEWOHNHEIT

Nur die Gewohnheit allein ist es, wodurch die Natur völlig umgeändert und unterjocht werden kann. *Bacon*

Der tödlichste Feind der Liebe ist die Gewohnheit. *Bulwer-Lytton*

Gewohnheit ist Meister über alle Dinge. *Caesar*

Gewohnheit kann nie die Natur besiegen. *Cicero*

Elend, an das wir gewöhnt sind, stört uns nicht. *Claudian*

Die Gewohnheiten der Menschen wechseln wie Blätter an einem Zweig; einige gehen und andere kommen. *Dante*

Gewohnheiten mögen nicht so weise wie Gesetze sein. Sie sind aber immer beliebter. *Disraeli*

Gewohnheit macht den Fehler schön, / Den wir von Jugend auf gesehn. *Gellert*

In der Gewohnheit ruht das einzige Behagen des Menschen. *Goethe*

Am Ende läuft es auf eins hinaus, ganz von einer notwendigen Gewohnheit oder ganz von der willkürlichen Zufälligkeit abzuhängen. *Goethe*

Einen Regenbogen, der eine Viertelstunde steht, sieht man nicht mehr an. *Goethe*

Ach, die Gewohnheit ist / Ein lästig Ding, selbst an Verhaßtes fesselt sie. *Grillparzer*

Wer sich in die Gewohnheiten eines andern einmischt, hat die schlechtesten. *Haskins*

Gewohnheit verwandelt den luxuriösen Genuß in langweilige tägliche Bedürfnisse. *Aldous Huxley*

Große Dinge verwundern uns und kleine entmutigen uns. Gewohnheit macht beide vertraut. *La Bruyère*

Gewohnheit ist eine leichte Bürde. *Lehmann*

Durch die Gewohnheit, immer süße Lehre leicht zu empfangen, erschlafft bei den meisten das Talent, selbst zu suchen. *Lichtenberg*

Nun gibt es viele Dinge, an welche der Mensch sich so gewöhnt hat, daß er sie für zweckmäßig hält, denn die Gewohnheit mischt allen Dingen Süßigkeit bei, und nach der Lust schätzen die Menschen das Recht einer Sache. *Nietzsche*

Der Mensch ist ein mittelmäßiger Egoist: auch der Klügste nimmt seine Gewohnheit wichtiger als seinen Vorteil. *Nietzsche*

Die Gewohnheit ist eine zweite Natur, welche die ursprüngliche zerstört.

Pascal

Gewohnheit wird fast zur zweiten Natur.

Plutarch

Wähle das Beste. Gewohnheit wird es angenehm und leicht machen.

Pythagoras

Wie viele ungerechte und böse Dinge werden aus Gewohnheit getan.

Terenz

Gewohnheit wird durch Gewohnheit überwunden.

Thomas von Kempen

Nichts bedarf so sehr der Reform wie die Gewohnheiten der Mitmenschen.

Twain

GLAUBE

Ein Glaube ist nicht wahr, nur weil er nützlich ist.

Amiel

Glauben. Damit kann man wenig tun, doch ohne ihn kann man nichts tun.

Samuel Butler

Die Menschen glauben gern, was sie zu glauben wünschen.

Caesar

»Ich habe es mir zur Regel gemacht, nur das zu glauben, was ich verstehe«, antwortete Proserpine.

Disraeli

Der Mensch muß bei dem Glauben verharren, daß das Unbegreifliche begreiflich sei; er würde sonst nicht forschen.

Goethe

Ach! der Menge gefällt, was auf den Marktplatz taugt, / Und es ehret der Knecht nur den Gewaltsamen; / An das Göttliche glauben / Die allein, die es selber sind.

Hölderlin

Das große unzerstörbare Wunder ist der Menschenglaube an Wunder.

Jean Paul

Glaube immer – und du wirst wohl dabei fahren –, daß die Menschen nicht halb so gut sind, wie ihre Freunde sie schildern, und nicht halb so böse, wie ihre Feinde sie ausschreien.

Knigge

Jeder glaubt gar leicht, was er fürchtet und was er wünscht.

La Fontaine

Glaub: – Aus dem dunkelsten Tag quillt plötzlich das lieblichste Licht auf!

Lavater

Es gibt Leute, die können alles glauben, was sie wollen; das sind glückliche Geschöpfe.

Lichtenberg

Es ist leichter, zu glauben als zu zweifeln.

Martin

Nichts wird so fest geglaubt wie das, was wir nicht wissen.

Montaigne

Glauben kann ein jeder von euch, was er will, aber einen andern mit eurem Glauben zu kränken und ihm Unrecht zu tun, davor will ich euch bewahren.

Pestalozzi

Die Pflicht zu glauben, setzt die Möglichkeit dazu voraus.

Rousseau

Der Lüge kecke Zuversicht reißt hin, / Das Wunderbare findet Gunst und Glauben.

Schiller

Alles wanket, wo der Glaube fehlt.

Schiller

Es ist einfach – schrecklich einfach – den Glauben eines Mannes an sich selbst zu erschüttern. Das auszunutzen, um den Geist eines Menschen zu brechen, ist Teufelswerk.

Shaw

Es ist unendlich schöner, sich zehnmal betrügen zu lassen, als einmal den Glauben an die Menschheit zu verlieren.

Zschokke

GLÜCKSSPIEL

Es gibt nur einen guten Wurf mit Würfeln – sie fortzuwerfen.

Chatfield-Taylor

Wer dem Spiel zusieht, der kann's am besten.

Lehmann

Es spielen sich eher zehn arm als einer reich.

Lehmann

Zweimal im Leben sollte ein Mann nicht spekulieren: wenn er es sich nicht leisten kann, und wenn er kann.

Twain

Glücksspiel ist das Kind der Habsucht, der Bruder der Sittenlosigkeit und der Vater des Unheils.

George Washington

GRÖßE

Es bedarf wahrer Größe zu wissen, wie man gehorcht und bewundert.

Balzac

Große Taten bleiben großen Menschen vorbehalten.

Cervantes

Die großen Männer, die auf der Erde eine sehr kleine Familie bilden, finden leider nur sich selbst zum Nachahmen.

Chateaubriand

Es gibt große Menschen, die allen anderen das Gefühl des Kleinseins geben. Wahrhaft groß ist der, der jedem das Gefühl gibt, groß zu sein.

Chesterton

Alle großen Dinge sind einfach, und viele können mit einem einzigen Wort ausgedrückt werden: Freiheit, Gerechtigkeit, Ehre, Pflicht, Gnade, Hoffnung.

Churchill

Wenn du mich erheben willst, mußt du höher stehen.

Emerson

Wir können nicht alle großartig sein. Aber wir können uns immer mit etwas verbinden, das großartig ist.

Fosdick

Große Talente sind das schönste Versöhnungsmittel.

Goethe

So gewiß ist der allein glücklich und groß, der weder zu herrschen noch zu gehorchen braucht, um etwas zu sein.

Goethe

Kein wirklich großer Mensch hat sich je selbst dafür gehalten.

Hazlitt

Denn niemals werden Groß und Klein sich anziehn und ertragen.

Hebbel

Die Gunst der Großen wird nicht selten bloß dadurch verloren, daß man ihnen sich zu ähnlich stellt.

Horaz

Sieger zu sein ist wenig; doch groß zu bleiben alles. *Hugo*

Es gibt kein kleines Land. Die Größe eines Volkes wird genauso wenig von der Zahl seiner Einwohner beeinflußt, wie man die Größe eines Menschen an seiner Länge mißt. Wer ein großes Beispiel bietet, ist groß.

Hugo

So sehr wirkt fast die Menge wie Größe, daß zehn Schubkärrner hintereinander schon einen bedeutenden Eindruck machen.

Jean Paul

Ein Mensch, den die Sonnennähe eines großen Menschen nicht in Flammen und außer sich bringt, ist nichts wert.

Jean Paul

Alles wahrhaft Große geht in der Welt nicht unter, und ob es schon scheinbar unterginge, es senkt wie die Planze, wenn sie abstirbt, das Samenkorn in die Erde, aus der es seinerzeit verjüngt wieder hervorgeht.

Jhering

Daß große Leute nur in der Ferne schimmern, und daß ein Fürst vor seinem Kammerdiener verliert, kommt daher, weil kein Mensch groß ist. *Kant*

Jeder Mensch schafft sich seine eigene Größe. Zwerge bleiben

Zwerge, wenn sie auch auf Alpen sitzen.

Kotzebue

Um ein großer Mann zu sein, muß man von seinem ganzen Glück Vorteil zu ziehen verstehen.

La Rochefoucauld

Die Dienste der Großen sind gefährlich und lohnen der Mühe, des Zwanges, der Erniedrigung nicht, die sie kosten.

Lessing

Bei Lebzeiten und ein halb Jahrhundert nach dem Tode für einen großen Geist gehalten zu werden, ist ein schlechter Beweis, daß man es ist; durch alle Jahrhunderte aber hindurch dafür gehalten werden, ist ein unwidersprechlicher. *Lessing*

Denn zu einem großen Mann gehört beides: Kleinigkeiten als Kleinigkeiten und wichtige Dinge als wichtige Dinge behandeln.

Lessing

Die Schwachheiten großer Leute bekannt zu machen, ist eine Art von Pflicht; man richtet damit Tausende auf, ohne jenen zu schaden.

Lichtenberg

Gelegenheit macht nicht Diebe allein, sie macht auch große Männer.

Lichtenberg

Da ich gegen außerordentliche Größen immer auf der Hut bin, habe ich gefunden, daß sie, im ganzen, Menschen wie andere sind.

Montaigne

Es sind immer die Abenteurer, die große Dinge vollbringen.

Montesquieu

Der Blick der Menschheit war bisher zu stumpf, zu erkennen, daß die mächtigsten Menschen große Schauspieler waren.

Nietzsche

Große Männer sind wie große Zeiten: Explosivstoffe, in denen eine ungeheure Kraft aufgehäuft ist. *Nietzsche*

In einer großen Seele ist alles groß. *Pascal*

Je mehr Einsicht man hat, desto mehr Größe und Niedrigkeit entdeckt man im Menschen.

Pascal

Alles Große in dieser Welt stammt von Neurotikern. Sie allein haben unsere Religionen begründet und unsere Meisterwerke geschaffen.

Proust

Die wahre Größe besteht in der Herablassung, in der Fähigkeit, bis zu den tiefsten Standpunkten herabzusteigen, ohne seiner Hoheit zu vergeben.

Schelling

Das ist die Sklaverei der höchsten Größe, daß man nicht kleiner werden kann. *Seneca*

Wer Großes vorhat, läßt sich gerne Zeit.

Sophokles

Um große Dinge zu leisten, müssen wir leben, als ob wir nie sterben werden.

Vauvenargues

GUT

Ich habe auch, wenn man andre gut machen will, keinen andern Rat, als daß man erst selbst gut sei.

Claudius

So mancher meint ein gutes Herz zu haben und hat nur schwache Nerven.

Ebner-Eschenbach

Die Stätte, die ein guter Mensch betrat, / Ist eingeweiht; nach hundert Jahren klingt / Sein Wort und seine Tat dem Enkel wieder.

Goethe

Wirke gut, so wirkst du länger, / Als es Menschen sonst vermögen.

Goethe

Ich fühle hier sehr lebhaft, wie ich schon früher im Leben bemerken konnte, daß der Mensch, der das Gute will, sich ebenso tätig und ruhig gegen andere verhalten müsse als der Eigennützige, der Kleine, der Böse. Einsehen läßt sich's gut, es ist aber schwer, in diesem Sinne zu handeln.

Goethe

Wenige können uns Gutes antun, aber fast jeder kann uns Schaden zufügen. *Gracián*

Das Gute wird immer den Sieg über das Schöne behaupten.

Heine

Eher schätzt man das Gute / Nicht, als bis man es verloren.

Herder

Allerdings ist überall und allezeit das Gute selten. *Herder*

Ein guter Mensch erringt einen Sieg und beläßt es dabei. Er geht nicht zu Gewalttaten über.

Laotse

Es ist weniger gefährlich, den Menschen Unrecht zu tun als ihnen zu viel Gutes zu tun.

La Rochefoucauld

Auf die Länge habe ich wohl erfahren, gewinnt man bei einem guten Manne gewiß, wenn man aufrichtig bei ihm gewinnen will.

Lessing

Sie werden sagen, daß ich eine besondere Gabe habe, etwas Gutes an etwas Schlechtem zu entdecken. Die habe ich allerdings; und ich bin stolzer darauf, als auf alles, was ich weiß und kann.

Lessing

Ein guter Mensch geht lautlos über eine gute Tat hinweg, genau wie die Rebe zur rechten Jahreszeit wieder Trauben trägt.

Mark Aurel

Ein guter Mensch bleibt immer ein Anfänger *Martial*

Niemand ist zu gut für diese Welt. Menschen, von denen dies gesagt wird, sind vielmehr in irgendeinem Betrachte nicht gut genug.
Morgenstern

Es ist ein richtiges Urteil der Gelehrten, daß die Menschen aller Zeiten zu wissen glauben, was gut und böse, lobens- und tadelnswert sei. Aber es ist ein Vorurteil der Gelehrten, daß wir es jetzt besser wüßten als irgendeine Zeit.
Nietzsche

Was ist gut? – Alles, was das Gefühl der Macht, den Willen zur Macht, die Macht selbst im Menschen erhöht. *Nietzsche*

Willst du, daß man Gutes von dir sage, sag es nicht selbst.
Pascal

Das Ganze unsrer Sittlichkeit besteht in unserm vollendeten Kennen, Können und Wollen des Guten.
Pestalozzi

Gemeine Naturen zahlen mit dem, was sie tun, edle mit dem, was sie sind. *Schiller*

Sowie man etwas Gutes tun will, kann man sicher sein, Feinde zu finden.
Voltaire

Besser ist der Feind des Guten.
Voltaire

GÜTE

Güte ist mehr wert als Schönheit.
d'Arras

Nichts ist so beliebt wie Güte.
Cicero

Es ist schwer zu sagen, in welchem Ausmaß das Gemüt der Menschen durch eine gütige Art und milde Reden versöhnt wird.
Cicero

Ein edler Mensch zieht edle Menschen an, und weiß sie festzuhalten.
Goethe

Wie dem Geiste nichts zu groß ist, so ist der Güte nichts zu klein.
Jean Paul

Herzensgüte bedeutet zum Teil, die Menschen mehr zu lieben als sie wert sind.
Joubert

Milde erreicht mehr als Gewalttaten. *La Fontaine*

Ich besitze drei Kostbarkeiten, von denen ich mich nicht trenne, und die ich hoch schätze. Die erste ist Güte. Die zweite ist Sparsamkeit. Die dritte ist Bescheidenheit, die mich davor bewahrt, mich anderen voranzustellen. Sei gütig, und du kannst kühn sein. Sei sparsam und du kannst großzügig sein. Vermeide es, dich anderen voranzustellen, und du kannst Menschen führen.
Laotse

Es gibt Böse, welche weniger gefährlich sein würden, wenn sie nicht einige Güte hätten.

La Rochefoucauld

Nicht ist seltener als wahre Güte; selbst jene, welche glauben, sie zu besitzen, besitzen in der Regel nichts als Gefälligkeit und Schwäche.

La Rochefoucauld

Daß Güte nicht Schwäche sein könne, behauptet niemand; daß sie es sei, nur ein Tor.

Morgenstern

Was ein Schwert ausrichten mag, tut auch ein Wort der Güte.

Schiller

Güte erzeugt immer Güte.

Sophokles

HILFE

Helfende Hände sind heiliger als betende Lippen.

Ingersoll

Tu' nicht für andere, was du nicht auf die Idee kämst, sie zu bitten, für dich zu tun.

Billings

Bedarf ein Armer der Hilfe dein, / So laß dir nicht erst seinen Lebenslauf lesen; / Fürs Erste muß man wohltätig sein, / Dann prüfen, ob man's mit Recht gewesen.

Castelli

Wer eine Not erblickt und wartet, bis er um Hilfe gebeten wird, ist ebenso schlecht, als ob er sie verweigert hätte.

Dante

Man kann nicht allen helfen! Sagt der Engherzige und – hilft keinem.

Ebner-Eschenbach

Sorge dafür, daß dich jemand braucht. Mache niemand das Leben schwer.

Emerson

Nicht die Hilfe unserer Freunde hilft uns, sonderen das Vertrauen auf ihre Hilfe.

Epikur

Fromm erflehet Segen auch von oben, / Aber Hilfe schafft euch tätig wirkend / Selber.

Goethe

Elende Helfer, die nicht helfen können, ohne zugleich zu schaden.

Goethe

Wer nicht im Augenblick hilft, scheint mir nie zu helfen.

Goethe

Gott gibt jedem Vogel seine Nahrung, wirft sie ihm aber nicht ins Nest.

Holland

Wer einem Menschen gegen seinen Willen hilft, begeht das gleiche wie Mord.

Horaz

Wenn man im Leben vorwärts kommen will, so muß man es trotz der Bemühungen anderer tun, die einen herunterziehen wollen. Es stimmt nicht, daß es Menschen gibt, die bereit sind, denen zu helfen, die sich selbst helfen. Menschen sind bereit, einem Mann zu helfen, der sich nicht selbst helfen kann. Sobald er aber in der Lage ist, sich selbst zu helfen, und es tut, vereinen sie sich, um sein Leben so ungemütlich wie möglich zu machen.

Howe

Niemand kommt sich so hilflos vor wie der Besitzer eines kranken Goldfisches.

Kin Hubbard

Zweifellos ist es eine wunderschöne Harmonie, wenn das Gesagte und die Taten übereinstimmen.

Montaigne

Glaub' mir, es ist eine königliche Handlung, Gefallenen zu helfen.

Ovid

»Er meint es gut«, ist wertlos, wenn es nicht von der Tat begleitet wird.

Plautus

Menschenhilfe ist eine lose Wand, wer sich an sie lehnt, mit dem fällt sie übern Haufen.

Schubart

Leih jedem dein Ohr, doch wenigen deine Stimme.

Shakespeare

HASS

Denn es ist unmöglich, Haß mit Liebe zu erwidern.

Alfieri

Jede Stunde, dem Hasse vergeudet, / Ist eine Ewigkeit der Liebe entzogen.

Börne

Von allen Ursachen des Nationalhasses ist die Unwissenheit die mächtigste; wenn der Verkehr zunimmt, nimmt die Unwissenheit ab, und so vermindert sich der Haß.

Buckle

Anstatt der Liebe, dieser Vision / Habt ihr den Haß nicht als solide Feurung? / Haß ist die längste Freude, die es gibt; / Gehaßt wird langsam, aber schnell geliebt.

Byron

Wer von allen gehaßt wird, kann nicht erwarten, lange zu leben.

Corneille

Der Haß schadet niemand, aber die Verachtung ist es, was den Menschen stürzt.

Eckermann

Menschen zu hassen ist, als ob man sein eigenes Haus abbrennt, um eine Ratte loszuwerden.

Fosdick

Der Haß ist parteiisch, aber die Liebe ist es noch mehr.

Goethe

Ein Kerl, den alle Menschen hassen, der muß was sein.

Goethe

Wenn man etwas recht gründlich haßt, ohne zu wissen, warum, so kann man überzeugt sein, daß man davon einen Zug in seiner eigenen Natur hat.

Hebbel

Der größte Haß ist, wie die größte Tugend und die schlimmsten Hunde, still.

Jean Paul

Die Menschen hassen immer am meisten, was sie beneiden.

Mencken

Ein wirklicher Mann haßt niemand.

Napoleon I.

Auch im Hasse gibt es Eifersucht: wir wollen unseren Feind für uns allein haben.

Nietzsche

Bezwingt des Herzens Bitterkeit! Es bringt / Nicht gute Frucht, wenn Haß dem Haß begegnet.

Schiller

Der Haß ist wahrscheinlich ein ebenso mächtiger Urtrieb wie Liebe und Hunger.

Schnitzler

Wenn der Haß feige wird, geht er maskiert in Gesellschaft und nennt sich Gerechtigkeit.

Schnitzler

Haß ist Sache des Herzens; Verachtung des Kopfs.

Schopenhauer

Haß ist die Rache des Feiglings, dafür, daß er eingeschüchtert wird.

Shaw

Laßt sie mich hassen, vorausgesetzt, sie billigen mein Verhalten.

Tiberius

HERZ

So viele Rätsel hat der Mensch gelöst; / Nur mit sich selbst kann er nie einig werden. / Der Sterne Lauf, der Weltgesetze Ordnung / Sind ihm bekannter als sein eignes Herz.

Auffenberg

Kein Weg ist so weit im ganzen Land / Als der von Herz und Kopf zur Hand.

Bodenstedt

Sein Herz war so groß wie die Welt, aber es enthielt keinen Platz, die Erinnerung an ein Unrecht festzuhalten.

Emerson

Des Lebens höchste Offenbarung / Doch immer aus dem Herzen blüht. *Fontane*

Es ist gut, wenn das Herz naiv ist, aber nicht der Kopf.

France

Wer ist der listigste Betrüger? / Ist's nicht des Menschen eignes Herz?

Gellert

Doch werdet ihr nie Herz zu Herzen schaffen, / Wenn es euch nicht von Herzen geht.

Goethe

Das Herz! Das Herz! Vernunft ist rein und klar; / Doch aus dem Herzen steigt der Sturm, / Der sie verdunkelt.

Grabbe

Luft allein, nicht Herz vertauscht, wer über das Meer rennt.

Horaz

Als die Natur dem Menschen die Tränen schenkte, hat sie ihn damit als weichherzig bekannt gegeben. Ein weiches Herz besitzen, ist die beste Eigenschaft des Menschen. *Juvenal*

Der Kopf wird immer vom Herzen zum Narren gehalten.

La Rochefoucauld

Wo das Herz reden darf, braucht es keiner vorbereiten.

Lessing

Das Herz nimmt keine Gründe an und will in diesem wie in anderen Stücken seine Unabhängigkeit von dem Verstande behaupten. Man kann es tyrannisieren, aber nicht bezwingen.

Lessing

Einen Mann zu sehen, der Kopf und Herz hätte – die seltenste Erscheinung.

Lichtenberg

Dankbarkeit ist das Erinnerungsvermögen des Herzens.

Massieu

Das Herz hat seine Gründe, die die Vernunft nicht kennt. Man fühlt das in tausend Dingen.

Pascal

Daß unser Herz lebe, wirke, bleibe, daran liegt alles, nicht daß es glänze. *Pestalozzi*

Das Herz ist die große Uhr, die auf Wohl und Weh zeigt.

Rahel

Die großen Gedanken kommen aus dem Herzen.

Vauvenargues

Der Kopf weiß nicht, was das Herz vorhat.

Vauvenargues

Das Ohr ist der Weg zum Herzen.

Voltaire

HOFFNUNG

Geben und nehmen kann uns das Glück, was wir hoffen und lieben; / Aber die Hoffnung beherrscht, so wie die Liebe, das Glück.

Bouterwek

Ist es doch eine allgemein menschliche Schwäche, sich von unsicheren und unbekannten Dingen allzu sehr in Hoffnungen wiegen und in Schrecken setzen zu lassen.

Caesar

Wir sollen uns so behandeln, wie es vom Reil gesagt wurde, daß er seine Kranken behandelte; die Unheilbaren verloren das Leben, aber die Hoffnung nie.

Feuchtersleben

Was man kräftig hofft, das geschieht. Ein keckes Wort, was aber wunderbar tröstet.

Feuchtersleben

Hoffnung ist die zweite Seele der Unglücklichen.

Goethe

Menschen sollten ihre Hoffnungen wie zahmes Geflügel behandeln: ihnen die Flügel beschneiden, damit sie nicht fortfliegen.

Halifax

Es wäre gut, wenn die Hoffnung etwas seltener wäre im Gemüte des Menschen. Er waffnete sich dann zu rechter Zeit gegen die Zukunft.

Hölderlin

Wir versprechen nach dem Maße unserer Hoffnungen und halten nach dem Maße unserer Befürchtungen.

La Rochefoucauld

Gelübde beginnen, wenn die Hoffnung tot ist.

Leonardo da Vinci

Aus der Not wird der Mensch durch die Hoffnung gerettet.

Menander

Vollkommene Dinge lehren Hoffnung.

Nietzsche

Entferne die Hoffnung aus dem Herzen des Menschen und du machst ihn zum wilden Tier.

Ouida

Es ist die Hoffnung, die den schiffbrüchigen Matrosen mitten im Meer veranlaßt, mit seinen Armen zu rudern, obwohl kein Land in Sicht ist.

Ovid

Die Hoffnung ist das Gemeinste; wer auch sonst nichts hat, hat doch wenigstens diese.

Plutarch

Die Hoffnung ist des Geistes Atemholen; / Und darum fängt der Mensch, sobald ein Tausend / Getäuschter Hoffnungen vollzählig ist, / Ein Tor aus Zwang, das neue Tausend an.

Raupach

Wem Unverhofftes zuteil ward, den treibt sein Hoffen bis zur Unverschämtheit.

Seneca

Im Elend bleibt kein andres Heilungsmittel / Als Hoffnung nur.

Shakespeare

Hoffnung erhält den größten Teil der Menschheit.

Sophokles

Hoffnung ist das Brot der Armen.

Thales

Teure Hoffnung, du bist schon ein Anfang der Glückseligkeit, die du versprichst!

Wieland

HUMOR

Humor ist, wenn man trotzdem lacht.

Bierbaum

Der Humor ist keine Gabe des Geistes, er ist eine Gabe des Herzens.

Börne

Der Humor trägt die Seele über Abgründe hinweg und lehrt sie mit ihrem eigenen Leid spielen.

Anselm Feuerbach

Alles ist komisch, solange es jemand anderm passiert.

Rogers

Wer Humor hat, der hat beinah schon Genie. Wer nur Witz hat, der hat meistens nicht einmal den.

Schnitzler

ILLUSIONEN

Illusionen stehen uns nahe, weil sie Schmerz lindern und statt dessen uns erlauben, Vergnügen zu genießen. Wir müssen es daher ohne Klage hinnehmen, wenn sie manchmal mit einem Stückchen Wirklichkeit zusammenstoßen und daran zerbrechen.

Freud

Raube dem Durchschnittsmenschen die Illusion seines Lebens, und du hast ihn auch seines Glükkes beraubt.

Ibsen

Nichts ist trauriger als der Tod einer Illusion.

Koestler

Trenne dich nicht von deinen Illusionen. Wenn sie verschwunden sind, wirst du weiter existieren, aber aufgehört haben, zu leben.

Twain

Ein Wahn, der mich beglückt, / Ist eine Wahrheit wert, die mich zu Boden drückt.

Wieland

IRRTUM

Halt an, wo läufst du hin, der Himmel ist in dir: / Suchst du Gott anderswo, du fehlst ihn für und für.

Angelus Silesius

Begehe nicht den Irrtum, eine Menge von Großverdienern für Müßiggänger zu halten.

Bell

Ich halte es für männlich und offen, seinen Irrtum anzuerkennen, aber nicht das halte ich für männlich, dem einen Vorwurf darüber zu machen, der von seinem Irrtum zurückgekommen ist.

Bismarck

Ein ehrlicher Irrtum muß Mitleid hervorrufen, nicht Spott.

Chesterfield

Jeder Mensch kann irren, nur der Tor im Irrtum verharren.

Cicero

Irrtümer schwimmen wie Stroh auf der Oberfläche. Wer nach Perlen sucht, muß tief tauchen.

Dryden

Es liegt nicht in unserer Macht, Irrtümer wie Kleider abzulegen, weil wir lieber andere tragen möchten; wir finden erst die Kraft, Irrtümer loszuwerden, wenn wir sie nicht mehr verwerten können, weil sie wirklich völlig abgenutzt sind.

Friedell

Der Irrtum wiederholt sich immerfort in der Tat; deswegen muß man das Wahre unermüdlich wiederholen.

Goethe

Die Gelehrten sind meist gehässig, wenn sie widerlegen; einen Irrenden sehen sie gleich als ihren Todfeind an.

Goethe

Die Sinne trügen nicht, das Urteil trügt. *Goethe*

Wenn ich irre, kann es jeder bemerken; wenn ich lüge, nicht.

Goethe

Man muß seine Irrtümer teuer bezahlen, wenn man sie los werden will, und dann hat man noch von Glück zu sagen.

Goethe

Der Irrtum ist recht gut, solange wir jung sind; man muß ihn nur nicht mit ins Alter schleppen.

Goethe

Eine nachgesprochene Wahrheit verliert schon ihre Grazie, aber ein nachgesprochener Irrtum ist ganz ekelhaft.

Goethe

Einer neuen Wahrheit ist nichts schädlicher als ein alter Irrtum.

Goethe

Wenn weise Männer nicht irrten, müßten die Narren verzweifeln.

Goethe

Wenn du nicht irrst, kommst du nicht zu Verstand!

Goethe

Der Irrtum ist viel leichter zu erkennen, als die Wahrheit zu finden; jener liegt auf der Oberfläche, damit läßt sich wohl fertig werden; diese ruht in der Tiefe, danach zu forschen, ist nicht jedermanns Sache.

Goethe

Wenn ein paar Menschen recht miteinander zufrieden sind, kann man meistens versichert sein, daß sie sich irren.

Goethe

Ein unzulängliches Wahre wirkt eine Zeitlang fort, statt völliger Aufklärung aber tritt auf einmal ein blendendes Falsche herein; das genügt der Welt, und so sind Jahrhunderte betört.

Goethe

Von einem Irrtum erlöst, aber auch so recht von ihm erlöst sein, gewährt größere Freude, als eine Wahrheit gefunden zu haben.

Gutzkow

Die Menschheit läßt sich keinen Irrtum nehmen, der ihr nützt. Sie würde an Unsterblichkeit glauben, wenn sie das Gegenteil wüßte.

Hebbel

Allgemeine Regeln und Bedingungen der Vermeidung des Irrtums überhaupt sind: 1. selbst zu denken, 2. sich in der Stelle eines anderen zu denken und 3. jederzeit mit sich selbst einstimmig zu denken.

Kant

Die Sinne betrügen nicht. Nicht, weil sie immer richtig urteilen, sondern weil sie gar nicht urteilen; weshalb der Irrtum immer nur dem Verstande zur Last fällt.

Kant

Menschen irren, aber nur große Menschen erkennen ihren Irrtum.

Kotzebue

Mancher hat, aus Furcht zu irren, sich verirrt.

Lessing

Wir irren allesamt, nur jeder irret anders.

Lichtenberg

Die tödlichste Neigung der Menschheit, über eine Sache nicht mehr nachzudenken, wenn sie nicht mehr zweifelhaft ist, ist die Ursache der Hälfte ihrer Irrtümer.

Mill

Die Menschheit hat sich die größten Übel selbst auferlegt, weil Menschen etwas für richtig halten, was falsch war.

Russel

In der ganzen Geschichte des Menschen ist kein Kapitel unterrichtender für Herz und Geist als die Annalen seiner Verirrungen.

Schiller

Viel zu viel Wert auf die Meinung anderer zu legen, ist ein allgemein herrschender Irrwahn.

Schopenhauer

Irren ist menschlich, doch wer, nachdem er einen Irrtum begangen hat, nicht daran festhält, sondern ihn bereut und Besserung sucht, ist kein Lump.

Sophokles

Das Unverständliche ist das Reich des Irrtums.

Vauvenargues

Jeder bezeichnet seine Irrtümer als Erfahrung.

Wilde

JUGEND

Wenn auch die Welt im ganzen vorschreitet, die Jugend muß doch immer wieder von vorne anfangen.

Eckermann

Sie denkt nicht weiter, als sie schaut; / Und was sie schaut, darauf sie baut.

Fischart

Was tut wohl nicht die Jugend doch; / Was ihr verboten, freut sie hoch.

Fischart

Die Zeiten vergehen, es vernarben die Wunden, und arglos / Über die Stätten des Mords wandelt ein junges Geschlecht.

Geibel

In seiner Jugend glaubt jeder, daß die Welt eigentlich erst mit ihm angefangen habe, und daß alles eigentlich um seinetwillen da sei.

Goethe

Was bildet man nicht immer an unserer Jugend! Da sollen wir bald diese, bald jene Unart ablegen, und doch sind Unarten meist ebensoviel Organe, die dem Menschen durch das Leben helfen.

Goethe

In der Jugend traut man sich zu, daß man den Menschen Paläste bauen könne, und, wenn's um und an kömmt, so hat man alle Hände voll zu tun, um ihren Mist beiseite bringen zu können.

Goethe

Niemand kann so amüsant arrogant sein wie ein junger Mann, der gerade einen alten Gedanken entdeckt hat und ihn für seinen eigenen hält.

Harris

Oh, ihr Götter, ich bitte euch nicht, mir die Jugend zu lassen, aber laßt mir die Tugenden der Jugend, den uneigennützigen Groll, die uneigennützige Träne!

Heine

Wenn die Jugend eigen wüste / Was das Alter haben müste, / Sparte sie die meisten Lüste.

Logau

Wenn Jugend einen Fehler darstellt, so ist es einer, dem wir nur zu bald entwachsen.

Lowell

Man verdirbt einen Jüngling am sichersten, wenn man ihn verleitet, den Gleichdenkenden höher zu achten als den Andersdenkenden.

Nietzsche

Dies ist das ehrwürdigste; man muß junge Leute gewöhnen, die Wahrheit zu sagen.

Plutarch

Und wenn sich alle Schulmeister der Welt auf den Kopf stellen oder vielmehr fest hinsetzen aufs Katheder; sie erobern die Welt zwischen dem sechzehnten und zwanzigsten Lebensjahre doch nicht durch moralisch, ethisch und politisch gereinigte Anthologien.

Raabe

Der Jüngling, der keine Tränen vergossen hat, ist ein Wilder. Der Greis, der nicht lachen will, ist ein Narr.

Santayana

Das Kind in der Wiege, / Glücklicher Säugling! / Dir ist ein unendlicher Raum noch die Wiege. / Werde Mann, und dir wird eng die unendliche Welt.

Schiller

Die Heiterkeit und der Lebensmut unserer Jugend beruht zum Teil darauf, daß wir bergauf gehen, den Tod nicht sehen, weil er auf der anderen Seite des Berges liegt. Solange wir jung sind, mag man uns sagen, was man will, halten wir das Leben für endlos, und gehn danach mit der Zeit um.

Schopenhauer

Die Jugend ist so liebenswürdig, daß man sie anbeten müßte, wenn Seele und Geist ebenso vollkommen wären als der Körper.

Sévigné

Kinder sind der Höhepunkt menschlicher Unvollkommenheit. Sie weinen, mein Lieber. Sie stellen ärgerliche Fragen. Sie erwarten, daß man sie ernährt, wäscht, erzieht und ihnen die Nase putzt. Und im gegebenen Augenblick brechen sie uns das Herz, genauso wie ich dieses Stück Zucker breche.

Stevenson

Es ist schlimm um die Generation bestellt, in der die Jugend konservativer ist als das Alter.

Treitschke

KRANKHEIT

Wir müssen aus den Krankheiten, die unvermeidlich sind, das Beste herausholen.

Hamilton

Einen Kranken, der sich für gesund hält, kann man nicht heilen.

Amiel

Das Herz eines jeden steht weit offen, der kürzlich schwere Schmerzen überwunden hat oder die Gesundheit wieder zu geniessen beginnt. *Austen*

Körperliche Krankheiten sind die diesem kläglichen Leben auferlegten Steuern. Manche werden höher besteuert, manche niedriger, aber jeder zahlt etwas.

Chesterfield

Krankheit ist fühlbar, aber Gesundheit gar nicht.

Fuller

Kranke Menschen sind immer wahrhaft vornehmer als gesunde; denn nur der kranke Mensch ist ein Mensch, seine Glieder haben eine Leidensgeschichte, sie sind durchgeistet.

Heine

KIND

Man versteht die Kinder nicht, ist man nicht selbst kindlichen Herzens; man weiß sie nicht zu behandeln, wenn man sie nicht liebt, und man liebt sie nicht, wenn man nicht liebenswürdig ist.

Börne

Kinder sind der Reichtum der Armen.

Fuller

Wüchsen die Kinder in der Art fort, wie sie sich andeuten, so hätten wir lauter Genies.

Goethe

Die Seele eines Kindes ist heilig, und was vor sie gebracht wird, muß wenigstens den Wert der Reinigkeit haben.

Herder

Kinder und Uhren dürfen nicht beständig aufgezogen werden, man muß sie auch gehen lassen.

Jean Paul

Je mehr wir unsere Kinder lieben, um desto weniger kann uns das genügen, daß sie nur in Fußstapfen treten; sondern die Kinder sollen besser werden, als die Eltern waren, und so ein jedes heranwachsende Geschlecht sein erziehendes überragen zu seiner Zeit. *Schleiermacher*

In jedem Kinde liegt eine wunderbare Tiefe.

Schumann

KRIEG

Jeder Krieg, auch der siegreiche Krieg, ist immer ein großes Unglück für das Land, das ihn führt.

Bismarck

Ein kluger Mensch kann Pläne aufstellen, um einen Krieg zu gewinnen, wenn er nicht die Verantwortung für ihre Durchführung trägt. *Churchill*

Krieg darf nur so geführt werden, um zu zeigen, daß sein alleiniger Zweck die Wiederherstellung des Friedens ist. Die einzige Entschuldigung für Krieg ist, daß wir unverletzt in Frieden leben mögen.

Cicero

Krieg erscheint denen schön, die ihn nicht erfahren haben.

Erasmus

Der Krieg ist in Wahrheit eine Krankheit, wo die Säfte, die zur Gesundheit und Erhaltung dienen, nur verwendet werden, um ein Fremdes, der Natur Ungemäßes, zu nähren. *Goethe*

In früheren Zeiten sagte man: es ist süß und notwendig, fürs Vaterland zu sterben. Im modernen Krieg jedoch gibt es fürs Sterben nichts Süßes und Notwendiges. Man krepiert wie ein Hund und ohne guten Grund.

Hemingway

O Gott! Daß Brot so teuer ist – / Und Fleisch und Blut so billig.
Hood

Im längsten Frieden spricht der Mensch nicht so viel Unsinn und Unwahrheit als im kürzesten Krieg. *Jean Paul*

Krieg bestraft Strafende und Bestrafte. *Jefferson*

Frieden ist besser als Krieg, denn im Frieden beerdigen die Söhne ihre Väter, aber im Krieg beerdigen die Väter ihre Söhne.
Krösus

Sich an der Eroberung zu ergötzen bedeutet, sich am Verlust menschlichen Lebens zu erfreuen. *Laotse*

Es gibt keinen unvermeindlichen Krieg. Wenn Krieg ausbricht, ist es auf das Versagen der menschlichen Weisheit zurückzuführen.
Law

Nur durch Lügen ist es je gelungen, den Krieg zwischen Völkern fortzuführen. *Madariaga*

Einen Krieg beginnen, heißt nichts weiter, als einen Knoten zerhauen, statt ihn aufzulösen.
Morgenstern

Der gefährlichste Augenblick kommt mit dem Sieg. *Napoleon I.*

Es ist nur ein Schritt vom Triumph zum Verderben.
Napoleon I.

Die Vorsehung ist immer auf Seiten der letzten Reserven.
Napoleon I.

Ich bin zutiefst überzeugt, daß Wissenschaft und Frieden über Unwissenheit und Krieg triumphieren werden, und daß sich die Völker der Erde einigen werden, nicht zu zerstören, sondern aufzubauen. *Pasteur*

Das Urteil der Menge macht dich immer nachdenkend, aber niemals verzagt.
Platen Hallermund

Der Ursprung alles Krieges aber ist Diebsgelüst. *Schopenhauer*

Krieg erfordert drei Dinge – Gold, Gold, Gold. *Schwendi*

Schlimmer als der Krieg ist die Furcht vor dem Krieg. *Seneca*

Ein kluger Mensch muß alles versuchen, bevor er zu den Waffen greift.
Terenz

Es wird behauptet, daß Gott immer auf Seiten der großen Bataillone steht.
Voltaire

KRITIK

Verdamme keinen Armen, verspotte keinen Einfältigen, etwas, das stolze Narren gerne tun. Kritisiere deine eigenen Fehler und nicht die der anderen.
Ascham

Sie bestätigen nur durch ihr Zischen, daß Sie sich getroffen fühlen. Sehen Sie, das Geschöpf Gottes, von dem das Zischen herkommt, zischt ja nicht, wenn es sich nicht beunruhigt fühlt.

Bismarck

Sprich über die Modernen ohne Verachtung und über die Alten ohne Vergötterung. Beurteile sie alle auf Grund ihrer Verdienste, nicht ihres Alters.

Chesterfield

Kritiker sind meist Leute, die Dichter, Historiker, Biographen geworden wären, wenn sie könnten. Sie haben sich auf dem einen oder anderen Gebiet versucht und versagt. Darum sind sie Kritiker geworden.

Samuel Taylor Coleridge

Es ist leichter kritisch als korrekt zu sein. *Disraeli*

Welch angenehme Freunde die Tiere sind: sie stellen keine Fragen, und sie kritisieren nicht.

George Eliot

Gegen die Kritik kann man sich weder schützen noch wehren; man muß ihr zum Trutz handeln, und das läßt sie sich nach und nach gefallen. *Goethe*

Wir sagen nicht, daß ein Mensch, um Kritiker zu sein, unbedingt ein guter Dichter sein muß. Um aber ein guter Kritiker zu sein, darf er kein schlechter Dichter sein.

Hazlitt

Jeder Mensch sollte sich an seinem eigenen Maßstab messen.

Horaz

Empfänglichkeit für die Urteile, Ansichten und Meinungen anderer ist eine der besten Eigenschaften für den Umgang. *Knigge*

So lange du lebst, hüte dich davor, Menschen auf Grund ihres Aussehens zu beurteilen. *La Fontaine*

Jeder klagt über sein Gedächtnis, aber niemand klagt über seine Urteilskraft.

La Rochefoucauld

Man kann sich unmöglich einen Menschen mit tatsächlicher Stärke und Originalität vorstellen, der sich sein ganzes Leben mit der Beurteilung und Beschreibung der Werke anderer beschäftigt hat.

Mencken

Ein Kritiker ist ein Mensch ohne Beine, der andere laufen lehrt.

Pollock

Konventionelle Menschen bringt das Abweichen vom Herkömmlichen in Aufruhr, hauptsächlich, weil sei ein solches Abweichen als Kritik ihrer selbst betrachten.

Russel

Kritiker gibt es, deren jeder vermeint, bei ihm stände es, was gut und schlecht sein solle, indem er seine Kindertrompete für die Posaune der Fama hält.

Schopenhauer

Wer keine heftigen Angriffe auf seine Ansichten ertragen kann, sollte sich von der öffentlichen Austragung von Meinungsverschiedenheiten zurückziehen.
D'Ary Wentworth Thompson

Gute Kritik ist nötig wie Brot drum tüchtig gesäuert, / Daß uns das Gute noch mehr schmecke; hinweg mit der Spreu! *Waiblinger*

Du sollst nicht sagen: es ist nicht gut. Du sollst sagen: es gefällt dir nicht. Dann weißt du, daß du dich keiner Gefahr aussetzst. *Whistler*

Nur gegen absolute Unfähigkeit, gegen gespreizte Dummheit und unverbesserliche Faulheit hat eine gesunde Kritik schonungslos Front zu machen. *Wolzogen*

KULTUR

Kultur bedeutet, das Beste zu kennen, das in der Welt gesagt und gedacht worden ist.
Arnold

Kultur hat eine große Leidenschaft – die Leidenschaft für Schönheit und Licht. Es hat sogar noch eine größere – Leidenschaft, sie durchzusetzen. *Arnold*

Die ungeheuerste Kultur, die der Mensch sich geben kann, ist die Überzeugung, daß die anderen nicht nach ihm fragen.
Goethe

Überhaupt ist es mit dem Nationalhaß ein eigenes Ding. Auf den untersten Stufen der Kultur werden Sie ihn immer am stärksten und heftigsten finden. Es gibt aber eine Stufe, wo er ganz verschwindet, und wo man gewissermaßen über den Nationen steht, und man ein Glück oder ein Wehe seines Nachbarvolkes empfindet als wäre es dem eigenen begegnet. Diese Kulturstufe war meiner Natur gemäß und ich hatte mich darin lange befestigt, ehe ich mein sechzigstes Jahr erreicht.
Goethe

Auch die Kultur, die alle Welt beleckt, / Hat auf den Teufel sich erstreckt. *Goethe*

Niemand ist so barbarisch, daß er nicht zivilisiert werden kann, wenn er der Kultur eine geduldiges Ohr leiht. *Horaz*

Kultur wäre nicht Kultur, wenn sie nicht ein erworbener Geschmack wäre. *Powys*

Kein Mensch, wie gelehrt er auch sein mag, kann als kultiviert bezeichnet werden, so lange er nicht die Lücke zwischen seinem Lesen und seinem Leben überbrückt hat. *Powys*

Die Zivilisation ist nichts anders als ein Farbanstrich, der vom nächsten Regen fortgewaschen wird.
Rodin

Jeder Segen der Zivilisation ist entweder ein Fluch oder überflüssig. *Strindberg*

KUMMER

Die Hälfte der Kümmernisse dieses Lebens kann darauf zurückgeführt werden, daß man zu schnell Ja oder nicht früh genug Nein sagte. *Billings*

Kummer ist Wissen. *Byron*

Die Vielbeschäftigten haben keine Zeit für Tränen. *Byron*

Aus dem Kern des Leidens selbst werden wir die Mittel zur Inspiration und zum Überleben nehmen. *Churchill*

Es gibt keinen größeren Schmerz, als sich im Elend an glückliche Zeiten zu erinnern. *Dante*

Trauer hat nie gebrochene Knochen geflickt. *Dickens*

Wer Kummer gekannt hat, scheint selten traurig zu sein. *Disraeli*

Vergeude keine frischen Tränen für alten Kummer. *Euripides*

Wenn du willst, daß ich weine, mußt du selbst Kummer empfinden. *Horaz*

Trauer darf nie die angemessenen Grenzen überschreiten, sondern muß im Verhältnis zu dem Schlage stehen. *Juvenal*

Es ist herrlich, gleichgültig gegen Leid zu sein, aber nur gegen eigenes Leid. Lynd

Schweigende Pein ist noch gefährlicher. *Racine*

Ein tief Gemüt bestimmt sich selbst zum Leid. *Raimund*

In der Jugend hat man Tränen ohne Kummer, im Alter Kummer ohne Tränen. *Roux*

Jeder kann den Kummer meistern, nur der nicht, der ihn hat. *Shakespeare*

Kummer macht eine Stunde zu zehn. *Shakespeare*

Tränen sind die stumme Sprache des Kummers. *Voltaire*

KUNST

Kunst ist weit schwächer als Notwendigkeit. *Äschylus*

Musik allein ist die Weltsprache und braucht nicht übersetzt zu werden; da spricht Seele zu Seele. *Auerbach*

Die Kunst! Wer versteht die? – mit wem kann man sich bereden über diese große Göttin. *Beethoven*

Einem Künstler fällt es schwerer, ein Stoiker zu sein, als irgend jemand anders. *Beethoven*

Kunst kann nie Regeln aufstellen, die eine Kunst erbringen. *Burke*

Das Zubehör eines Sängers: ein großer Brustkorb, ein großer Mund, neunzig Prozent Gedächtnis, zehn Prozent Intelligenz, sehr viel schwere Arbeit und ein gewisses Etwas im Herzen.

Caruso

Unter Porträts verstehe ich nicht den Umriß und die Farben einer menschlichen Figur, sondern das Innere des Herzens und des Geistes eines Menschen.

Chesterfield

Ein Bild ist ein Gedicht ohne Worte. *Cornificius*

Kunst ist eine unumschränkte Geliebte. Sie läßt sich keine Koketterie oder Vernachlässigung gefallen. Sie fordert vollständige Selbstaufopferung und zahlt mit Riesentriumphen zurück.

Cushman

Beim Porträtmalen gibt es nur zwei Stilarten: die ernste und die gezierte.

Dickens

Die Kunst steckt wahrhaftig in der Natur: wer sie heraus kann reissen, der hat sie. *Dürer*

Die Kunst kann nicht trösten; sie verlangt schon Getröstete.

Feuchtersleben

Die Kunst entsteht nur da, wo Menschen zur Ruhe kommen, und blüht nur da, wo viele der Ruhe sich freuen.

Frenssen

Die Kunst hat es eigen, daß sie den Menschen stille, ruhig und friedlich macht.

Gervinus

Musik im besten Sinne bedarf weniger der Neuheit, ja vielmehr je älter sie ist, je gewohnter man sie ist, desto mehr wirkt sie.

Goethe

Wenn es eine Freude ist, das Gute zu genießen, so ist es eine größere, das Bessere zu empfinden, und in der Kunst ist das Beste gut genug.

Goethe

Alle wahren Kunstwerke wirken, als ob sie aus Freude hergestellt worden sind.

Henri

Das Leben ist kurz, die Kunst lang, Gelegenheit vorübergehend, Erfahrung verräterisch, Beurteilung schwierig.

Hippokrates

Jede Kunst erfordert ein ganzes Menschenleben.

Hölderlin

In der Kunst ist Aufrichtigkeit keine Frage des Willens, einer moralischen Wahl zwischen Ehrlichkeit und Unaufrichtigkeit. Sie ist hauptsächlich eine Frage der Begabung.

Aldous Huxley

Kunst ist nicht mehr als der Schatten der Menschheit.

Henry James

Die Kunst ist zwar nicht das Brot, aber der Wein des Lebens.

Jean Paul

Es gibt gewisse Dinge, in denen die Mittelmäßigkeit unerträglich ist – Poesie, Musik, Malerei und öffentliche Rede.

La Bruyère

Man lobt den Künstler dann erst recht, wenn man über sein Werk sein Lob vergißt. *Lessing*

Die Künste sind das, wozu wir sie machen wollen. Es liegt nur an uns, wenn sie uns schädlich sind.

Lessing

Die Hand, die dem Intellekt folgt, kann Leistungen vollbringen.

Michelangelo

Kleinigkeiten gereichen zur Vollkommenheit, aber Vollkommenheit ist keine Kleinigkeit.

Michelangelo

Es gibt Maler, die die Sonne in einen gelben Fleck verwandeln. Es gibt aber andere, die dank ihrer Kunst und Intelligenz einen gelben Fleck in die Sonne verwandeln können.

Picasso

Kunst erfordert das gesündeste, vollständigste Naturgefühl, ungeschwächte Sinne und ein reges, bewegliches Gemüt.

Rahel

Jedes Kunstwerk darf nur sich selbst, das heißt seiner eigenen Schönheitsregel Rechenschaft geben und ist keiner anderen Forderung unterworfen.

Schiller

Ein wahrer Künstler wird eher seine Frau hungern, seine Kinder barfuß gehen, seine Mutter mit Siebzig ihr Leben verdienen lassen als an etwas anderem als an seiner Kunst zu arbeiten.

Shaw

Es ist nicht erforderlich, Musik zu verstehen. Man braucht sie nur zu genießen.

Stokowski

Von einem Kunstwerk zu sagen, daß es gut, aber für die meisten Menschen unverständlich ist, ist, als ob man von einer Speise sagt, daß sie sehr gut ist, daß die meisten Menschen sie aber nicht essen können.

Tolstoi

Die Musik kann nie und in keiner Verbindung, die sie eingeht, aufhören, die höchste, die erlösendste Kunst zu sein.

Wagner

Jedes mit Gefühl gemalte Porträt ist ein Porträt des Künstlers, nicht des Modells.

Wilde

In Gegenden, wo die Künste geblüht haben, sind auch die schönsten Menschen erzeugt worden.

Winckelmann

LACHEN

Je mehr ein Mensch des ganzen Ernstes fähig ist, desto herzlicher kann er lachen.

Schopenhauer

Widerlegen Sie mich, aber lachen, – wie leicht ist das! Sie glauben gar nicht, wie ich lache, wenn Sie nicht dabei sind. *Bismarck*

Ich hasse seltenes Lächeln; ich liebe Gelächter.

William Blake

Wer nicht lachen kann, ist nicht nur des Verrats, der List und des Raubes fähig, sondern sein gesamtes Leben ist bereits ein Verrat und eine List.

Carlyle

Am vollständigsten ist der Tag verloren, an dem man nicht gelacht hat. *Chamfort*

Die Hälfte der Menschen lacht auf Kosten der andern.

Destouches

Zum Lachen braucht es immer ein wenig Geist; das Tier lacht nicht. *Keller*

Man muß lachen, bevor man glücklich ist, weil man sonst sterben könnte, ohne gelacht zu haben. *La Bruyère*

Das Lachen erhält uns vernünftiger als der Verdruß.

Lessing

Aus den lustigen Schriften kluger Köpfe läßt sich sehr oft mehr lernen als aus sehr vielen ernsthaften. Sie tragen manches mit einer lachenden Miene vor, was sie im Ernst meinen.

Lichtenberg

Der Mensch soll nicht lachen, wenn die ganze Welt weint.

Michelangelo

Kant könntest du allein lesen, wenn du willst. Einen Witz mußt du aber mit jemand teilen.

Stevenson

Oft habe ich in Gesellschaft oder Theatern Männer von berühmtem Namen beobachtet, über was sie lachten oder nicht lachten, und selten in ihrem wahren Charakter geirrt.

Weber

LANGEWEILE

Langweiler: ein Mensch, der redet, wenn du wünscht, daß er zuhört.

Bierce

Da ist kein größerer Langweiler als ein kluger.

Samuel Butler

Wenn dich etwas langweilt, tu's nicht. Bemühe dich nicht um eine fruchtlose Vollkommenheit.

Delacroix

Es ist schwer, gegen den Augenblick gerecht zu sein: der gleichgültige macht uns Langeweile, am guten hat man zu tragen und am bösen zu schleppen.

Goethe

Wenn die Affen es dahin bringen könnten, Langeweile zu haben, so könnten sie Menschen werden.

Goethe

Langweilig zu sein, ist die ärgste Sünde des Unterrichts.

Herbart

Er war auf eine neue Art langweilig, was dazu führte, daß ihn viele für groß hielten.

Johnson

Uns langweilen immer die, die wir langweilen.

La Rochefoucauld

Manche Langweiler sind so offensichtlich glücklich, daß es ein Vergnügen ist, sie zu beobachten.

Lynd

Es ist besser, allein zu sein als unter Langweilern.

Montaigne

Ob einer mehr Ursache hat, die Menschen zu suchen oder zu meiden, hängt davon ab, ob er mehr die Langeweile oder den Verdruß fürchtet.

Schopenhauer

Das einzige Unglück ist ein Leben der Langeweile.

Stendhal

Unser größter Feind ist die Langeweile.

Voltaire

LASTER

Die Menschen wünschen, von dem Unheil ihrer Laster gerettet zu werden, aber nicht von ihren Lastern.

Emerson

Weder für die Wollüste des Geistes noch für die Wollüste des Körpers ist der Mensch allein geschaffen; in beiden stürzt Übermaß ihn ins Elend. *Engel*

Wir erschrecken über unsre eignen Sünden, wenn wir sie an anderen erblicken.

Goethe

Unter den drei Lastern: Faulheit, Feigheit und Falschheit scheint das erstere das verächtlichste zu sein. *Kant*

Verstellung ohne Not ist ein Laster und eine Niederträchtigkeit. In Not, wenn man sich und andere dadurch erhält oder glücklicher macht, ist sie eine Tugend.

Kleist

Wollüstige Leute haben gemeiniglich nur so viel Verstand, als sie zu ihrer Wollust gebrauchen.

Kleist

Die Welt verzeiht dir eher, wenn du lasterhaft, als wenn du lächerlich bist, und – es ist fürchterlich wahr! – fast jeder Mensch gilt lieber für lasterhaft als für lächerlich, wenn er nur die Wahl zwischen beiden hat.

Kotzebue

Im Laufe des Lebens gefallen wir öfter durch unsere Laster als durch unsere Tugenden.

La Rochefoucauld

Durch Heuchelei huldigt das Laster der Tugend.

La Rochefoucauld

Was uns verhindert, einem einzigen Laster nachzuhangen, sind mehrere.

La Rochefoucauld

Wenn uns unsere Laster verlassen, schmeicheln wir uns mit der Leistung, sie aufgegeben zu haben.

La Rochefoucauld

Aller Laster Laster ist: sich vor keinem Laster scheuen, / Mit den Lastern rühmen sich und die Laster nicht bereuen.

Logau

Das Fehlen großer Laster ist die kleine Tugend gar vieler Leute.

Petit-Senn

Keine Zuflucht am Südpol oder auf dem Gipfel des Mont-Blanc trennt uns wirksamer von anderen als die Ausübung eines verborgenen Lasters.

Proust

Die Ruh' ist schwach und unruhvoll, / Die sich auf Untreu gründen soll.

Schlegel

LAUNE

Man verscheuchet mit Rauch die Fliegen, / Mit Verdrießlichkeit wohl den Mann. *Chamisso*

Man hat allerdings Stimmungen; aber wehe dem, den die Stimmungen haben!
Feuchtersleben

Man darf die Verdrießlichkeit mit Recht eine Sünde wider den heiligen Geist im Menschen nennen.
Feuchtersleben

Gute Laune ist ein philosophischer Geisteszustand. Er scheint der Natur zu sagen, daß wir sie nicht ernster nehmen als sie uns nimmt. *Renan*

Laune löst, was Laune knüpft.
Schiller

Was uns am unmittelbarsten beglückt, ist die Heiterkeit des Sinnes, denn diese gute Eigenschaft belohnt sich augenblicklich selbst. Wer fröhlich ist, hat allemal Ursach', es zu sein: nämlich eben diese, daß er es ist. Nichts kann so sehr wie diese Eigenschaft jedes andere Gut vollkommen ersetzen, während sie selbst durch nichts zu ersetzen ist. Einer sei jung, schön, reich und geehrt; so fragt sich, wenn man sein Glück beurteilen will, ob er dabei heiter sei: ist er hingegen heiter, so ist es einerlei, ob er jung oder alt, gerade oder bucklig, arm oder reich sei; er ist glücklich.
Schopenhauer

Jeder Tag ist ein kleines Leben, jedes Erwachen und Aufstehn eine kleine Geburt, jeder frische Morgen eine kleine Jugend, und jedes Zubettgehn und Einschlafen ein kleiner Tod. Überhaupt aber hat der Gesundheitszustand, Schlaf, Nahrung, Wetter, Umgebung und noch viel anderes Äußerliches auf unsere Stimmung und diese auf unsere Gedanken einen mächtigen Einfluß. Daher ist wie unsere Ansicht einer Angelegenheit so auch unsere Fähigkeit zu einer Leistung so sehr der Zeit und selbst dem Orte unterworfen. Darum also »Nehmt die gute Stimmung wahr, / Denn sie kommt so selten.«
Schopenhauer

Von guter Laune kann man sagen, daß sie eines der besten Kleidungsstücke ist, die man in Gesellschaft tragen kann.
Thackeray

LEBEN

Wer auf völliger Klarheit vor einem Entschluß besteht, wird sich nie entscheiden. Leben bedeutet Bedauern. *Amiel*

Die Lebensgeschichte eines jeden Menschen ist ein Märchen, das von Gottes Hand geschrieben wurde. *Andersen*

Das größte Vergnügen im Leben bereitet es, das zu tun, wovon die Leute behaupten, daß man es nicht tun kann.
Bagehot

Das Leben ist ein Krankenhaus, in dem jeder Patient den Wunsch hat, sein Bett zu wechseln. Der Eine möchte lieber nahe dem Feuer leiden, und der Andere ist überzeugt, daß er nahe dem Fenster gesund werden würde.

Baudelaire

Der beste Zustand im Leben: nicht so reich sein, daß man beneidet wird, und nicht so arm, daß man verdammt wird.

Billings

Das Leben besteht nicht darin, daß man gute Karten hält, sondern, daß man mit denen spielt, die man gut hält. *Billings*

Das Leben eines Abenteurers ist die Kunst, Unmögliches zu tun.

Bolitho

Das Leben ist ein ABC-Buch. Ein bißchen Goldschaum auf dem Einbande ist all unser Glück, unsere Weisheit nichts als ba, be, bi und sobald wir buchstabieren gelernt, müssen wir sterben, und die Unwissenheit fängt von neuem an. *Börne*

Die meisten Menschen sind unzufrieden, weil die wenigsten wissen, daß der Abstand zwischen Eins und Nichts größer ist als der zwischen Eins und Tausend.

Börne

Ist das Leben lebenswert? Das ist eine Frage für einen Embryo, nicht für einen Erwachsenen.

Samuel Butler

Das Problem des Lebens gleicht einem Meer, in dem wir untergehen, wenn wir entweder zu viel darüber nachdenken oder zu wenig.

Samuel Butler

Kürze ist nicht nur die Seele des Verstandes, sondern die Seele der Beliebtheit, des Auskommens mit Menschen und wirklich von allem, das das Leben lebenswert macht.

Samuel Butler

Für die Lebensführung brauchen wir Vernunft oder Zügel.

Diogenes

Das ganze Leben ist ein Versuch. Je mehr Versuche du durchführst, desto besser.

Emerson

Wenn du entsprechend deiner Natur lebst, wirst du nie arm werden; wenn entsprechend der Meinung der Welt, wirst du nie reich werden.

Epikur

Das ganze Geheimnis, sein Leben zu verlängern, besteht darin: es nicht zu verkürzen.

Feuchtersleben

Die Wahrheit ist: das Leben ist entzückend, schrecklich, charmant, grauenvoll, süß, bitter, und das ist alles.

France

Ich hätte nichts gegen eine Wiederholung des gleichen Lebens, von Anfang an. Ich würde nur den Vorteil erbitten, den Schriftsteller bei der zweiten Auflage genießen: einige Fehler in der ersten verbessern. *Franklin*

Lebe, wie du, wenn du stirbst, / Wünschen wirst, gelebt zu haben.
Gellert

Der Zweck des Lebens ist das Leben selbst. *Goethe*

Das Leben gleicht jener beschwerlichen Art zu wallfahrten, wo man drei Schritte vor und zwei zurück tun muß. *Goethe*

Es verrät keiner dem andern die Handgriffe einer Kunst oder eines Handwerks, geschweige denn die Kunst vom Leben.
Goethe

Man kann nicht für jedermann leben, besonders für die nicht, mit denen man nicht leben möchte.
Goethe

Alles in der Welt läßt sich ertragen, / Nur nicht eine Reihe von schönen Tagen. *Goethe*

Ja, meine Liebe, wer lebt, verliert. Aber er gewinnt auch. *Goethe*

Ich beginne, eins in der Welt zu lernen: die Menschen mit ihrem Leben genauso umgehen zu lassen wie ich mit meinem umgehe.
Grayson

Wenn wir unsicher sind, sind wir am Leben. *Greene*

Jeder hat sein eigenes Theater, in dem er Direktor, Schauspieler, Souffleur, Autor, Bühnenarbeiter, Logenschließer, Portier ist, und zwar alle zusammen und dazu noch Publikum.
J.C. und A.W. Hare

Wer nie im Leben töricht war, / Ein Weiser war er nimmer.
Heine

Hat man sich einmal an dies Leben in Ideen gewöhnt, so verlieren Kummer und Unglücksfälle ihren Stachel. Man ist wohl wehmütig und traurig, aber nie ungeduldig noch ratlos.
Wilhelm von Humboldt

Ideen sind ja nur das einzig wahrhaft Bleibende im Leben.
Wilhelm von Humboldt

Das Leben ist eine Kunst; um sie gut auszuführen, brauchen die Menschen nicht nur erworbene Fähigkeiten, sondern auch angeborenen Takt und Geschmack.
Aldous Huxley

Nur wer irgendein Ideal, das er ins Leben ziehen will, in seinem Innern hegt und nährt, ist dadurch gegen die Gifte und Schmerzen der Zeit verwahrt.
Jean Paul

Der Mensch hat dritthalb Minuten: eine zu lächeln, eine zu seufzen und eine halbe zu lieben; denn mitten in dieser Minute stirbt er.
Jean Paul

Unser Lebensweg steht auf beiden Seiten so voll Bäumchen und Ruhebänkchen, daß ich mich wundere, wenn einer müde wird.
Jean Paul

Die Lebensweise ist die glücklichste, die uns die meisten Gelegenheiten bietet, unsere eigene Hochachtung zu gewinnen.
Johnson

Im Reiche der Zwecke hat alles entweder einen Preis oder eine Würde. *Kant*

Das Leben kann nur rückblickend verstanden werden. Es muß aber vorausschauend gelebt werden.
Kierkegaard

Viele Menschen ziehen ihre Schlüsse über das Leben wie Schulknaben: sie betrügen ihre Lehrer, indem sie die Antworten aus einem Buch abschreiben, ohne die Addition selbst ausgerechnet zu haben.
Kierkegaard

Vor zwei Dingen hüte dich im Weltverkehr: nicht lächerlich und nicht beklagenswert zu erscheinen. *Klinger*

Man muß den Zweck, den man hat, so lange und von so viel Seiten betrachten, bis man ihn lieb gewinnt. *Klopstock*

Das Leben gilt nur großen Männern viel; / Im Staube kriechen heißt ja so nicht leben.
Körner

Sehnsucht, Liebe, Hoffnung, Verlangen, das ist wahres Leben.
Kotzebue

Auf jedes Leben muß etwas Regen fallen. Manche Tage müssen dunkel und trübe sein.
Longfellow

Die schönste Kunst, die schwierigste zu erlernen, ist die Kunst zu leben. *Macy*

Vollkommenheit scheint nichts anderes zu sein als vollständige Anpassung an die Umgebung: die Umgebung verändert sich jedoch ständig, so daß Vollkommenheit immer nur vorübergehend sein kann. *Maugham*

Das Leben besteht aus den verschiedenartigsten Dingen, den unvorhergesehensten, den widersprechendsten, den am wenigsten zueinander passenden; es ist gnadenlos, ohne Folge oder Zusammenhang, voll des Unerklärlichen, des Unlogischen und der widersprechendsten Katastrophen, wie man es nur unter verschiedenen Tatsachen eingruppieren kann.
Maupassant

Mein Gewerbe und meine Kunst sind zu leben. *Montaigne*

Habt das Leben bis in seine unscheinbaren Äußerungen hinab lieb, und ihr werdet bis in eure unscheinbaren Bewegungen hinab unbewußt von ihm zeugen.
Morgenstern

Fürchte nicht, daß dein Leben enden wird, sondern fürchte lieber, daß es nie beginnen wird.
Newman

Welches ist also die richtige Lebensweise? Das Leben muß wie ein Theaterstück gelebt werden. Man muß Spiele spielen, Opfer bringen, singen und tanzen. Dann kann ein Mensch die Götter besänftigen, sich gegen seine Feinde verteidigen und den Wettstreit gewinnen. *Platon*

Das Einzige, das noch schwieriger ist als ein geordnetes Leben zu führen: es nicht anderen aufzuerzwingen. *Proust*

Nicht der Mensch hat am meisten gelebt, welcher die höchsten Jahre zählt, sondern derjenige, welcher sein Leben am meisten empfunden hat. *Rousseau*

Den meisten Menschen bedeutet das Leben ein langewährendes Zweitbestes, ein dauernder Kompromiß zwischen dem Ideal und dem Möglichen. *Russel*

Das Leben ist kein Schauspiel und kein Festessen. Es ist eine Verlegenheit. *Santayana*

Wenn immer getrauert und immer geklagt wird, ohne daß man sich zur Resignation erhebt und ermannt, so hat man Erde und Himmel zugleich verloren und wässerige Sentimentalität übrig behalten.
Schopenhauer

Mit dem Leben ist es wie mit einem Theaterstück: es kommt nicht darauf an, wie lang es ist, sondern wie bunt. *Seneca*

Am meisten Unkraut trägt der fett'ste Boden.
Shakespeare

Du kannst nicht schlittschuhlaufen lernen, ohne dich lächerlich zu machen. Das Eis des Lebens ist schlüpfrig.
Shaw

Das Leben ist eine Flamme, die sich selbst verzehrt, aber sie fängt jedesmal wieder Feuer, wenn ein Kind geboren wird.
Shaw

Das Leben, ob glücklich oder unglücklich, ob erfolgreich oder erfolglos, ist ungewöhnlich interessant. *Shaw*

Heute ist immer anders als Gestern.
Alexander Smith

Zwei Ziele gibt es im Leben: erstens, das zu bekommen, was man wünscht, und danach, es zu genießen. Nur den Klügsten der Menschheit gelingt letzteres.
Logan P. Smith

In großen Dingen, ist es schwer, es allen recht zu machen.
Solon

Alt und jung, wir alle befinden uns auf unserer letzten Reise.
Stevenson

Mögest du alle Tage deines Lebens leben. *Swift*

Das Leben stimmt nicht mit der Philosophie überein: es gibt kein Glück ohne Müßiggang, und nur das Nutzlose bereitet Vergnügen. *Tschechow*

Fast das ganze menschliche Leben ist von Wahrscheinlichkeiten abhängig. *Voltaire*

Ich habe es oft gesagt und noch häufiger gedacht, daß das Leben für Denkende eine Komödie und für Fühlende eine Tragödie ist – der Grund, warum Demokritos lachte und Heraklit weinte. *Walpole*

Ja, so ist's in diesem Leben: / Viel Alarm und wenig Gaben. / Urteil ist wenigen gegeben, / Meinungen wollen sie alle haben. *Ziel*

LEIDENSCHAFT

Menschliche Leidenschaft wird von kleinen Dingen genauso stark erregt wie von großen. *Balzac*

Man heilt Leidenschaften nicht durch Verstand, sondern nur durch andere Leidenschaften. *Börne*

Wenn du die vorherrschendste Leidenschaft eines Menschen ausfindig gemacht hast, vergiß nicht, ihm nie zu trauen, wenn es sich um diese Leidenschaft handelt. *Chesterfield*

Der Mensch ist nur wirklich groß, wenn er aus Leidenschaft handelt. *Disraeli*

Wo Leidenschaft herrscht, wie schwach sich die Vernunft erweist. *Dryden*

Mit unseren Leidenschaften ist es wie mit dem Wasser und dem Feuer: sie sind gute Diener, aber schlechte Herren. *l'Estrange*

Von einer Idee besessene Menschen gehen nicht auf Vernunft ein. *Froude*

Große Leidenschaften sind Krankheiten ohne Hoffnung. Was sie heilen könnte, macht sie erst recht gefährlich. *Goethe*

Die Leidenschaft macht die besten Beobachtungen und die elendsten Schlüsse. *Jean Paul*

Leidenschaft wünscht sich kein Mensch. Denn wer will sich in Ketten legen lassen, wenn er frei sein kann? *Kant*

Aber wehe dem, der sich heftigen Leidenschaften überläßt! Er kann nicht glücklich sein; und eine unfehlbare Verzweiflung ist endlich, über lang oder kurz, das Ende seines Unglücks. *Kleist*

Die Leidenschaft verschlechtert, aber sie erhebt auch.

Lamartine

Es ist eigenartig, daß wir mehr daran interessiert sind, unsere besten Leidenschaften als unsere schlechtesten zu verbergen.

Landor

Abwesenheit vernichtet kleine Zuneigungen und entfacht große Leidenschaften, genau wie der Wind eine Kerze verlöschen läßt, und der Sturm ein Feuer entfacht.

La Rochefoucauld

Wenn wir unsere Leidenschaften besiegen, so ist das mehr auf ihre Schwäche als auf unsere Stärke zurückzuführen.

La Rochefoucauld

Leidenschaft ist der einzige Redner, der immer überzeugt.

La Rochefoucauld

Die Leidenschaften vernichten das Beste und die Besten.

Laube

Nichts verdunkelt unsere Erkenntnis mehr als die Leidenschaften.

Lessing

Große Leidenschaften sind wie Naturkräfte; ob sie nützen oder schaden, hängt bloß von der Richtung ab, die sie nehmen.

Mohr

Jede Leidenschaft hat drei Kennzeichen: sie macht lichtscheu – bleibt nie allein, sondern erzeugt andere Begierden –, eilet, wenn sie sich selbst überlassen wird, schnell vom Minimum zum Maximum.

Sailer

Leidenschaften gleichen Blendlaternen; sie werfen alles Licht nach einer Richtung, während alles andre rings im Dunkel bleibt.

Sirius

Ein in Leidenschaft entflammter Mensch reitet ein Pferd, das mit ihm durchgeht.

Spurgeon

Die Leidenschaften der Menschen sind Wege, um zu ihnen zu gelangen.

Vauvenargues

Wir danken den Leidenschaften vielleicht die größten Vorzüge des Verstandes.

Vauvenargues

LERNEN

Der Hauptzweck der Ausbildung besteht nicht im Lernen, sondern im Vergessen.

Chesterton

Überall lernt man nur von dem, den man liebt.

Eckermann

Wer nicht mehr strebt, wer nicht mehr lernt, der lasse sich begraben!

Feuchtersleben

Alles kann die Menschheit entbehren, alles kann man ihr rauben, ohne ihrer wahren Würde zu nahe zu treten, nur nicht die Möglichkeit der Vervollkommnung. *Fichte*

Ein jeder lernt nur, was er lernen kann. *Goethe*

Die Schwierigkeiten wachsen, je näher man dem Ziele kommt.
Goethe

Aller Anfang ist leicht, und die letzten Stufen werden am schwersten erstiegen. *Goethe*

Man kann das Lernen niemand auferzwingen.
Henri

Als Knabe hab' ich spät und früh / Lernend über den Büchern gesessen; / Nun macht es mir von neuem Müh', / Das Gelernte zu vergessen.
Keil

Man sollte sich nicht schlafen legen, ohne sagen zu können, daß man an dem Tage etwas gelernt hätte.
Lichtenberg

In älteren Jahren nichts mehr lernen können, hängt mit dem in älteren Jahren sich nichts mehr befehlen lassen wollen zusammen, und zwar sehr genau.
Lichtenberg

Ich lerne immer noch.
Michelangelo

Lerne im Unglück anderer die Übel zu erkennen, die du vermeiden mußt.
Publius Syrus

Meiner Ansicht wird das Lernen stark überschätzt. Zumindest hat man es in der Schule nie ernst genommen, wo alles getan wurde, um einen deutlich darauf aufmerksam zu machen. Alles Wissenswerte lehrt man sich eigentliche selbst, und der Rest gerät früher oder später in Vergessenheit.
Saki

Das Lernen erhält die Irrtümer der Vergangenheit wie auch ihre Weisheiten.
Whitehead

LESEN

Man sollte eigentlich immer nur das lesen, was man bewundert.
Eckermann

Ich wünsche mich nie mit einem Menschen zu unterhalten, der mehr geschrieben als er gelesen hat.
Johnson

Viel muß man lesen, nicht vielerlei. Ich meine nicht Vieles, sondern viel: ein Weniges aber mit Fleiß.
Lessing

Es gibt wirklich sehr viele Menschen, die bloß lesen, damit sie nicht denken dürfen.
Lichtenberg

Gute Leser machen ein Buch immer besser, und gute Gegner klären es ab.

Nietzsche

Zu viel Lesen verhindert Wissen. Wir glauben, das zu wissen, was wir gelesen haben, und halten uns vom Lernen befreit.

Rousseau

Vom Schlechten kann man nie zu wenig und das Gute nie zu oft lesen.

Schopenhauer

Verse, die Menschen nicht neue und erregende Wahrheiten lehren, sind nicht wert, gelesen zu werden.

Voltaire

LIEBE

In der Liebe haben alle Frauen Geist.

Balzac

Liebe bedeutet der moralischen Natur genau das, was die Sonne der Erde bedeutet.

Balzac

Die wahre Liebe würdigt ihren Gegenstand; aber das ist die wahre Liebe nicht, die nur das Würdige liebt.

Börne

Sich kennen und lieben lernen – und dann trennen ist die traurige Geschichte vieler menschlicher Herzen.

Samuel Taylor Coleridge

In der Liebe kann selbst Schweigen beredt sein.

Congreve

Wir sind alle zum Lieben geboren. Es ist der Sinn unseres Seins und sein einziger Zweck.

Disraeli

Der Zauber der ersten Liebe ist unsere Unwissenheit, daß sie je enden kann.

Disraeli

Ich frage mich »Was bedeutet die Hölle?« Ich behaupte: die Unfähigkeit zu lieben.

Dostojewski

Kleine Kinder sind noch immer das Symbol einer ewigen Vereinigung von Liebe und Pflicht.

George Eliot

Alle Welt liebt einen Liebenden.

Emerson

Kein Mensch soll glauben, daß ihn jemand liebt, wenn er niemand liebt.

Epiktet

Es ist nicht üblich, das zu lieben, was man besitzt.

France

Der größte Fehler in der Liebe, / O Jüngling, ist die Furchtsamkeit.

Gellert

Gegen große Vorzüge eines andern gibt es kein Rettungsmittel als die Liebe.

Goethe

In einem Augenblick gewährt die Liebe, / Was Mühe kaum in langer Zeit erreicht. *Goethe*

In der Liebe mag man nie / Helfer und Gesellen. *Goethe*

Wir lernen nur von denen, die wir lieben. *Goethe*

Der liebt nicht, der die Fehler des Geliebten nicht für Tugenden hält. *Goethe*

Man muß nur ein Wesen recht von Grund aus lieben, da kommen einem die übrigen alle liebenswürdig vor.
Goethe

Wer nicht mehr liebt und nicht mehr irrt, / Der lasse sich begraben! *Goethe*

Liebe ist etwas Ideelles, Heiraten etwas Reelles; und nie verwechselt man ungestraft das Ideelle mit dem Reellen. *Goethe*

Die Liebhaber sind so pünktlich wie die Sonne.
Goethe

Die Liebe des Weibes ist maßlos und reich, sie gibt das Herz und das Leben; / Die Liebe des Mannes, die sich nur gibt, wie steht sie so dürftig daneben!
Gottschall

Des Vaters Segen hilft zur Liebe just / Soviel als Katzen bei dem Fischfang.
Grabbe

Es gibt nur da Liebe und Freundschaft, wo sich einer dem andern beugt. Und nicht immer das Schwache vor dem Starken – auch das Starke vor dem Schwachen.
Gutzkow

Der Gedanke der Trennung ist das Bindende in der Liebe. Zu besitzen ist nichts; aber zu verlieren ist alles. *Gutzkow*

In der Liebe dominiert dauernd immer derjenige, der am wenigsten liebt; mehr noch! der vielleicht gar nicht liebt und sich nur mit Grazie lieben läßt. Wo die Leidenschaft, ist nie die Herrschaft; bei der Berechnung ist sie.
Hahn-Hahn

Um Liebe zu gewinnen, laufen wir Gefahr, sie zu verlieren.
Hardy

Liebe regiert ihr Königreich ohne ein Schwert. *George Herbert*

Liebe und Husten lassen sich nicht verbergen.
George Herbert

Freundschaft und Liebe bedürfen des Vertrauens, des tiefsten und eigentlichsten, aber bei großartigen Seelen nie der Vertraulichkeiten.
Wilhelm von Humboldt

Nur das Weib weiß, was Liebe ist, in Wonne und Verzweiflung. Bei dem Manne bleibt sie zum Teil Phantasie, Stolz, Habsucht.
Immermann

Liebe macht, wie listig, so kühn gegen jeden und nur gegen das Geliebte scheuer und einfacher.

Jean Paul

Hätten wir keine Vorstellungskraft, mein Herr, würde sich ein Mann in den Armen eines Hausmädchens genauso glücklich fühlen wie in denen einer Herzogin.

Johnson

Die Freundschaft und die Liebe sind zwei Pflanzen aus einer Wurzel. Die letztere hat nur einige Blumen mehr.

Klopstock

Liebe hat kein Maß der Zeit; sie keimt / Und blüht in einer schönen Stunde.

Körner

Mit der Liebe ist's wie mit den Pocken, wer sie in seiner Jugend nicht gehabt hat, bekommt sie selten oder nie, und wenn er sie bekommt, sind sie desto gefährlicher.

Kotzebue

Wer über die Liebe nachdenkt, der liebt nicht mehr.

Kotzebue

Unter allen Torheiten, die ein Mädchen begeht, ist immer ihre erste Liebe eine der größten.

Kotzebue

Die Lieb' ist ein hübsche Blume, / Die Freundschaft eine süße Frucht.

Kotzebue

Das große Wunder der Liebe ist, daß sie die Koketterie heilt.

La Rochefoucauld

So selten wahre Liebe ist, wahre Freundschaft ist noch seltener.

La Rochefoucauld

Das Vergnügen der Liebe liegt im Lieben. Wir sind viel glücklicher in der Leidenschaft, die wir empfinden, als in der, die wir hervorrufen.

La Rochefoucauld

Wenn wir Liebe auf Grund der meisten Ergebnisse beurteilen, dann ähnelt sie mehr dem Haß als der Freundschaft.

La Rochefoucauld

Es gibt Menschen, die sich nie verliebt hätten, wenn sie nie Gespräche über Liebe gehört hätten.

La Rochefoucauld

Ein Narr ist eher von der Narrheit zu courirn als ein Liebhaber von der Lieb. *Lehmann*

Wer aus Liebe närrisch wird, der wäre es früher oder später auch ohne Liebe geworden.

Lessing

Es ist kein Verbrechen, geliebt haben; noch viel weniger ist es eines, geliebt worden sein.

Lessing

Trau' keinem Freunde sonder Mängel; / Und lieb' ein Mädchen, keinen Engel.

Lessing

Man muß ganz uneigennützig lieben. *Lessing*

Das ist die alte Leier der Verliebten. / Ein jeder glaubt, er hätte ganz allein / Die Leidenschaft erfunden, vor ihm konnte / Gar niemand lieben. *Madách*

In der Liebe gibt es kein Mittelding. Wer die Frau nicht stark und mächtig umfängt, wird von ihr weder geachtet noch geliebt. Er langweilt sie, und Langeweile ist bei ihr nicht fern von Haß.

Michelet

Die Liebe wird nicht von Vernunft regiert. *Molière*

Zu leben, ohne zu lieben, ist kein richtiges Leben. Nimm dem Leben die Liebe, und du nimmst ihm sein Vergnügen. *Molière*

Der einzige Sieg über Liebe ist Flucht. *Napoleon I.*

Jede Liebe wird von der folgenden Liebe besiegt.

Ovid

Können macht Liebe immerwährend. *Ovid*

Verliebte sehen in der Welt nur sich; / Doch sie vergessen, daß die Welt sie sieht.

Platen Hallermund

Nicht verliebte Menschen können nicht verstehen, wieso ein intelligenter Mann wegen einer ganz gewöhnlichen Frau leiden kann. Das ist, als ob man überrascht ist, daß jemand der Cholera zum Opfer fällt wegen einer so unbedeutenden Kreatur wie es der Comma Bazillus ist.

Proust

Freundschaft bindet nur das Gleiche; / Ungleich aber kann mit Ungleich / Nur in Liebe sich vereinen. *Raupach*

Man liebt ohne Grund, und ohne Grund haßt man.

Regnard

Hier ist das Wunder, das allen immer widerfährt, die wirklich lieben: je mehr sie geben, desto mehr besitzen sie von der kostbaren erhaltenen Liebe, die Blumen und Kindern ihre Stärke verleiht, und die allen Menschen helfen könnte, wenn sie sie ohne Zweifel hinnähmen.

Rilke

Gibt's einen Mann, der ist beständig weis' und klug, / Verlieb' er sich, und um wird er zum Toren schlagen. / Gibt's irgendeinen, der nie Not und Leid ertrug, / Verlieb' er sich, und Leid und Not wird er ertragen.

Rückert

Einen Liebhaber, der den Vater zu Hilfe ruft, trau ich keine hohle Haselnuß zu.

Schiller

Die Liebe / Wird leicht zur Wut in heftigen Naturen.

Schiller

Geschlechter, Völker werden auferstehen, / Ihr zeitlich Gut zu hüten, zu begraben, / Vieltausend Jahre werden kommen, gehen, / Die Liebe mag und wird kein Ende haben.

Schönaich-Carolath

Wär alles mein, und hätt ich nicht der Liebe, / Ich glich der Schelle, die geschwätzig tönend, / Ich wär ein Nichts, das ewig nichtig bliebe, / Ich wär ein Erz, das leer und qualvoll dröhnend.

Schönaich-Carolath

Wenn man die wichtige Rolle betrachtet, welche die Geschlechtsliebe spielt, da wird man veranlaßt, auszurufen: Wozu der Lärm? Wozu das Drängen, Toben, die Angst und die Not? Es handelt sich ja bloß darum, daß jeder Hans seine Grete finde.

Schopenhauer

Denn weise sein und lieben / Vermag kein Mensch, nur Götter können's üben.

Shakespeare

Verliebte laufen stets der Uhr voraus.

Shakespeare

Man sagt, jeder Liebhaber schwöre mehr zu vollbringen, als ihm möglich ist.

Shakespeare

Wenn Liebe das Schulmeistern anfängt, hat sie bald Ferien.

Sirius

In der Liebe und im Krieg ist alles fair.

Smedley

Wenn Liebende streiten, erneuern sie ihre Liebe.

Terenz

Jede wahre Liebe ist auf Achtung begründet.

Villiers

Was ist so leicht zu überzeugen / Als Liebe? Ein Blick, ein Kuß ist ihr ein Glaubensgrund.

Wieland

Es ist schwer, nicht ungerecht zu dem zu sein, das man liebt.

Wilde

Wer wahrhaft liebt, der weiß, / Daß es nicht große und kleine Liebe gibt; / Sie trägt kein Maß; / – sie ist, und sie ist nicht.

Wildenbruch

LOB

Lob macht gute Menschen besser und schlechte schlechter.

Fuller

Wen jemand lobt, dem stellt er sich gleich.

Goethe

Man sagt: eitles Eigenlob stinkt; das mag sein. Was aber fremder und ungerechter Tadel für einen Geruch haben, dafür hat das Publikum keine Nase.

Goethe

Wenn das Lob der Freunde immer ein sehr zweideutiges bleibt, so darf man dagegen dem Neide der Feinde vertrauen.

Immermann

Leichter gönnen sogar gute Menschen dem andern jedes Glück, sogar das unverdiente; aber nie das unverdiente Lob.

Jean Paul

Gewöhnlich lobt man nur, um gelobt zu werden.

La Rochefoucauld

Wenn man die Tugenden von Prinzen lobt, die sie nicht besitzen, so macht man ihnen nur ungestraft Vorwürfe.

La Rochefoucauld

Die einen werden durch großes Lob schamhaft, die andern frech.

Nietzsche

Im Lob ist mehr Zudringlichkeit als im Tadel.

Nietzsche

Lob gleicht dem Ambra; ein wenig daran riechen und ein kleines Stück davon ist sehr angenehm, hält man aber einen ganzen Klumpen vor die Nase, so stinkt es und streckt einen zu Boden.

Pope

Es ist ein krankhafter, schwächlicher Geisteszustand, auf Lob und nicht auf Inhalt des Lobes zu achten.

Rahel

Sag' nichts Gutes über dich selbst. Man wird dir nur mißtrauen. Sag' nichts Schlechtes über dich selbst. Man wird dich beim Worte nehmen.

Roux

Nur dem nützt das Lob, der den Tadel zu schätzen versteht.

Schumann

Es kann einem nichts Schlimmeres passieren, als von einem Halunken gelobt zu werden.

Schumann

Von einem guten Kompliment kann ich zwei Monate leben.

Twain

Lob hat von der Wollust das an sich, daß Ekel und Reiz dicht beisammen sind.

Varnhagen

Mit der Kunst des Lobens begann die Kunst des Erfreuens.

Voltaire

LÜGE

Jeder Narr kann die Wahrheit sagen, aber nur ein verhältnismäßig Intelligenter kann gut lügen.

Samuel Butler

Nur ein Weiser kann mit einer Lüge umgehen. Ein Narr tut gut, ehrlich zu bleiben.

Douglas

Wer in Gegenwart von Kindern spottet oder lügt, begeht ein todeswürdiges Verbrechen.

Ebner-Eschenbach

Eine halbe Wahrheit ist häufig eine große Lüge.

Franklin

Von allen bösen Geistern, die zur Stunde in der Welt unterwegs sind, ist Unaufrichtigkeit der gefährlichste.

Froude

Wenn mancher sich nicht verpflichtet fühlte, das Unwahre zu wiederholen, weil er's einmal gesagt hat, so wären es ganz andere Leute geworden.

Goethe

Halbe Wahrheit ist gefährlicher als eine ganze Lüge; diese ist leichter zu erkennen als jene, welche in Schein zu kleiden pflegt, um doppelt zu betrügen.

Hippel

Die Lüge ist durch die bloße Form ein Verbrechen des Menschen an seiner eigenen Person und eine Nichtswürdigkeit, die den Menschen in seinen eigenen Augen verächtlich machen muß.

Kant

Die Lüge, der fressende Lippenkrebs des innern Menschen.

Jean Paul

Die gefährlichsten Unwahrheiten sind Wahrheiten mäßig entstellt.

Lichtenberg

Wer keinen Anlaß zum Lügen hat, ist stolz darauf, kein Lügner zu sein.

Nietzsche

»Man sagt« ist eine halbe Lüge.

Palmer

Wer eine Lüge sagt, ist sich nicht bewußt, welch große Aufgabe er damit unternimmt; um diese eine Lüge aufrecht zu erhalten, wird er gezwungen sein, zwanzig zu erfinden.

Pope

Lüg' einfach, und ich glaub's; doch, wenn du fügst / So viel Beteu'rungen, so merk' ich, daß du lügst.

Rückert

Die Strafe des Lügners ist keineswegs, daß man ihm nicht glaubt, sondern daß er niemand anders glauben kann.

Shaw

Es gibt keine Lüge, die nicht viele Menschen glauben werden. Es gibt keinen Menschen, der nicht viele Lügen glauben wird. Und es gibt keinen Menschen, der nur Lügen glauben wird.

Sterling

Wer die Angewohnheit hat, seinen Vater zu belügen und zu betrügen, wird es noch viel wagemutiger gegenüber anderen versuchen.

Terenz

Lügen ist und bleibt eines der ekelhaftesten Laster, das zuletzt um alle Achtung und allen Kredit bringt.

Weber

MENSCHEN

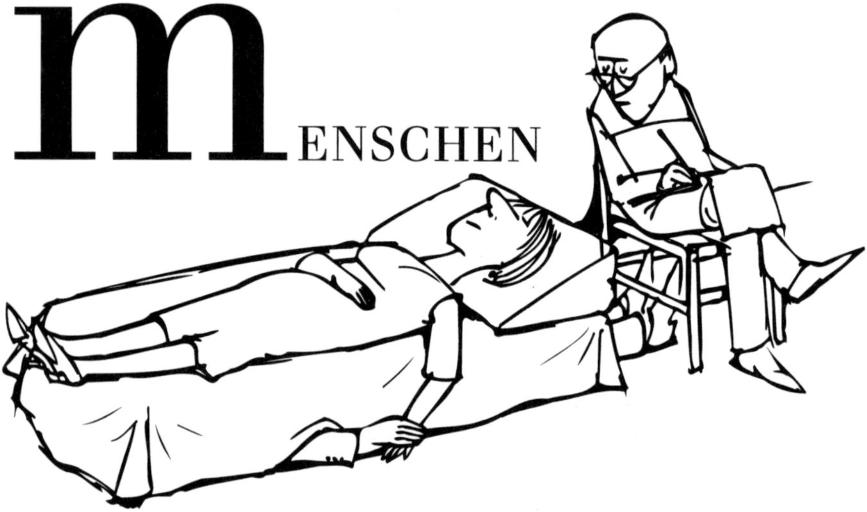

Welch eine herrliche Entdeckung, die Psychoanalyse. Sie gibt einfachen Menschen das Gefühl, daß sie komplizierte Wesen sind.
Behrman

Die Menschheit kann man in zwei Gruppen aufteilen: Gastgeber und Gäste. *Beerbohm*

Im Leben lernt man zwei Arten von Menschen kennen – Menschen, die man warten läßt, und Menschen, auf die man wartet.
Behrman

Die Mixtur, Mensch genannt, ist wohl das tollste Ragout, welches je einem himmlischen Kochbuch entschlüpfte.
Bentzel-Sternau

Es gibt Menschen, die, falls sie je den Himmel erreichen, sofort damit beginnen, ihresgleichen zu suchen. *Billings*

Vieles kann der Mensch entbehren, nur den Menschen nicht.
Börne

Der Mensch ist das einzige Tier, das mit den Opfern, die er zu essen beabsichtigt, freundschaftliche Beziehungen aufrecht erhält, bis er sie ißt.
Samuel Butler

Jeder Mensch ist der Sohn seiner eigenen Werke. *Cervantes*

Leiste guten Menschen Gesellschaft, und du wirst einer von ihnen werden. *Cervantes*

Es gibt nichts Uninteressantes, es gibt nur uninteressierte Menschen. *Chesterton*

Jeder Mensch, der sich nur für eine Sache interessiert, ist gefährlich. *Chesterton*

Der Mensch ist ein verkörpertes Paradox, ein Bündel von Widersprüchen. *Colton*

Die beste Beschreibung des Menschen ist meiner Ansicht: der undankbare Zweifüßler.
Dostojewski

Geh' mit gemeinen Menschen, und du wirst glauben, daß das Leben gemein ist. *Emerson*

Der unzufriedene Mensch findet keinen bequemen Stuhl.
Franklin

Ein Mensch kann nicht alles wissen, aber etwas muß jeder haben, was er ordentlich versteht.
Freytag

In jedem Menschen wohnt ein wildes Tier.
Friedrich der Große

Ein Mensch lernt seinen Begleiter auf einer langen Reise und in einem kleinen Gasthaus genau kennen. *Fuller*

Kein Wunder, daß wir uns alle mehr oder weniger im Mittelmäßigen gefallen, weil es uns in Ruhe läßt; es gibt das behagliche Gefühl, als wenn man mit seinesgleichen umginge. *Goethe*

Je mehr du fühlst, ein Mensch zu sein, / Desto ähnlicher bist du den Göttern. *Goethe*

Der Mensch ist genugsam ausgestattet zu allen wahren irdischen Bedürfnissen, wenn er seinen Sinnen traut, und sie dergestalt ausbildet, daß sie des Vertrauens wert bleiben. *Goethe*

Es ist ganz einerlei, vornehm oder gering zu sein: das Menschliche muß man immer ausbaden.
Goethe

Die Botaniker haben eine Pflanzenabteilung, die sie Incompletae nennen; man kann eben auch sagen, daß es inkomplette, unvollständige Menschen gibt. Es sind diejenigen, deren Sehnsucht und Streben mit ihrem Tun und Leisten nicht proportioniert ist.
Goethe

Wenn der Mensch alles leisten soll, was man von ihm fordert, so muß er sich für mehr halten, als er ist. So lange das nicht ins Absurde geht, erträgt man's auch gern. *Goethe*

In der Welt kommt's nicht drauf an, daß man die Menschen kenne, sondern daß man im Augenblick klüger sei als der vor uns Stehende. Alle Jahrmärkte und Marktschreier geben Zeugnis.
Goethe

Die Menschen sind, trotz all ihren Mängeln, das Liebenswürdigste, was es gibt.
Goethe

In Rom sehnst du dich nach deinem Landhaus. Bist du auf dem Lande, gibt's keinen schöneren Platz als Rom. *Horaz*

Was kann der Mensch auf Erden Besseres tun, als zu lernen, Mensch zu sein?

Wilhelm von Humboldt

In jedem, auch selbst unbedeutenden Menschen liegt im Grunde ein tieferer und edlerer, wenn der wirklich erscheinende nicht viel taugt, oder noch edlerer, wenn er in sich gut ist, verborgen.

Wilhelm von Humboldt

Die Menschen gehen wie Schießkugeln weiter, wenn sie abgeglättet sind. *Jean Paul*

Der Mensch ist zwar unheilig genug, aber die Menschheit der Person muß ihm heilig sein.

Kant

Fragt man: ob die Menschengattung als eine gute oder schlimme Rasse anzusehen sei, so muß ich gestehen, daß nicht viel damit zu prahlen sei. *Kant*

Die Menschen sind insgesamt, je zivilisierter, desto mehr Schauspieler. *Kant*

Der überlegene Mensch lebt still und ruhig. Er wartet auf den Willen des Himmels. Der niedrige Mensch begibt sich in Gefahr und hofft auf die Wendung des Glücks.

Konfuzius

Alle Menschen eignen sich gern den Besitz anderer an: Es ist ein allgemeiner Wunsch. Nur die Art der Durchführung ist verschieden. *Le Sage*

Kein Mensch muß müssen.

Lessing

Dem Menschen ist / Ein Mensch noch immer lieber als Engel.

Lessing

In jedem Menschen ist etwas von allen Menschen.

Lichtenberg

Der Herrgott muß die einfachen Menschen lieben. Er hat so viele geschaffen. *Lincoln*

Von den Menschen kann man im allgemeinen das sagen, daß sie undankbar, wankelmütig, heuchlerisch, Gefahren fliehend, nach Gewinn begierig sind.

Machiavelli

Jeder normale Mensch muß sich gelegentlich in der Versuchung befinden, in die Hände zu spucken, die schwarze Fahne zu hissen und sich in die Gurgel zu schneiden. *Mencken*

Der Mensch ist, ich gesteh es euch, ein böses Lebewesen.

Molière

Kein Mensch ist so gut, daß er, wenn er alle seine Gedanken und Handlungen dem Gesetz vorlegen würde, nicht verdiente, zumindest zehnmal in seinem Leben gehängt zu werden.

Montaigne

Der Mensch kann keinen Wurm machen, aber er macht sich Dutzende von Göttern.

Montaigne

Nur wer den Menschen liebt, wird ihn verstehen, / Wer ihn verachtet, ihn nicht einmal sehen.
Morgenstern

Es gibt nichts Schwereres, als einen Menschen, den man liebt, einen Weg gehen lassen zu müssen, der zur nächsten Stadt führt, statt auf den nächsten Gipfel.
Morgenstern

Jeder von uns trägt alle Jahrhunderte in sich. *John Morley*

Zwei Hebel setzen Menschen in Bewegung – Interesse und Furcht.
Napoleon I.

Die menschliche Rasse wird von ihrer Vorstellungskraft regiert.
Napoleon I.

Ein stark beschäftigter Mensch ändert seine Ansichten selten.
Nietzsche

Der Mensch ist ein Seil, das Tier und Übermensch verbindet – ein Seil über einem Abhang. Das Große am Menschen ist, daß er eine Brücke, nicht ein Ziel darstellt. *Nietzsche*

Es gibt zwei Arten von Menschen: die Rechtschaffenen, die sich für Sünder halten. Die Übrigen, die Sünder, die sich für rechtschaffen halten. *Pascal*

Lebende Geschöpfe dürfen wir nicht wie Schuhe oder Töpfe und Pfannen behandeln, die wir fortwerfen, wenn sie vom Dienst abgenutzt und abgetragen sind.
Plutarch

Mangelnde Vorstellungskraft verhindert einen Menschen häufig, zu sehr zu leiden. *Proust*

All unsere endgültigen Beschlüsse werden in einem Geisteszustand gefaßt, der nicht anhalten wird. *Proust*

Wir sind törichte Menschen! Wie oft durchkreuzt die Furcht vor dem Lächerlichwerden unsre innigsten, zartesten Gefühle!
Raabe

Die Menschen, in der Regel, / Verstehen sich auf's Flicken und auf's Stückeln / Und finden sich in ein verhaßtes Müssen / Weit besser als in eine bittre Wahl.
Schiller

Wohin ich sehe, wie beschränkt ist der Mensch! Wie groß der Abstand zwischen seinen Ansprüchen und ihrer Erfüllung!
Schiller

Millionen beschäftigen sich, daß die Gattung bestehe; / Aber durch wenige nur pflanzt die Menschheit sich fort. *Schiller*

Ich unterscheide Menschen nicht mit dem Auge, sondern mit dem Hirn, als dem geeigneten Richter.
Seneca

Die Nase rümpft oft vor verblühten Rosen, / Wer vor der Knospe kniete. *Shakespeare*

Wenn ein Mensch einen Tiger töten will, nennt er es Sport. Wenn der Tiger ihn ermorden will, nennt er es Grausamkeit. *Shaw*

Ein Pessimist ist ein Mensch, dem nicht wohl zumute ist, wenn er sich wohl fühlt, weil er befürchtet, daß er sich schlechter fühlen wird, wenn er sich besser fühlt. *Shaw*

Kein Mensch wird plötzlich besonders gut oder ungewöhnlich schlecht. *Sidney*

Wenn du einen hungernden Hund mitnimmst und fütterst, wird er dich nicht beißen. Das ist der wesentliche Unterschied zwischen einem Hund und einem Menschen. *Twain*

Der Mensch ist das einzige Tier, das errötet oder erröten sollte. *Twain*

Von der Zeit und von den Menschen müssen wir alles erwarten und alles fürchten. *Vauvenargues*

Der Mensch wird nicht schlecht geboren. Er wir es, wie er krank wird. *Voltaire*

Es ist albern, Menschen in gut und schlecht zu gruppieren. Menschen sind entweder charmant oder langweilig. *Wilde*

Viel Kummer bereitet es meinem Herzen, wenn ich daran denke, was der Mensch aus dem Menschen gemacht hat. *Wordsworth*

MACHT

Tatsachen, wenn sie mit Ideen vereint sind, stellen die größte Macht in der Welt dar. Sie sind größer als Rüstungen, größer als Finanz, größer als Wissenschaft, Geschäft und Gesetz, weil sie der gemeinsame Nenner für sie alle sind. *Ackermann*

Das Geheimnis jeder Macht besteht darin, zu wissen, daß andere noch feiger sind als wir. *Börne*

Je größer die Macht, desto gefährlicher ihr Mißbrauch. *Burke*

Keine Macht darf über dem Gesetz stehen. *Cicero*

Unmöglich ist es, daß der Ungerechte, der Meineidige, der Lügner eine dauerhafte Macht besitze; eine solche Macht hält für einmal und auf kurze Zeit wider; sie blüht, wenn es glückt, in Hoffnung auf, aber, von der Zeit belauert, fällt sie von selbst zusammen. *Demosthenes*

Mangel an Verständnis ist eine große Macht. Manchmal versetzt es Menschen in die Lage, die Welt zu erobern. *France*

Wer allein ist, ist am stärksten. *Ibsen*

Die Macht kann nicht milde genug aussehen. *Jean Paul*

Meiner Ansicht muß man der

Macht immer mißtrauen, in wessen Hand sie auch liegt. *Jones*

Die Gewalt besitzt nicht halb soviel Macht als die Milde. *Smiles*

Machtgelüste sind die entsetzlichsten aller Leidenschaften.
Tacitus

Wenn unsere Gesellschaftsordnung schlecht ist und eine kleine Anzahl von Menschen Macht über die Mehrheit hat und sie unterdrückt, dann wird jeder Sieg über die Natur unvermeidlich nur dazu dienen, diese Macht und die Unterdrückung zu verstärken. So ist es heute tatsächlich. *Tolstoi*

Bewußtsein unserer Macht verstärkt sie. *Vauvenargues*

MANIEREN

Wenn ein Mensch gütig und höflich ist, beweist er, daß er ein Weltbürger ist. *Bacon*

Höflichkeit ist Staatspapier des Herzens, das oft um so größere Zinsen trägt, je unsicherer das Kapital ist. *Börne*

Seine eigene gute Erziehung ist der beste Schutz eines Menschen gegen schlechte Manieren anderer. *Chesterfield*

Du mußt den Mann, den du haßt, umarmen, wenn du nicht berechtigt bist, ihn niederzuschlagen.
Chesterfield

Das Leben ist kurz, aber man hat immer Zeit für Höflichkeit.
Emerson

Das Betragen ist ein Spiegel, in welchem jeder sein Bild zeigt.
Goethe

Niemand soll dem andern unbequem sein. Wer sich unbequem erweist, wird beseitigt, bis er begreift, wie man sich anstellt, um geduldet zu werden. *Goethe*

Schlechte Manieren verderben alles, sogar Vernunft und Gerechtigkeit. *Gracián*

Lange Unfreundlichkeit hat Abstumpfung zur Folge. *Herbart*

Höflichkeit glättet Runzeln.
Joubert

Höflichkeit ist die Blüte der Menschheit. Wer nicht höflich genug ist, ist nicht menschlich genug. *Joubert*

Die Kunst des Umgangs mit Menschen besteht darin, sich geltend zu machen, ohne andere unerlaubt zurückzudrängen. *Knigge*

Die meisten jungen Menschen glauben, daß sie sich natürlich verhalten, wenn sie grob oder unhöflich sind.
La Rochefoucauld

Wenn's sich nicht ziemt, tu's nicht, wenn's nicht wahr ist, sag's nicht.
Mark Aurel

Hinke nicht vor den Lahmen.
Rabelais

Nicht nach dem Lernen, nicht nach der Sittsamkeit erkundigen sich die Menschen in Gesellschaft. Nach den Manieren.
Thackeray

Du kannst dich nicht sicherer unbeliebt machen, als wenn du dich dort gut aufführst, wo man sich schlecht benimmt.
Wallace

Menschen müssen sich einmal aneinander reiben. Höflichkeit aber ist das Fett, welches das Unangenehme des Reibens vermindert oder erleichtert.
Weber

Wohlerzogen zu sein, ist heutzutage ein großer Nachteil. Es schließt einen von so vielem aus.
Wilde

MENSCHENKENNTNIS

In jedem Einzelnen stecken zehn Menschen, und unter gewissen Umständen zeigen sie sich häufig innerhalb einer Stunde.
Delacroix

Willst du gerecht urteilen? Bemiß nach dem Ziele den Schützen! / Jedes besondere Tier erfordert besondere Jagd.
Ludwig Feuerbach

Wahre Popularität erfordert viele praktische Welt- und Menschenkenntnis, Kenntnis von den Begriffen, dem Geschmacke und den Neigungen der Menschen.
Kant

Es ist leichter, die Menschen im allgemeinen zu kennen, als einen bestimmten Menschen zu kennen. *La Rochefoucauld*

Es ist eine goldene Regel, daß man die Menschen nicht nach ihren Meinungen beurteilen müsse, sondern nach dem, was diese Meinungen aus ihnen machen.
Lichtenberg

Habe keine künstliche Idee vom Menschen, sondern urteile natürlich von ihm; halte ihn weder für zu gut noch für zu böse.
Lichtenberg

Sich selbst zu hassen und zu verachten, ist eine Krankheit, unter der nur die Menschen leiden, und die man in keinem anderen Geschöpf beobachtet. *Montaigne*

Man lernt den Mann nicht aus in einem Jahr. *Shakespeare*

Von der Menschheit sollten wir das Beste und das Schlechteste erwarten, genau wie vom Wetter.
Vauvenargues

MENSCHENLIEBE

Wenn es also heißt: du sollst deinen Nächsten lieben als dich selbst, so heißt das nicht: du sollst unmittelbar (zuerst) lieben und vermittels dieser Liebe (nachher) wohltun, sondern tue deinem Nebenmenschen wohl, und dieses Wohltun wird Menschenliebe in dir bewirken. *Kant*

Durch einen glücklichen Zufall kann ein Mann die Welt eine Zeitlang, aber dank der Liebe kann er sie für immer beherrschen. *Laotse*

Tätige Menschenliebe ohne Verstand verfehlt so gut ihren Zweck als Menschenhaß ohne Macht. *Lichtenberg*

Wir lieben Menschen nicht so sehr wegen des Guten, das sie uns getan haben, wie für das Gute, das wir ihnen getan haben. *Tolstoi*

MIßTRAUEN

Vertraue nie einem Menschen, der über alle gut spricht. *Collins*

Mißtraue immer einem Untergebenen, der seine Vorgesetzten nie bemängelt. *Collins*

Es gibt eine Schutzmaßnahme, die den Weisen allgemein bekannt ist, und die allen Vorteil und Schutz bietet, vor allem Demokratien gegen Tyrannen – Argwohn. *Demosthenes*

Argwohn ist eher eine Tugend als ein Fehler, so lange er sich wie ein Hund verhält, der wacht, aber nicht beißt. *Halifax*

Wer damit anfängt, daß er allen traut, / Wird damit enden, daß er einen jeden / Für einen Schurken hält. *Hebbel*

Argwohn folgt auf Mißtrauen. *Lessing*

Wer allen alles traut, dem kann man wenig trauen. *Lessing*

Man muß keinem Menschen trauen, der bei seinen Versicherungen die Hand auf das Herz legt. *Lichtenberg*

Mißtraue allen Menschen mit einem starken Trieb zur Bestrafung. *Nietzsche*

Wir mißtrauen immer zu sehr oder zu wenig. *Roux*

MODE

Die Welt muß alt werden, glaube ich. Sie kleidet sich jetzt so nüchtern. *Jerome*

Jede Generation lacht über alte Moden, aber folgt den neuen treu. *Thoreau*

Nach meiner Ansicht ist der Herr am besten gekleidet, dessen Kleidung niemand bemerkt. *Trollope*

Mode ist so unerträglich häßlich, daß wir sie alle Halbjahre ändern müssen. *Wilde*

MORAL

Moral ist die Grammatik der Religion; es ist leichter gerecht als schön zu handeln. *Börne*

Nichts, dem Gerechtigkeit mangelt, kann moralisch richtig sein.
Cicero

Die Moral ist für alle Menschen nur eine. *Engel*

Sich zum Rechten gewöhnen ist der Inbegriff der ganzen Moral und zugleich der Seelendiätik.
Feuchtersleben

Wo ich aufhören muß, sittlich zu sein, habe ich keine Gewalt mehr.
Goethe

Wer von seinem Verstande zum Schaden anderer Gebrauch macht oder diese auch nur dadurch einschränkt, ist insofern unmoralisch. *Goethe*

Es ist eine der traurigsten Wahrheiten der unerläßlichen Weltmoral, daß man nicht jeder Regung seines guten Herzens Gehör schenken darf.
Gutzkow

Halte die Phantasie sauber – das ist eine Vorbedingung, um die Verbindung mit dem Himmel zu erhalten. *Hawthorne*

Zwei Dinge erfüllen den Verstand immer wieder mit neuer und steigender Überraschung und mit Ehrfurcht: der Sternenhimmel über mir und das moralische Gesetz in mir. *Kant*

Das Buch der Dichtung enthält dreihundert Stücke, doch ihrer aller Form kann in einem Satz zusammengefaßt werden: »Habt keine unmoralischen Gedanken.«
Konfuzius

Frage dich immer: wie kann man das besser machen? *Lichtenberg*

Wir sind nicht nur für unser Tun verantwortlich, sondern auch für das, was wir nicht tun. *Molière*

Es gibt bereits alle guten Grundsätze. Wir brauchen sie nur anzuwenden. *Pascal*

Die einzige Moral, die man ein Kind lehren kann – die wichtigste Lektion für sein ganzes Leben – ist: Verletze nie jemand.
Rousseau

Es gibt viele Religionen, aber nur eine Moral. *Ruskin*

Das Streben, etwas zu besitzen, was wir nicht haben, um etwas zu sein, was wir nicht sind, ist die Wurzel aller Unsittlichkeit.
Smiles

Es gibt nur eine Moral, genau wie es nur eine Geometrie gibt.
Voltaire

MUßE

Die kostbarste, die am meisten tröstende, die reinste und heiligste ist die edle Gewohnheit des Nichtstuns. *Chesterton*

Mehr Mittel und mehr Freiheit zivilisieren die Menschheit.
Disraeli

Nichtstun liegt in der Macht eines Jeden. *Johnson*

Nichtstun ist die Weisheit derjenigen, die den Untergang von Narren miterlebt haben. *Meredith*

Die Fähigkeit, seine Muße klug auszufüllen, ist die letzte Stufe der persönlichen Kultur, und bislang haben sich nur wenige zu dieser Höhe emporgeschwungen. Zudem ist die Qual der Wahl schon unangenehm. *Russel*

In einem arbeitsreichen Leben gibt es einen Ratschlag, dem niemand wiedersprechen wird, nämlich gelegentlich völlig untätig zu sein. *Sydney Smith*

Muße ist der schönste Besitz von allen. *Sokrates*

Ein Gott schuf uns diese Muße. *Vergil*

MUT

Mut ist die Tugend, die für Gerechtigkeit eintritt. *Cicero*

Wenige Menschen haben den Mut, so gut zu erscheinen wie sie sind. *J.C. und A.W. Hare*

Jeder muß den Mut der Überzeugung haben. *Alexander von Humboldt*

Das Rechte erkennen und nicht tun ist Mangel an Mut. *Konfuzius*

Der tapferste Anblick in der ganzen Welt ist ein Mensch, der gegen große Schwierigkeiten ankämpft. *Lane*

Die Durchführung einer Tat ohne Zeugen, die man vor der ganzen Welt tun könnte, beweist wahre Tapferkeit. *La Rochefoucauld*

Vollkommener Mut und vollständige Feigheit sind zwei Extreme, die selten vorkommen. *La Rochefoucauld*

Mut gleicht der Liebe. Er bedarf der Hoffnung als Nahrung. *Napoleon I.*

Mut erobert alle Dinge. Er gibt sogar dem Körper Kraft. *Ovid*

Gold wird durch Feuer geprüft, tapfere Menschen durch Not. *Seneca*

Kein Weiser jammert um Verlust; / Er sucht mit freud'gem Mut ihn zu ersetzen. *Shakespeare*

Der sittliche Mut ist es, der die höchste Stufe der Menschlichkeit kennzeichnet; der Mut, die Wahrheit zu suchen und zu äußern; der Mut, gerecht zu sein; der Mut, rechtschaffen zu sein; der Mut, der Versuchung zu widerstehen; der Mut, seine Pflicht zu erfüllen. *Smiles*

Tapferkeit wird nie unmodern. *Thackeray*

Aller Ruhm stammt vom Mut zu beginnen. *Ware*

n ATUR

Zivilisation ist einfach eine Reihe von Siegen über die Natur.
William Harvey

Liebe zur Natur ist die einzige Liebe, die menschliche Hoffnungen nicht enttäuscht. *Balzac*

Keine andere Tür führt zum Wissen als die Tür, die die Natur öffnet. Es gibt keine Wahrheit außer der Wahrheit, die wir in der Natur entdecken. *Burbank*

Die Natur läßt keine Lüge zu.
Carlyle

Vertreibt die Natur: sie kehrt im Galopp zurück. *Destouches*

Die Natur ist unerbittlich und unveränderlich, und es ist ihr gleichgültig, ob die verborgenen Gründe und Arten ihres Handelns dem Menschen verständlich sind oder nicht. *Galilei*

Eintönigkeit ist ein Naturgesetz. Betrachte die Eintönigkeit, mit der die Sonne aufgeht. Die Eintönigkeit einer notwendigen Beschäftigung ist erheiternd und lebensspendend. *Gandhi*

Die Natur bekümmert sich nicht um irgendeinen Irrtum; sie selbst kann nicht anders als ewig recht handeln, unbekümmert, was daraus erfolgen möge. *Goethe*

Die Natur ist das einzige Buch, das auf allen Blättern großen Gehalt bietet. *Goethe*

Alles Übermäßige verstößt gegen die Natur. *Hippokrates*

Die Natur gefällt, reißt an sich, begeistert, bloß weil sie Natur ist.
Wilhelm von Humboldt

In der Natur gibt es weder Belohnungen noch Strafen. Es gibt Folgen. *Ingersoll*

Das größte Verdienst des Menschen besteht darin, dem Triebe seiner Natur Widerstand zu leisten. *Johnson*

Alles, was die Natur selbst anordnet, ist zu irgend einer Absicht gut. *Kant*

Nichts ist züchtiger und anständiger als die simple Natur. *Lessing*

Der Mensch ist nicht in dem Sinne der Günstling der Natur, daß die Natur alles für ihn getan hätte, sondern in dem Sinne, daß sie ihm die Macht verliehen hat, alles für sich selbst zu tun. *Lingenthal*

Wunder geschehen durch unser Unwissen über die Natur, nicht durch die Natur selbst. *Montaigne*

Alles Unnatürliche ist unvollkommen. *Napoleon I.*

Die Natur betrügt uns nie. Wir sind es immer, die wir uns selbst betrügen. *Rousseau*

Die Natur unterwirft die Schwachen den Starken. *Seneca*

Die Natur hat nie das Herz verraten, das sie geliebt hat.
Wordsworth

NACHAHMUNG

Sie richten mehr Schaden an durch ihr schlechtes Beispiel als durch ihre tatsächlichen Sünden.
Cicero

Nachahmung ist Selbstmord.
Emerson

Keine Tat, die ein böses Beispiel gibt, bringt dem Geber Freude.
Juvenal

Wenn du einen guten Menschen siehst, denk' daran, ihm nachzuahmen; wenn du einem Schlechten begegnest, prüfe dein eigenes Herz. *Konfuzius*

Imitiere immer das Verhalten des Siegers, wenn du verlierst.
Meredith

Eine gute Methode, im Ansehen eines Menschen zu sinken: wiederhole seine Geschichte genau, wie du sie gehörst hast. *Twain*

NARREN

Nichts kennzeichnet einen Menschen besser als sein Verhalten gegenüber Narren. *Amiel*

Jemand, der alles glesen und es im Kopf behalten hat, ist ein gelehrter Narr. *Billings*

Ein Narr findet immer einen grösseren Narren, der ihn bewundert.
Boileau-Despréaux

Ein Narr, der seine Torheit erkennt, ist zumindest bis zu diesem Grade weise. Ein Narr, der sich aber selbst für weise hält, den kann man wirklich einen Narren nennen. *Dhammapada*

Wenn ein Mann klug ist, wird er reich, und wenn er reich wird, wird er närrisch oder seine Frau wird es. *Dunne*

Wer Dinge erwartet, die nie geschehen können, ist ein Narr oder ein Idiot. *George Eliot*

Nichts ähnelt einem Weisen mehr als ein Narr, der den Mund hält. *Franz von Sales*

Alle, die behaupten, nach gewissen Lebensregeln zu handeln – wie schön diese Regeln auch sein mögen – scheinen mir Narren zu sein oder zumindest Tölpel, unfähig, das Leben auszunutzen – das heißt, vom Leben zu lernen. *Gide*

Unter allem Diebesgesindel sind die Narren die schlimmsten: sie rauben euch beides, Zeit und Stimmung. *Goethe*

Gewissen Geistern muß man ihre Idiotismen lassen. *Goethe*

Wer einen Narren nicht erkennt, wenn er ihm begegnet, ist selber einer. *Gracián*

Der ist der größte Narr, der glaubt, daß er keiner ist, und daß alle anderen es sind. *Gracián*

Niemand ist immer ein Narr, jeder gelegentlich. *George Herbert*

Nachher ist sogar ein Narr klug. *Homer*

Es gibt zwei Arten von Narren. Die einen sagen: »Das ist alt, daher ist es gut.« Die anderen: »Das ist neu, daher ist es besser.« *Inge*

Nur Narren und Tote ändern nie ihre Meinung. *Lowell*

Die Art Mensch, der von der Regierung verlangt, daß sie seine Ideen annimmt und durchführt, hat immer nur idiotische Ideen. *Mencken*

Das Wort unmöglich steht nur im Lexikon von Narren. *Napoleon I.*

Ein Tor erkennt, was er in Händen hielt, / Als trefflich erst, wenn es verloren ist. *Sophokles*

Jeder Narr kann eine Regel aufstellen, und jeder Narr wird sich danach richten. *Thoreau*

Seien wir den Narren dankbar. Ohne sie könnten wir anderen keinen Erfolg haben. *Twain*

NEID

Neid ist das zerfressendste aller Laster und auch die größte Macht im Land. *Barrie*

Erwarte kein Lob ohne Neid, bevor du tot bist. *Colton*

Ein neidischer Mensch ist ein schielender Narr. *Fuller*

Der Beifall, den wir neuen Größen spenden, entstammt oft dem heimlichen Neid auf die anerkannten. *La Rochefoucauld*

Das sicherste Zeichen, mit großen Eigenschaften geboren zu sein, ist keinen Neid zu kennen.
La Rochefoucauld

Mir ist wenig an dem Lobe der Leute gelegen; ihr Neid wäre allenfalls das Einzige, was mich noch freuen würde. *Lichtenberg*

Die Neider sterben wohl, doch niemals stirbt der Neid. *Molière*

Wer nicht den Neid / Ertragen kann, muß auch den Ruhm nicht wollen. *Raupach*

Der Neid der Menschen zeigt an, wie unglücklich sie sich fühlen, und ihre beständige Aufmerksamkeit auf fremdes Tun und Lassen, wie sehr sie sich langweilen.
Schopenhauer

NOTWENDIGKEIT

Notwendigkeit ist bei weitem stärker als die Kunst. *Äschylus*

Es ist sinnlos, zu sagen: Wir tun unser Bestes. Es muß dir gelingen, das zu tun, was erforderlich ist. *Churchill*

Die Notwendigkeit kennt keine Gründe. *Curtius Rufus*

Die Notwendigkeit aber ist der beste Ratgeber. *Goethe*

Mit Unerbittlichkeit vollbringt / Die Not an einem großen Tage; / Was kaum Jahrhunderten gelingt.
Hölderlin

Wenn ich mich in das Notwendige fügen muß, so nehme ich mir das Angenehme heraus und gehe leicht über das Lästige hinweg.
Wilhelm von Humboldt

Die überwiegende Mehrheit unserer Worte und Taten ist unnötig. Merze sie aus, und wieviel Arbeit und Ärger wird mit ihnen verschwinden! Darum sollten wir uns bei jeder Gelegenheit fragen: »Ist das nötig?« *Mark Aurel*

Angesichts der Notwendigkeit ist jeder Idealismus falsch.
Nietzsche

Du kannst Notwendigkeiten nicht entfliehen. Du kannst sie aber besiegen. *Seneca*

Der Mangel an Notwendigkeiten wird immer von der neidischen Sehnsucht nach Überflüssigkeiten begleitet.
Solon

Alle Dinge geschehen aus Notwendigkeit; es gibt in der Natur kein Gutes und kein Schlechtes.
Spinoza

Notwendigkeit ist ein besserer Schmerzensstiller als Nachdenken. *Vauvenargues*

OEFFENTLICHKEIT

Die Öffentlichkeit hat eine unersättliche Neugier, alles zu wissen, nur nicht das Wissenswerte.

Wilde

Überall gibt es Zuschauer – Menschen, die an etwas interessiert sind, das sie gar nicht interessiert.

Altenberg

Die öffentliche Meinung ist ein See, der, wenn man ihn dämmt und aufhält, so lange steigt, bis er schäumend über seine Schranken stürzt, das Land überschwemmt und alles mit sich fortreißt.

Börne

Wenn das Volk keinen anderen Tyrannen hat, wird es seine eigene öffentliche Meinung.

Bulwer-Lytton

Die Öffentlichkeit! Wie vieler Narren bedarf es, um eine Öffentlichkeit zu ergeben?

Chamfort

Die öffentliche Meinung wird verachtet von den erhabensten und von den am tiefsten gesunkenen Menschen.

Ebner-Eschenbach

Wer dem Publikum dient, ist ein armes Tier; / Er quält sich ab, niemand bedankt sich dafür.

Goethe

Die Menge kann tüchtige Menschen nicht entbehren, und die Tüchtigen sind ihnen jederzeit zur Last.

Goethe

Es gibt kein gemeineres, dümmeres, heimtückischeres, mitleidsloseres, egoistischeres, nachtragenderes, neidischeres, undankbareres Tier als die Öffentlichkeit.

Hazlitt

Wir alle sind mehr oder weniger die Sklaven der Meinung.

Hazlitt

Die öffentliche Meinung ist ein vulgärer, unverschämter, anonymer Tyrann. Sie macht jedem absichtlich das Leben unerträglich, der sich nicht damit zufrieden gibt, ein Durchschnittsmensch zu sein.

Inge

Will Dummheit majestätisch treten in Erscheinung, / Tritt sie vor uns vermummt als öffentliche Meinung.

Leixner

Der Druck öffentlicher Meinung gleicht dem atmosphärischen Druck. Man kann ihn nicht sehen – trotzdem beträgt er sechzehn Pfund pro Quadratzoll.

Lowell

Seine Schmutzwäsche wäscht man zu Hause, nicht in der Öffentlichkeit.

Napoleon I.

Laß einen Menschen einen neuen Grundsatz verkünden. Die öffentliche Meinung wird bestimmt auf der Gegenseite stehen.

Reed

Das Publikum, das ist ein Mann, / Der alles weiß und gar nichts kann; / Das Publikum, das ist ein Weib, / Das nichts verlangt als Zeitvertreib; / Das Publikum, das ist ein Kind, / Heut' so und morgen so gesinnt.

Robert

Die Kränze, die das Publikum flicht, zerrupft es selbst wieder, sie in anderer Weise einem andern darzubringen, der sich auf besseres Amüsement versteht.

Schumann

Gar nichts hab' ich immer auf / Des Publikums Geschmack gegeben. / Die Menschheit hielt ich immer hoch, / Und manchen Menschen liebt' ich auch; / Die Mehrzahl aber hab' ich stets, / Verzeih' mir's Gott, für Pack gehalten.

Strauß

OPTIMISMUS

Der Optimist verkündet, daß wir in der besten aller Welten leben; und der Pessimist befürchtet, daß es zutrifft.

Cabell

Optimistisch sein, nachdem man alles hat, was man sich wünscht, zählt nicht.

Kin Hubbard

Ein Optimist ist einer, der glaubt, daß das, was sich ereignen muß, verschoben werden wird.

Kin Hubbard

Es gibt keinen traurigeren Anblick als einen jungen Pessimisten – mit Ausnahme eines alten Optimisten.

Twain

ORIGINALITÄT

Es gibt nichts Neues, mit Ausnahme dessen, was vergessen worden ist.

Bertin

Der Wert der Originalität liegt nicht in der Neuheit, sondern in der Aufrichtigkeit. Der glaubende Mensch ist ein origineller Mensch.

Carlyle

Die originalsten Autoren der neuesten Zeit sind es nicht deswegen, weil sie etwas Neues hervorbringen, sondern allein, weil sie fähig sind, dergleichen Dinge zu sagen, als wenn sie vorher niemals wären gesagt gewesen.

Goethe

Originalität ist, befürchte ich, allzu häufig unentdecktes und oft unbewußtes Plagiat.

Inge

Man muß etwas Neues machen, um etwas Neues zu sehen.

Lichtenberg

Niemand kann mit Absicht originell sein.

Maugham

Alles Gute, das besteht, ist die Frucht der Originalität.

Mill

Je intelligenter man ist, desto origineller findet man die Menschen. Die Durchschnittlichen bemerken keine Unterschiede zwischen den Menschen.

Pascal

In welch glücklicher Lage sich Adam befand – wenn er etwas Kluges sagte, wußte er, daß es niemand vor ihm ausgesprochen hatte.

Twain

Etwas Wertvolles ist nicht neu, und etwas Neues ist nicht wertvoll.

Webster

PHILOSOPHIE

Philosophie bedeutet Zweifel.
Montaigne

Philosophie ist Verstand im Frack.
Braston

Ein Sprichwort lautet: »Wie du dich bettest, so liegst du.« Das ist eine glatte Lüge. Wenn ich mir mein Bett unbequem gemacht habe, so werde ich es um Him-

mels willen noch einmal machen.
Chesterton

Die Philosophie kann nie so sehr gelobt werden, wie sie es verdient, denn sie ermöglicht es jedem Menschen, der ihren Grundsätzen gehorcht, jede Zeit seines Lebens sorgenfrei zu verbringen.
Cicero

Die wahre Medizin des Geistes ist Philosophie. *Cicero*

Was ist, ist richtig. *Demokritos*

Halte nie etwas für selbstverständlich.
Disraeli

Manchmal zahlt man den höchsten Preis für Dinge, die man umsonst erhält.
Einstein

Ein Philosoph sollte nie etwas aus dem Grunde tun, weil es jedermann tut.
Engel

Eitel ist das Wort des Philosophen, das kein menschliches Leiden heilt. Denn genau wie die Medizin keinen Nutzen bringt, wenn sie nicht die körperlichen Krankheiten vertreibt, so bringt auch die Philosophie keinen Nutzen, wenn sie nicht die seelischen Leiden vertreibt.
Epikur

Ich verachte den Philosophen, der für sich selbst nicht weise ist.
Euripides

Volkstümliches Ansehen geht selten zusammen mit dem Namen eines Philosophen. Die Philosophie ist nicht gemacht, die Menge zu gewinnen.
Fischer

Ich liebe die Philosophie, weil sie meine Leidenschaften mäßigt und mir Gleichgültigkeit gegen meine Auflösung und gegen die Vernichtung meines Geistes gibt.
Friedrich der Große

Es gibt nichts Dauerhaftes außer der Veränderung.
Heraklit

Philosophie ist Vernunft. Wenn sie nicht vernünftig ist, ist sie keine Philosophie. *Howe*

Nichts ist in philosophischen Streitfällen gebräuchlicher und doch tadelnswerter als der Versuch, eine Behauptung dadurch zu widerlegen, daß man sagt, sie sei von gefährlichen Folgen für Religion und Moral.
Hume

Tatsachen hören nicht auf, zu bestehen, weil sie unbeachtet bleiben.
Aldous Huxley

Ich bin überzeugt, wenn Gott einmal einen solchen Menschen schaffen wollte, wie ihn sich die Magister und Professoren der Philosophie vorstellen, er müßte den ersten Tag ins Tollhaus gebracht werden.
Lichtenberg

Was bin ich? Was soll ich tun? Was kann ich glauben und hoffen? – Hierauf reduziert sich alles in der Philosophie.

Lichtenberg

Sei aufmerksam, empfinde nichts umsonst, messe und vergleiche; – das ist das ganze Gesetz der Philosophie. *Lichtenberg*

Den Hund umbringen, heilt nicht den Biß. *Lincoln*

Ich schätze einen Philosophen nur in dem Maß, in dem er ein Vorbild sein kann. *Nietzsche*

Sich über die Philosophie lustig machen, heißt wahrhaft philosophieren. *Pascal*

Philosophie ist die erhabendste Musik. *Platon*

Die einzige Gewißheit ist, daß nichts gewiß ist.

Plinius der Ältere

Sie narren dich herum, um dir in Rätselworten / Zu sagen, was du längst gehört an andern Orten. / Wo es verständlich klang, beachtest du's nie; / Das Unverstandne nun nennst du Philosophie.

Rückert

Niemand würde einem Menschen böse sein, weil er unabsichtlich einen Irrtum über eine Tatsache begeht. Wenn er aber eigensinnig darauf besteht, die Pointe deiner Erzählung zu verderben, möchtest du ihn schlagen. Das ist der Grund, warum sich jeder Philosoph und jeder Theologe mit Recht über jeden anderen ärgert.

Santayana

Nicht, was er treibt, sondern, wie er das, was er treibt, behandelt, unterscheidet den philosophischen Geist. *Schiller*

Das ganze Wesen der Welt abstrakt, allgemein und deutlich in Begriffen zu wiederholen und so als reflektiertes Abbild in bleibenden und stets bereitliegenden Begriffen der Vernunft niederzulegen: Dieses und nichts anderes ist Philosophie.

Schopenhauer

Es gibt mehr Dinge im Himmel und auf Erden, Horatio, als du dir in deiner Philosophie erträumt hast. *Shakespeare*

Denn es hat noch nie einen Philosophen gegeben, der Zahnschmerzen geduldig ertragen konnte.

Shakespeare

Von zwei Übeln wähle keines.

Spurgeon

Ein Philosoph zu sein bedeutet nicht nur, scharfsinnige Gedanken zu haben oder selbst eine Schule zu begründen, sondern die Weisheit so zu lieben, daß man entsprechend ihrer Vorschriften ein Leben der Einfachheit, der Unabhängigkeit, der Großzügigkeit und des Vertrauens führt.

Thoreau

Es ist leichter, zehn Bände über Philosophie zu schreiben als einen Grundsatz in die Tat umzusetzen. *Tolstoi*

Es ist nicht die Pflicht eines Philosophen, die Unglücklichen zu bemitleiden – er muß ihnen nützlich sein. *Voltaire*

Das Muß ist ein grober Brettnagel; aber ein bißchen Philosophie söhnt das »Muß« mit dem »Ich will« vollkommen aus. *Weber*

PFLICHT

Tu die Pflicht, die dir am nächsten liegt, die du als eine Pflicht erkennst. Die zweite Pflicht wird dann bereits klarer werden.
Carlyle

Mein höchster Gott ist meine Pflicht.
Friedrich der Große

Was aber ist deine Pflicht? Die Forderung des Tages.
Goethe

Wenn man von den Leuten Pflichten fordert und ihnen keine Rechte zugestehen will, muß man sie gut bezahlen.
Goethe

Mach' es dir zur Gewohnheit täglich etwas zu tun, das du nicht gern tust. Das ist die goldene Regel, die es dir ermöglicht, deine Pflicht schmerzlos zu erfüllen.
Twain

POLITIK

Demokratie ergab sich dem Gedankengang der Menschen: wenn sie in einer Beziehung gleichberechtigt sind, dann sind sie völlig gleichberechtigt. *Aristoteles*

Politik ist eben an sich keine Logik und keine exakte Wissenschaft, sondern es ist die Fähigkeit, in jedem wechselnden Moment der Situation das am wenigsten Schädliche oder das Zweckmäßigste zu wählen.
Bismarck

Mit Kindern kann man alles tun, wenn man nur mit ihnen spielt.
Bismarck

Wenn man sagt, daß man einer Sache grundsätzlich zustimmt, so bedeutet es, daß man nicht die geringste Absicht hat, sie in der Praxis durchzuführen.
Bismarck

Man läßt sich gern schützen, aber man zahlt nicht gern. *Bismarck*

In anderthalb Jahren, meine Herren, läßt sich viel Böses tun, aber nicht sehr viel Gutes schaffen.
Bismarck

Verfallen wir nicht in den Fehler, bei jedem Andersmeinenden entweder an seinem Verständnis oder an seinem guten Willen zu zweifeln! *Bismarck*

Die Popularität einer Sache macht mich viel eher zweifelhaft und nötigt mich, mein Gewissen noch einmal zu fragen: Ist sie auch wirklich vernünftig? *Bismarck*

Die Erfahrung hat uns gelehrt, daß wir am meisten auf den Schutz unserer Freiheit achten müssen, wenn die Regierung wohltätige Absichten verfolgt.
Brandeis

Meinungen durch Gesetze ändern zu wollen ist schlimmer als nutzlos; es schlägt nicht nur fehl, sondern verursacht eine Reaktion, welche die Meinungen stärker als je zurückläßt. *Buckle*

Neigung zum Erhalten und Geschicklichkeit zum Verbessern sind die beiden Elemente, deren Vereinigung in meinen Augen den Charakter des großen Staatsmannes bildet. *Burke*

Große Staatsmänner bedürfen weit eher eines vielfachen Umgangs mit Menschen und einer großen Lebenserfahrung als gründlichen Bücherstudiums.
Burke

Die politische Unbeweglichkeit ist unmöglich, man muß mit der menschlichen Intelligenz vorwärts gehen.
Chateaubriand

Wenn man einen freien Markt vernichtet, schafft man einen Schwarzmarkt. Wenn man zehntausend Vorschriften erläßt, vernichtet man jede Achtung für das Gesetz. *Churchill*

Es ist schade, den Pianisten zu erschießen, wenn der Flügel verstimmt ist. *Coty*

Verfolgung macht kluge Leute toll und rohe, dabei gutmütige und wohlwollende grausam und boshaft. *David*

Keine Regierung kann sich lange ohne eine mächtige Opposition in Sicherheit befinden. *Disraeli*

Die mächtigsten Menschen stehen nicht im öffentlichen Leben. Der Mensch im öffentlichen Leben ist verantwortlich, und ein verantwortlicher Mensch ist ein Sklave. *Disraeli*

Einen Mann, der glaubt, Hummern innerhalb eines Jahres das Fliegen beibringen zu können, nennt man einen Verrückten. Aber ein Mann, der glaubt, daß die Menschen durch eine Wahl in Engel verwandelt werden, ist ein Reformator, und er bleibt frei.
Dunne

Demokratie ist auf der Überzeugung aufgebaut, nach der gewöhnliche Menschen ungewöhnliche Fähigkeiten haben.
Fosdick

Herrscher müssen gelegentlich blind und gelegentlich taub sein.
Fuller

Der gebildete Staatsmann muß den drängenden Fortschritt und die notwendige Beschränkung gemeinschaftlich in sein Inneres und in seine Tätigkeit aufnehmen und mit einer Hand entwickeln, was er kann, mit der andern hemmen, was er soll. *Gentz*

Wind und Wellen sind immer auf Seiten des fähigsten Steuermannes. *Gibbon*

Entzwei' und gebiete! Tüchtig Wort: Verein' und leite! Bess'rer Hort. *Goethe*

Ich weiß wohl, daß Politik selten Treu' und Glauben halten kann, daß sie Offenheit, Gutherzigkeit, Nachgiebigkeit aus unsern Herzen ausschließt. *Goethe*

Die beste Partei ist nur eine Art Verschwörung gegen den Rest der Nation. Unwissenheit veranlaßt die Menschen, einer Partei beizutreten, und Scham verhindert sie am Austritt.

Halifax

Popularität wird in dem Augenblick zu einem Verbrechen, in dem man sie sucht. Sie ist nur eine Tugend, wenn Menschen sie besitzen, ob sie wollen oder nicht.
Halifax

Es ist leichter, ein Königreich zu vernichten als einen Gemüsewagen aufzustellen.

Hazlitt

Die Politik ist wie ein Rennpferd. Ein guter Jockey muß sich beim Fallen so wenig wie möglich verletzen.

Herriot

Die Pflege menschlichen Lebens und Glückes, nicht ihre Vernichtung, ist das einzig zulässige Ziel einer guten Regierung.

Jefferson

Das ganze Regieren besteht aus der Kunst, ehrlich zu sein.

Jefferson

Alle Politik muß ihre Knie vor dem Recht beugen.

Kant

Die Politik sagt: »Seid klug wie die Schlangen!«; die Moral setzt hinzu: »Und ohne Falsch wie die Tauben!«

Kant

Wenn man heutzutage einen Gedanken in der Welt töten will, braucht man nur einen Ausschuß einzusetzen.

Kettering

Regiere ein großes Volk wie du kleine Fische brätst.

Laotse

Demokratie hat dem gewöhnlichen Arbeiter im großen und ganzen, abgesehen von skandalösen Ausnahmen, mehr Würde verliehen als er je zuvor besaß.
Lewis

Man kann einen Teil des Volkes die ganze Zeit zum besten haben, und man kann das ganze Volk zeitweise zum besten haben, aber man kann nicht das gesamte Volk die ganze Zeit zum besten haben.
Lincoln

In der Politik ist der schlimmste Entschluß der, keinen Entschluß zu fassen. *Lingenthal*

Es ist ein gewöhnlicher Irrtum in der Politik, Mittel und Zwecke zu verwechseln. *Macaulay*

Ein guter Staatsmann weiß, wie eine Haushälterin, daß man jeden Morgen sauber machen muß. *Maurois*

Es ist immer verkehrt, zu befehlen, wenn man des Gehorsams nicht gewiß ist. *Mirabeau*

Die Kunst der Regierung ist, die Menschen nicht schal werden zu lassen. *Napoleon I.*

Die menschliche Fähigkeit gerecht zu sein, ermöglicht die Demokratie. Die menschliche Neigung zur Ungerechtigkeit jedoch erfordert die Demokratie. *Niebuhr*

Ein Politiker teilt die Menschheit in zwei Klassen ein: Werkzeuge und Feinde. Das bedeutet, daß er nur eine Klasse kennt: Feinde. *Nietzsche*

Laß das Volk glauben, daß es regiert, und es wird sich regieren lassen. *Penn*

Unser Ziel beim Aufbau eines Staates ist das größtmögliche Glück des Ganzen, nicht das einer bestimmten Klasse. *Platon*

Von allen politischen Unternehmungen ist es vielleicht die schwerste, eine Linie zu verlassen, auf der man sich bisher bewegt, Erfolge rückgängig zu machen, die man selber hervorgerufen. *Ranke*

Die Kunst des öffentlichen Lebens besteht zum größten Teil darin, zu wissen, wann man aufhören muß, und dann ein wenig weiter zu gehen. *Saki*

Alle sauren Moralisten hielten ihr Zeitalter für das schändlichste, und sie haben alle recht; denn die gegenwärtige Schande ist immer die größte. *Seume*

Wo die Popularität gewonnen wird, indem man der Menge schmeichelt, ihr die Wahrheit vorenthält, im Sprechen und Schreiben sich zu dem niedrigsten Geschmack herabläßt oder gar den Klassenhaß zu erwecken sucht, da muß die Popularität in den Augen aller ehrlicher Leute verächtlich sein. *Smiles*

Politik im höchsten Sinne ist Leben, und Leben ist Politik. Jeder Mensch, er mag wollen oder nicht, ist Glied dieses kämpfenden Geschehens, als Subjekt oder Objekt; etwas drittes gibt es nicht. *Spengler*

Große Reiche werden nicht durch Zaghaftigkeit aufrecht erhalten. *Tacitus*

Politik ist die größte Wissenschaft von allen.

Vauvenargues

Fluch jener argen Politik, die, ohne Schranken, / Despotisch herrschen möcht' auch über die Gedanken!

Voltaire

Das gesamte Glück der Gesellschaft, das am besten durch die Ausübung einer guten Politik gefördert wird, ist oder sollte der Zweck jeder Regierung sein.

George Washington

Die Grundlage unseres politischen Systems ist das Recht des Volkes, seine Regierung zu wählen und zu ändern.

George Washington

Wahre Staatsweisheit läßt sich nicht ohne selbstgemachte Erfahrungen und Übung eines Geschäftsmannes von Kopf und Herzen denken.

Weber

PROPHET

Der beste Prophet der Zukunft ist die Vergangenheit.

Byron

Ich vermeide es immer, Voraussagen zu machen, denn es ist eine viel bessere Politik, etwas zu prophezeien, nachdem das Ereignis bereits eingetreten ist.

Churchill

Kann jemand voraussagen, in welchem Zustand sich sein Körper befinden wird, ich sage nicht in einem Jahr, sondern heute abend?

Cicero

Es ist erstaunlich, daß ein Wahrsager einen Wahrsager ohne zu lächeln ansehen kann.

Cicero

Wer am besten raten kann, den werde ich immer für den besten Propheten halten.

Cicero

Die beste Eigenschaft eines Propheten ist es, ein gutes Gedächtnis zu haben.

Halifax

Irrt der Blinde, so zeigt jeder mitleidig den Weg ihm; / Stürzet der Seher hinab, wird er von allen verlacht.

Herder

Es ist das traurige Geschick eines Propheten, daß, wenn er nach zwanzigjähriger Arbeit seine Zeitgenossen überzeugt, seine Gegner auch Erfolg haben, und er selbst nicht mehr überzeugt ist.

Nietzsche

Die Kunst der Seher ist ein eitles Nichts; / Betrüger sind sie oder sind betrogen.

Schiller

r ELIGION

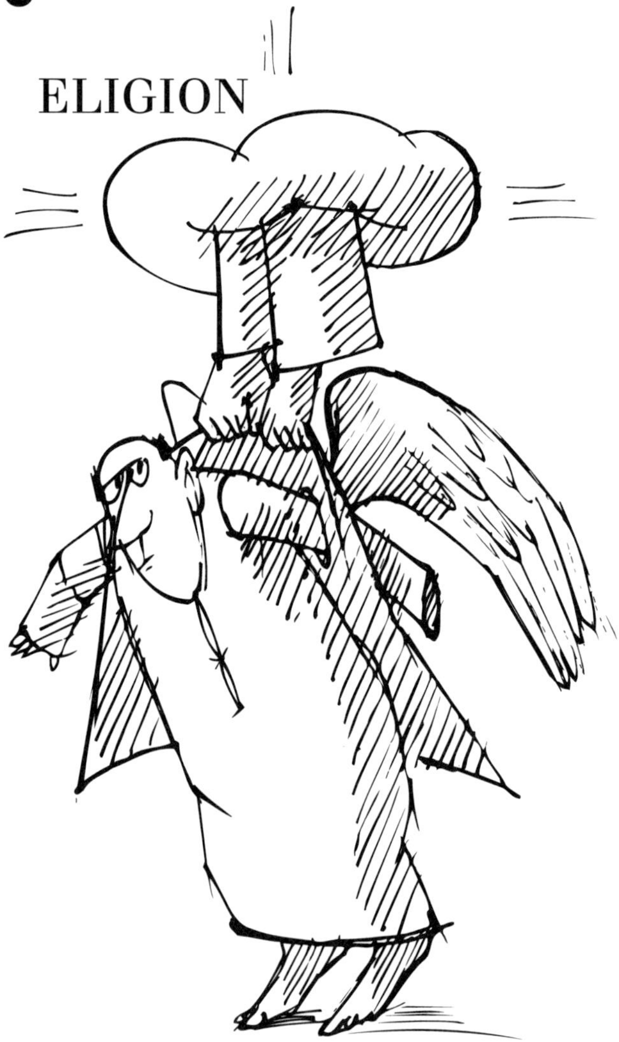

Alle Religionen sind schön, die uns zu guten Menschen machen.
Auerbach

Selbst wenn es keinen Gott gäbe, wäre die Religion noch immer heilig und göttlich. *Baudelaire*

Wir wissen und, was noch besser ist, wir fühlen, daß Religion die Grundlage der bürgerlichen Gesellschaft und die große Quelle alles Segens und alles Trostes in jeder menschlichen Verbindung ist. *Burke*

Politik und die Kanzel haben wenig miteinander zu schaffen. In einer Kirche muß kein anderer Schall zu hören sein als die trostreiche Stimme christlicher Liebe. *Burke*

Nicht zu achten, was die Welt über uns denkt, ist nicht nur arrogant, sondern völlig schamlos. *Cicero*

Wissenschaft ohne Religion ist lahm, Religion ohne Wissenschaft ist blind. *Einstein*

Die Krankheit, an der das menschliche Hirn leidet, ist mangelnder Glaube. *Emerson*

Eben die ausgezeichnetsten Menschen bedürfen der Religion am meisten, weil sie die engen Grenzen unseres menschlichen Verstandes am lebhaftesten empfinden. *Eötvös*

Wahre Religion ist gebaut auf das Wahre, das Gute / In der Menschennatur, nicht auf der Sünde Morast. *Ludwig Feuerbach*

Der Ursprung, ja das eigentliche Wesen der Religion, ist der Wunsch. Hätte der Mensch keine Wünsche, so hätte er auch keine Götter. Was der Mensch sein möchte, aber nicht ist, dazu macht er seinen Gott. *Ludwig Feuerbach*

. . . der Religion, . . . welche, tief verstanden und lebendig gefühlt, das Höchste, das Letzte ist, wozu der Mensch gelangen kann. *Feuchtersleben*

Die Religion ist die beste, welche die Vielen eint, den Einzelnen kräftigt, den Stolzen beugt, die uns das Leben lieben und den Tod mit Ergebung erwarten macht. *Feuchtersleben*

Gott ist kein komischer Page, den man mit einer Klingel herbeirufen kann, damit er etwas bringt. *Fosdick*

Wenn ein Mensch sagt, er kann ohne Religion auskommen, bedeutet es nur, daß er eine Art Religion hat, ohne die er nicht auskommen kann. *Fosdick*

Wenn die Menschen trotz der Religion so schlecht sind, wie würde es ohne sie sein? *Franklin*

Ein Prediger ist gut, wenn seine Gemeinde beim Fortgehen nicht sagt: »Welch herrliche Predigt!« – sondern: »Ich werde etwas tun.« *Franz von Sales*

Jede Religion muß geduldet werden. . . denn in diesem Lande muß jedermann auf seine Weise in den Himmel kommen. *Friedrich der Große*

Nach langem Studium und langer Erfahrung bin ich zu folgenden Schlüssen gekommen: 1. daß jede Religion wahr ist, 2. daß jede Religion Irrtümer in sich birgt, 3. daß mir jede Religion fast so teuer ist wie mein eigener Hinduismus.
Gandhi

Das Gebet ist die Seele und das wahre Wesen der Religion. Darum muß das Gebet der Kern des Lebens eines jeden Menschen sein, denn kein Mensch kann ohne Religion leben. *Gandhi*

Wer Wissenschaft und Kunst besitzt, / Hat auch Religion; / Wer jene beiden nicht besitzt, / Der habe Religion. *Goethe*

Über viele Dinge kann ich nur mit Gott reden.
Goethe

Wie einer ist, so ist sein Gott; / Darum ward Gott so oft zum Spott.
Goethe

Religion ist die Poesie der unpoetischen Menschen.
Grillparzer

Jeder Mensch, sei es zu seinem Entsetzen oder zu seinem Trost, hat ein gewisses religiöses Gefühl.
Harrington

Diejenigen, die schnurstracks ihrem Gewissen folgen, sind von meiner Religion, und ich habe die Religion aller braven und guten Leute.
Heinrich IV.

Ein wenig Wissen entfremdet Menschen oft von der Religion, tieferes Wissen bringt sie zu ihr zurück. *Inge*

Wo Religion ist, werden Menschen geliebt und Tiere und das All. Jedes Leben ist ja ein beweglicher Tempel des Unendlichen.
Jean Paul

Ohne Gott ist das Ich einsam durch die Ewigkeiten hindurch; hat es aber seinen Gott, so ist es wärmer, inniger, fester vereinigt als durch Freundschaft und Liebe.
Jean Paul

Ein Mensch, der zuvor nie religiös war, wird genauso wenig religiös, wenn er krank ist, wie ein Mensch, der nie Ziffern gelernt hat, rechnen kann, wenn er eine Berechnung anstellen muß.
Johnson

Religion ist die einzige Philosophie, die das Durchschnittshirn verstehen und annehmen kann.
Joubert

Es ist nur Eine (wahre) Religion; aber es kann viele Arten des Glaubens geben.
Kant

All die verschiedenen Religionen sind nur so viele religiöse Dialekte. *Lichtenberg*

Religiöse Snobs sprechen von Gott, als ob niemand überhaupt je von ihm gehört hat.
Lynes

Es gibt keinen Kummer auf Erden, den der Himmel nicht heilen kann. *Thomas Moore*

Ohne Religion ist Ordnung in einem Staate unmöglich.
Napoleon I.

Religion ist der Impfstoff der Phantasie. Sie schützt sie vor jedem gefährlichen und törichten Glauben.
Napoleon I.

Jede Religion ist gut, die die Menschheit lehrt, gut zu sein.
Paine

Jede Religion ist falsch, die in ihrem Glauben nicht einen Gott als Grund aller Dinge verehrt.
Pascal

Es ist lächerlich zu glauben, daß sich das große Haupt über den Dingen, was es auch sein mag, um menschliche Angelegenheiten bekümmert.
Plinius der Ältere

Wer den Glauben verloren hat, wofür lebt er weiter?
Publius Syrus

Genau wie man die Spitze eines Hauses mittels einer Leiter oder eines Bambusstabes oder einer Treppe oder eines Seiles erreichen kann, so verschieden sind die Mittel und Wege, mit denen man sich Gott nähern kann, und jede Religion in der Welt zeigt einen dieser Wege.
Ramakrishna

Durchschnittsmenschen reden stundenlang über Religion, handeln aber nicht eine Sekunde lang dementsprechend. Der Kluge spricht wenig, sein ganzes Leben aber ist eine in die Tat umgesetzte Religion. *Ramakrishna*

Jede falsche Religion steht mit der Natur im Konflikt. *Rousseau*

Ich glaube alles, das ich in der Religion verstehen kann, und ich achte den Rest, ohne ihn abzulehnen. *Rousseau*

Wer Gott nicht fühlt in sich und allen Lebenskreisen, / Dem werdet ihr ihn nicht beweisen mit Beweisen. *Rückert*

Welche Religion ich bekenne? Keine von allen, / Die du mir nennst. – Und warum keine? Aus Religion.
Schiller

Die Religion ist die Wurzel des menschlichen Daseins. Wäre es dem Menschen möglich, alle Religion, auch die unbewußte und unwillkürliche, zu verleugnen, so würde er ganz Oberfläche werden, und kein Inneres wäre dabei.
Schlegel

Religion ist die Metaphysik des Volkes.
Schopenhauer

Die Religionen sind wie die Leuchtwürmer: sie bedürfen der Dunkelheit, um zu leuchten.
Schopenhauer

Es gibt nur eine Religion, obwohl sie hundert verschiedene Fassungen hat.

Shaw

Religion hat nichts mehr zu fürchten, als unzureichend verstanden zu werden.

Stanislaw Leszczynski

Um mit Sicherheit zu glauben, müssen wir mit dem Zweifeln beginnen.

Stanislaw Leszczynski

Wir haben gerade Religion genug, um einander zu hassen, aber nicht genug, um einander lieben zu lassen.

Swift

Für eine kleine Belohnung wird ein Mensch auf eine lange Reise eilen, während viele kaum einen Schritt für das ewige Leben unternehmen.

Thomas von Kempen

Es gibt viele Glaubensbekenntnisse, aber der Geist ist der gleiche, in mir, in dir und in allen Menschen. *Tolstoi*

Die Religion besteht aus einer Reihe von Dingen. Der Durchschnittsmensch denkt, daß er an sie glaubt und wünscht, daß er sicher wäre.

Twain

Erziehe Menschen ohne Religion, und du machst sie nur zu klugen Teufeln.

Wellington

RACHE

Wer sich rächt, gleicht seinem Feinde – läßt man die Gelegenheit vorübergehen, ist man ihm überlegen.

Bacon

Lord Bacon hat mit Recht gesagt, die Rache sei eine Art wilder Gerechtigkeit. Sie ist es, und ohne diesen wilden, rauhen Stamm gäbe es keine Gerechtigkeit in der Welt.

Burke

Rache ist süßer als das Leben – glauben die Narren.

Juvenal

Die Rache ist keine Zierde für eine große Seele.

Lessing

Den Angreifer zu imitieren, ist die vollständigste Rache.

Mark Aurel

RAT

Vor Erteilung eines Rates müssen wir seine Annahme gesichert haben oder, besser ausgedrückt, wir müssen das Verlangen danach erzeugt haben.

Amiel

Rat ist selten willkommen. Die ihn am dringendsten benötigen, denen gefällt er immer am wenigsten.

Chesterfield

Rat ist wie Schnee; je weicher er fällt, desto länger bleibt er liegen, und desto tiefer sinkt er ins Hirn.
Samuel Taylor Coleridge

Gib mit jeden anderen Rat, den du erteilen möchtest, aber nicht wie ich: meine Kinder erziehen, meinen Hund dressieren, nach Forellen angeln, Rührei kochen, meine Stimme abgeben, die richtigen Bücher wählen, gut verdauen, einem Fußballspiel zusehen, Fleisch kaufen, Hummer essen, gute Musik genießen, meinen Charakter verbessern, mich entspannen oder mich für den Himmel vorbereiten soll. *Feather*

Wer sich nicht raten läßt, dem ist nicht zu helfen. *Franklin*

Wenn der Rat gut ist, spielt es keine Rolle, wer ihn erteilt hat.
Fuller

Sie sind der höchsten Ideen voll, / Zum Staunen – oder zum Lachen; / Ein jeder weiß, wie man's machen soll, / Doch keiner kann es machen.
Grillparzer

Wer dir viel Rath und wenig That gewährt, / Wann dich die Last des schweren Kummers preßt, / Ist einer, der die Spinnewebe kehrt / Und doch dabei die Spinne leben läßt. *Gryphius*

Der Rat, den dir ein weibliches Herz erteilt, wird immer der klügste sein.
Gutzkow

Wenn ein Mann gern Rat erteilt, ist es ein sicheres Zeichen, daß er ihn selbst braucht.
Halifax

Wer für andre nur weiß, der trägt wie ein Blinder die Fackel, / Leuchtet voran und geht selber in ewiger Nacht.
Herder

Welchen Rat du auch gibst, faß dich kurz. *Horaz*

Eine unfehlbare Art, jemand loszuwerden, ist ihm etwas zu seinem eigenen Guten zu sagen.
Kin Hubbard

Wenn der Mensch keinen Rat mehr weiß, fangen die Wege der Vorsehung an.
Jean Paul

Setze deinen Reichtum nicht auf den Rat eines Armen.
Juan Manuel

Befrage deinen Nachbarn nur über Dinge, die du besser weißt. Sein Rat könnte wertvoll sein.
Kraus

Wir geben Rat, aber wir können nicht die Weisheit geben, den Nutzen daraus zu ziehen.
La Rochefoucauld

Mit nichts ist man so freigiebig als mit seinem Rat.
La Rochefoucauld

Nachrath ist Narrenrath.
Lehmann

Zum Hängen und zum Freien / Muß niemand Rat verleihen.

Lessing

Wenn der Rat eines Toren einmal gut ist, so muß ihn ein gescheiter Mann ausführen. *Lessing*

Vom sichern Port läßt sich's gemächlich raten.

Schiller

Guter Rat gehört zu den Kränkungen, die ein guter Mensch, wenn möglich verzeihen sollte, aber auf jeden Fall sofort vergessen muß.

Horace Smith

Beim Ratgeben, versuche deinem Freund zu helfen, nicht, ihm zu gefallen. *Solon*

Er besaß nur eine Eitelkeit: er glaubte, Ratschläge besser als irgendein anderer Mensch erteilen zu können.

Twain

Gelegentlich werden die Armen gelobt, weil sie sparsam sind. Doch den Armen Sparsamkeit zu raten, ist sowohl grotesk wie beleidigend. Es ist das Gleiche, als ob man einem Hungernden rät, weniger zu essen.

Wilde

RECHT

Vom weltlichen Standpunkt kann man keinen größeren Fehler haben als immer Recht zu haben.

Samuel Butler

Bestehe nie auf einem Recht, das du durch Bitten erlangen kannst.

Collins

Es gibt zwei friedliche Gewalten: das Recht und die Schicklichkeit.

Goethe

Wir alle sind so borniert, daß wir immer glauben, recht zu haben.

Goethe

Wer das Falsche verteidigen will, hat alle Ursache, leise aufzutreten und sich zu einer feinen Lebensart zu bekennen. Wer das Recht auf seiner Seite fühlt, muß derb auftreten; ein höfliches Recht will gar nichts heißen.

Goethe

Treibe das Recht auf die äußerste Spitze, und es wird zum Unrecht: presse allen Saft aus einer Apfelsine, und sie wird bitter.

Gracián

Recht und Unrecht liegen in der Natur der Dinge. Etwas ist weder richtig, weil es befohlen wird, noch falsch, weil es verboten ist.

Ingersoll

Der Zweck ist der Schöpfer des ganzen Rechts.

Jhering

Recht ist die Einschränkung der Freiheit eines jeden auf die Bedingung ihrer Zusammenstimmung mit der Freiheit von jedermann, insoferne diese nach einem allgemeinen Gesetze möglich ist.

Kant

Ein Mensch weiß, wenn er Recht hat, und die Klügsten der Welt können ihn darüber nicht aufklären. *Thoreau*

Tu' immer das Rechte. Das wird einige Menschen erfreuen und die übrigen erstaunen. *Twain*

Niemand von uns besitzt ein Patent auf Rechthaben. *Tydings*

Das größte Recht in der Welt ist das Recht, Unrecht zu haben. *Weinberger*

REDEN

Worte sind die Ärzte eines erkrankten Gemüts. *Äschylus*

Die Gewohnheit, gewöhnlich und dauernd zu reden, ist ein Zeichen geistiger Unzulänglichkeit. Ihr Ursprung liegt in dem Unwissen, was in den Köpfen anderer vor sich geht. *Bagehot*

Wer zu den Köpfen redet, muß viele Sprachen verstehen, und man versteht nur eine gut; wer mit dem Herzen spricht, ist allen verständlich. *Börne*

Redekunst ist die Macht, Menschen ihre klaren und natürlichen Meinungen auszureden. *Chatfield-Taylor*

Wer viel redet, redet viel Unfug. *Corneille*

Aus dem Klang eines Gefäßes kann man entnehmen, ob es einen Riß hat oder nicht. Genauso erweist sich aus den Reden der Menschen, ob sie weise oder dumm sind. *Demosthenes*

Keine große Idee ist je auf einer Konferenz geboren, aber viele dumme Gedanken sind dort gestorben. *Fitzgerald*

Von einem Ausgleiten des Fußes wirst du dich schnell erholen, ein Ausgleiten der Zunge wirst du nie überwinden. *Franklin*

Hüte deine Zunge wohl, / Bald ist ein böses Wort gesagt! / O Gott, es war nicht bös gemeint, – / Der andre aber geht und klagt. *Freiligrath*

Wer vor andern lange allein spricht, ohne den Zuhörern zu schmeicheln, erregt Widerwillen. *Goethe*

Sage mir, mit wem zu sprechen / Dir genehm, gemütlich ist; / Ohne mir den Kopf zu brechen, / Weiß ich deutlich, wie du bist. *Goethe*

Wer fremde Sprachen nicht kennt, weiß nichts von seiner eigenen. *Goethe*

Das Wort verwundet leichter, als es heilt. *Goethe*

Ein geistreich-aufgeschloßnes Wort / Wirkt auf die Ewigkeit. *Goethe*

Man muß bedenken, daß unter den Menschen gar viele sind, die doch auch etwas Bedeutendes sagen wollen, ohne produktiv zu sein, und da kommen die wunderlichsten Dinge an den Tag.

Goethe

Wenn man kleine Fische zum Reden bringen könnte, würden sie wie Walfische sprechen.

Goldsmith

Wird etwas in der Eil, / Daß dich verdreußt, gesprochen, / So laß es ungerochen! – Ein Wort ist ja kein Pfeil.

Gryphius

Wer keine Gelegenheit auslassen kann, etwas Kluges zu sagen, dem kann man die Behandlung eines großen Problems nicht anvertrauen.

Hazlitt

Eine Magenverstimmung gibt zwei Menschen, die sich nie zuvor begegnet sind, einen ausgezeichneten Unterhaltungsstoff.

Hazlitt

So ein paar grundgelehrte Zitate zieren den ganzen Menschen.

Heine

Kürze ist erforderlich, um den Gedanken fortlaufen zu lassen.

Horaz

Es ist ein Riesenunterschied, ob ein Gott oder ein Held spricht.

Horaz

Manche Leute kann man nur unterhalten, indem man ihnen zuhört. *Kin Hubbard*

Niemand stört eine Unterbrechung, wenn es Beifall ist.

Kin Hubbard

Ein Mensch, der viele Worte benutzt, um seine Absicht auszudrücken, gleicht einem schlechten Schützen, der, anstatt mit einem Stein das Ziel zu treffen, eine ganze Handvoll aufnimmt und sie in der Hoffnung wirft, es zu erreichen. *Johnson*

Worte sind natürlich das stärkste Rauschgift, das die Menschheit verwendet. *Kipling*

Wahre Beredsamkeit: alles Erforderliche sagen – und nicht mehr.

La Rochefoucauld

Wie es das Zeichen großer Köpfe ist, viel mit wenigen Worten zu sagen, ist es das Zeichen kleiner, viel zu reden und nichts zu sagen.

La Rochefoucauld

Die Sprache kann alles ausdrücken, was wir deutlich denken; daß sie aber alle Nuancen der Empfindung sollte ausdrücken können, das ist ebenso unmöglich, als es unnötig sein würde.

Lessing

Worte haben, wie die Menschen, ihr gewisses Vaterland, / Gelten da vor allen andern, wo sie lang' und wohlbekannt.

Logau

Der Mensch hat es so gern, wenn man über ihn spricht, daß ihn sogar eine Unterhaltung über seine Fehler entzückt.
Maurois

Der Durchschnittswert von Unterhaltungen könnte durch die dauernde Anwendung von drei einfachen Worten ungeheuer verbessert werden: »Ich weiß nicht«, oder durch den Lieblingsspruch Ludwigs XIV.: »Ich warte ab«. *Maurois*

Dem Menschen ist die Sprache verliehen worden, um seine Gedanken auszudrücken.
Molière

Wer so spricht, daß er verstanden wird, spricht immer gut.
Molière

Jeder spricht Unsinn. Es ist nur ein Unglück, wenn man es feierlich tut.
Montaigne

Wenn man alles zusammenfaßt, so verliert der Mensch immer, wenn er über sich selbst spricht. Seine Selbstbeschuldigungen werden immer geglaubt, sein Selbstlob nicht.
Montaigne

Was den Rednern an Tiefe mangelt, ersetzen sie durch Länge.
Montesquieu

Entfliehe weder dem Gespräch noch verschließe ihm deine Tür.
Ovid

Beredsamkeit ist die Kunst, die Dinge so auszudrücken, daß die, zu denen wir sprechen, mit Vergnügen zuhören. *Pascal*

Eines Redners Tugend ist, die Wahrheit zu sprechen. *Platon*

Wenn etwas im Scherz gesagt wird, ist es unfair, es ernst zu nehmen. *Plautus*

Worte bauen keine Mauern.
Plutarch

Zur Redseligkeit gehört noch eine andere Plage, Neugier. Denn Plauderer möchten viel hören, damit sie viel zu sagen haben.
Plutarch

Den Menschen fällt es leicht, anders zu denken als sie reden.
Publius Syrus

Oft kommt ein nützlich Wort aus schlechtem Munde. *Schiller*

Es ist besser, kurz als langweilig zu sein. *Shakespeare*

Ich gebe mir die größte Mühe, die passende Erwiderung zu finden. Und dann sage ich sie mit der größmöglichen Leichtfertigkeit.
Shaw

Des Menschen Sprache gleicht seinem Leben.
Sokrates

Ein Mann, der vier Sprachen kann, hat den Wert von vier Menschen. *Staël*

Die Sprache ist dem Menschen gegeben, um seine Gedanken zu verbergen. *Talleyrand*

Wie die Natur, benutzen große Menschen einfache Worte.
Vauvenargues

Selbst die besten Schriftsteller reden zu viel. *Vauvenargues*

In der Regel sind Schwätzer leere Flaschen; volle klingen nicht.
Weber

REFORM

Jede Reform, wie notwendig sie auch sein mag, wird von schwachen Geistern so übertrieben werden, daß sie selbst der Reform bedarf.
Samuel Taylor Coleridge

Reform muß von innen kommen, nicht von außen. Man kann für die Tugend keine Gesetze erlassen.
Gibbons

Warum Zeit vergeuden mit der Reform von Dingen, die der Reform nicht wert sind? *Kenko*

Die meisten Reformer führen eine Unmenge wilder Bewegungen aus, ohne sich von der Stelle zu rühren, genau wie ein paar Hosen an einer windigen Wäscheleine.
O'Malley

Am Rande jeder Reformbewegung stehen Narren.
Theodore Roosevelt

Nichts bedarf so sehr der Reform wie die Gewohnheiten anderer Leute. *Twain*

Ist Reform erforderlich? Durch dich? Je größer die erforderliche Reform, um so größer muß die Persönlichkeit sein, die sie erreichen soll. *Whitman*

Pflicht ist das, was man von anderen erwartet – nicht das, was man selbst tut. *Wilde*

REICHTUM

Immer und immer wieder hört man von den Übeln des Reichtumes und von der sündlichen Liebe zum Gelde, und doch hat sicherlich, nächst dem Wissenstriebe, keine andere Leidenschaft der Menschheit soviel Gutes getan.
Buckle

Es liegt im Interesse der kaufmännischen Welt, daß überall Reichtümer zu finden sind. *Burke*

Überschüssiger Reichtum ist ein anvertrautes Heiligtum. Sein Besitzer ist verpflichtet, es zu Lebzeiten zum besten der Allgemeinheit zu verwalten.
Carnegie

Wer reicht stirbt, stirbt entehrt.
Carnegie

Wohlstand ist nur ein Instrument, das benutzt werden muß, kein Gott, zu dem man betet.
Coolidge

Der Weg zum Reichtum liegt hauptsächlich in zwei Wörtern: Arbeit und Sparsamkeit.

Franklin

Du trägst sehr leicht, wenn du nichts hast; / Aber Reichtum ist eine leichtere Last. *Goethe*

Es gehört schon etwas dazu, wenn ein einziger Mensch klug und reich werden soll, und meistens wird er es auf Unkosten der anderen. *Goethe*

Denn Geben ist Sache der Reichen. *Goethe*

Der größte Luxus des Reichtums ist es, daß er dich in die Lage versetzt, vielen guten Ratschlägen zu entgehen. Die Reichen beraten die Armen fortwährend, aber die Armen erlauben sich selten, das Kompliment zu erwidern. *Helps*

Es ist glatter Wahnsinn, in Not zu leben, um reich zu sterben.

Juvenal

Reiche Leute haben Vettern und Muhmen in jedem Winkel der Welt; der Arme ist nur mit dem Elend verwandt. *Kotzebue*

In einem Land, wo reich die Reichen sind allein, / Werden die Armen nur um desto ärmer sein.

Rückert

Es gibt keinen Ärmeren als den Reichen, der nicht weiß, wie zu verschwenden.

Schnitzler

Der Reichtum gleicht dem Seewasser; je mehr man davon trinkt, desto durstiger wird man.

Schopenhauer

Menschen, die hart, habgierig und stets bereit sind, ihre Nachbarn auszunutzen, werden sehr reich.

Shaw

Reiche Menschen haben keine Leidenschaften mit Ausnahme verletzter Eitelkeit.

Stendhal

Der Reichtum eines Menschen steht im Verhältnis zu den Dingen, die er sich leisten kann, außer acht zu lassen.

Thoreau

Am reichsten ist der Mensch, dessen Vergnügungen am billigsten sind. *Thoreau*

REVOLUTION

Revolutionen finden nicht wegen Nebensächlichkeiten statt. Doch ihr Anlaß rührt von Nebensächlichkeiten her.

Aristoteles

Jede Revolution war zuerst ein Gedanke im Hirn eines Menschen.

Emerson

Wenn die Menschen um ihre Freiheit kämpfen, erhalten sie durch ihren Sieg selten mehr als neue Herren.

Halifax

Die Generation, die eine Revolution beginnt, vollendet sie selten.

Jefferson

Wir beklagen die Gewalttaten, welche Revolutionen begleiten. Aber je heftiger die Gewalttaten sind, desto mehr erhellt es für uns, daß eine Revolution notwendig war.

Macaulay

Es bedarf keiner Mehrheit, um eine Revolution zu machen. Es bedarf nur einiger entschlossener Führer und einer guten Sache.

Mencken

Eitelkeit machte die Revolution. Freiheit war nur ein Vorwand.

Napoleon I.

Alle Revolutionen kommen aus dem Magen.

Napoleaon I.

RUF

Je mehr man über dich redet, desto machtloser bist du.

Disraeli

Man hat einen zu guten oder einen zu schlechten Ruf; nur den Ruf hat man nicht, den man verdient.

Ebner-Eschenbach

Die große Schwierigkeit besteht erst darin, sich einen Ruf zu schaffen; dann, ihn zu behalten, während man lebt; und danach, ihn zu bewahren, nachdem man tot ist.

Haydon

Der Ruf muß den Namen, wie die Ägypter toten Körpern, nicht bloß Unverweslichkeit, sondern Wohlgeruch schenken.

Jean Paul

Der gute Name ist bei Mann und Frau, / Mein bester Herr, / Das eigentliche Kleinod ihrer Seelen.

Shakespeare

RUHM

Ruhm bringt immer Einsamkeit. Erfolg ist so eiskalt und einsam wie der Nordpol.

Baum

Große Menschen sind allzu oft unbekannt oder, was noch schlimmer ist, unverstanden.

Carlyle

Mir ist es lieber, daß man fragt, warum man mir kein Denkmal gesetzt hat, als daß man sich erkundigt, warum man es getan hat.

Cato

Der Ruhm, der uns nicht glücklich macht, ist nichts als ein Wort; und der Ruhm, der unsere Untertanen nicht glücklich macht, ist eine Schmach.

Friedrich der Große

Jeder Ruhm ist gefährlich. Guter bringt Neid, schlechter Scham.

Fuller

Wie es dir nicht im Leben ziemt, / Mußt du nach Ruhm auch nicht am Ende jagen; / Denn bist du nur erst hundert Jahr' berühmt, / So weiß kein Mensch mehr was von dir zu sagen. *Goethe*

Was je den Menschen schwer gefallen, / Eins ist das Bitterste von Allen: / Vermissen, was schon unser war, / Den Kranz verlieren aus dem Haar, / Nachdem man sterben sich gesehen, / Mit seiner eignen Leiche gehen.

Grillparzer

Einen großen Menschen zum Freunde zu haben, erscheint denen angenehm, die es nie ausprobiert haben; die, die es haben, fürchten es. *Horaz*

Ruhm wächst wie ein Baum mit verborgenem Leben. *Horaz*

Popularität ist in Kupfer umgemünzter Ruhm. *Hugo*

Ruhm gleicht dem Geschenk einer Perlenkette. Es ist angenehm, aber nach einer Weile, wenn man überhaupt darüber nachdenkt, fragt man sich nur, ob sie echt oder künstlich ist.

Maugham

Ruhm währt nur einen Tag, sagt man. Doch im Herzen des Volkes zu leben, hat Wert.

Ouida

Es ist besser treu als berühmt zu sein.

Theodore Roosevelt

Von Ruhm und Ehre wird das Herz durchaus nicht satt.

Rückert

Ruhm muß erworben werden. Ehre darf nur nicht verloren gehen.

Schopenhauer

Ruhm ist das Parfum heldenhafter Taten.

Sokrates

Ruhm hat auch folgenden großen Nachteil: wenn wir ihn weiter pflegen, müssen wir unser Leben so führen, daß es den Vorstellungen der Menschen entspricht. Wir haben zu meiden, was ihnen mißfällt, und zu erstreben, was ihnen behagt.

Spinoza

Wenn Menschen nur des Ruhmes wegen tapfer handeln, sind sie doch nur Dummköpfe.

Stevenson

Was bedeutet Ruhm für die Menschen, verglichen mit ihrem Glück?

Walpole

SCHÖNHEIT

Und doch ist Schönheit die angenehme Gaunerei, die die halbe Welt betrügt.

Tupper

Interesse ist unermeßlich besser und wichtiger als Schönheit.

Chesterton

Schönheit steht in keinem Verhältnis zu Preis, Seltenheit oder Alter.

Dana

Auf Schönheit aufgebaute Liebe, stirbt so schnell wie die Schönheit.

Donne

Nichts im menschlichen Leben, zu allerletzt in der Religion, ist je richtig, bis es schön ist.

Emerson

Schönheit ist die Tugend des Körpers, genau wie Tugend die Schönheit der Seele ist.

Emerson

Wenn ich zwischen Schönheit und Wahrheit zu wählen hätte, würde ich nicht zögern. Ich würde Schönheit in dem Vertrauen den Vorzug geben, daß es höhere und tiefere Wahrheit in sich birgt als Wahrheit selbst. Ich gehe so weit, zu behaupten, daß es außer Schönheit nichts Wahres in der Welt gibt.

France

Sie lacht über alles, was du sagst. Warum? Weil sie schöne Zähne hat.

Franklin

Schönheit und Dummheit sind alte Gesellen. *Franklin*

Schönheit ist überall ein gar willkomm'ner Gast. *Goethe*

Wo ich die Schönheit finde, schätz' ich solche, / Und sei sie, welcher Art sie wolle!

Grabbe

Das Schöne! Es ist Schönheit mit dem Auge der Seele gesehen.

Joubert

Die Jugend ist glücklich, weil sie fähig ist, Schönheit zu erkennen. Jeder, der sich die Fähigkeit erhält, Schönes zu erkennen, wird nie alt werden.

Kafka

Die Schönheit strahlt nur aus dem innern Leben. *Körner*

Schönheit ist wie eine Leibrente; wenn die Schönheit stirbt, so hört die Zahlung auf, und sie stirbt immer jung.

Kotzebue

Schönheit ist etwas Herrliches und Eigenartiges, das der Künstler aus dem Chaos der Welt in seiner Seelenqual bildet.

Maugham

Schön ist eigentlich alles, was man mit Liebe betrachtet.

Morgenstern

Schönheit bietet eine natürliche Überlegenheit.

Platon

Die Schönheit bleibt im Kerker / Wie auf dem Thron doch ewig Königin. *Raupach*

Schönheit ist nicht der Ausgangspunkt, sondern das Ziel; ein Ding kann nur schön sein, wenn es wahr ist. Wahrheit ist an sich nichts anderes als vollständige Harmonie, und Harmonie ist letzten Endes nur ein Bündel nützlicher Dinge. Rodin

Die schönsten Dinge in der Welt sind die nutzlosesten, wie Pfauen und Lilien. *Ruskin*

Was schön ist, ist gut, und wer gut ist, wird auch bald schön sein.

Sappho

Die Schönheit ist ein Kind der freien Seele / Und kräftiger Gesundheit. *Schefer*

Schönheit wirkt auf den ersten Blick angenehm, aber wem fällt sie auf, wenn sie drei Tage im Hause ist.

Shaw

Schönheit regiert nur kurz.

Sokrates

Welch seltsame Illusion ist die Annahme, Schönheit bedeute Güte.

Tolstoi

Auch die, die in schönen Dingen eine schöne Bedeutung entdecken, sind die Kultivierten. Für sie besteht Hoffnung.

Wilde

SCHAM

Scham bezeichnet im Menschen die innere Grenze der Sünde; / Wo er errötet, beginnt eben sein edleres Selbst. *Hebbel*

Wer keine Scham kennt, den zähle ich zu den Verlorenen. *Plautus*

Selten erstaunt es mich, böse Menschen zu sehen, doch oft überrascht es mich, sie nicht beschämt zu finden. *Swift*

Die Scham liegt im Verbrechen, nicht in der Strafe. *Voltaire*

SCHEIN

Manch Sterblicher schätzt, voll frevelnden Sinns, / Weit höher den Schein als die Wahrheit. *Äschylus*

Die Welt urteilt nach dem Scheine. *Goethe*

Alles Gute, das nicht auf moralisch gute Gesinnung gepfropft ist, ist nichts als Schein und schimmerndes Elend. *Kant*

Die Stimmung ist alles im menschlichen Leben. Sie macht aus Steinen Gold und macht aus Gold Steine. *Laube*

Jener Alte bemühte sich mehr Mensch zu sein als zu scheinen; die Welt aber verlangt, ein guter Mensch zu scheinen, aber nicht zu sein. *Leopardi*

Die Menschen sind nicht immer, was sie scheinen. – / Doch selten etwas Bessers. *Lessing*

Kluge Leute glauben zu machen, man sei, was man nicht ist, ist in den meisten Fällen schwerer, als wirklich zu werden, was man scheinen will. *Lichtenberg*

Wo viel Schein, / Da kein Sein. *Logau*

Erscheinung. Vollkommen ist allein des Seins und Scheins Vereinung. *Rückert*

SCHICKSAL

Selten entgeht ein Mensch seinem Schicksal. *Ariosto*

Wenn das Schicksal ruft: Le jeu est fait, messieurs! – so achten das die wenigsten; erst wenn sie hören: Rien ne va plus! bekommen sie Lust, aber zu spät. *Börne*

Auf der Weltbühne ist das Schicksal der Souffleur, der das Stück ruhig und leise abliest, ohne Gebärden, ohne Deklamation und ganz unbekümmert, ob es ein Lustspiel oder ein Trauerspiel ist. Das Zappeln, das Schreien und übriges tun die Menschen hinzu. *Börne*

Es amüsiert mich immer, wenn Menschen all ihr Unglück dem Schicksal, dem Zufall oder dem Verhänginis zuschreiben, während sie ihre Erfolge oder ihr Glück mit ihrer eigenen Klugheit, ihrem Scharfsinn oder ihrer Einsicht begründen.

Samuel Taylor Coleridge

Das Schicksal hält es immer mit den Kühnen.

Destouches

Wir werden vom Schicksal hart oder weich geklopft; es kommt auf das Material an.

Ebner-Eschenbach

Kannst dem Schicksal widerstehen, / Aber manchmal gibt es Schläge / Will's nicht aus dem Wege gehen, / Ei! so geh' du aus dem Wege!

Goethe

Wie von unsichtbaren Geistern gepeitscht, gehen die Sonnenpferde der Zeit mit unsers Schicksals leichtem Wagen durch; und uns bleibt nichts als mutig gefaßt die Zügel festzuhalten und bald rechts bald links, vom Steine hier vom Sturze da, die Räder wegzulenken. Wohin es geht, wer weiß es? Erinnert er sich doch kaum, woher er kam.

Goethe

Mußt nicht widerstehn dem Schicksal, / Aber mußt es auch nicht fliehen! / Wird's dich freundlich nach sich ziehen.

Goethe

Glücklich sind diejenigen, deren sich das Schicksal annimmt, das jeden nach seiner Weise erzieht.

Goethe

Herz, mein Herz, sei nicht beklommen / Und ertrage dein Geschick! / Neuer Frühling gibt zurück, / Was der Winter dir genommen.

Heine

Verwelkt, entblättert, zertreten sogar / Von rohen Schicksalsfüßen, – / Mein Freund, das ist auf Erden das Los / Von allem Schönen und Süßen.

Heine

Die meisten Leute machen sich selbst bloß durch übertriebene Forderungen an das Schicksal unzufrieden.

Wilhelm von Humboldt

Wer macht sein Schicksal sich wohl besser, als es ist? / Der, was ihm fehlt, nicht wünscht, und was er hat genießt.

Kretschmann

Das Schicksal heilt uns von vielen Fehlern, die die Vernunft nicht kurieren konnte.

La Rochefoucauld

Glück und Unglück der Menschen hängen nicht weniger von ihrem Gemüt als vom Schicksal ab.

La Rochefoucauld

Es gibt Niederlagen, die ein größerer Triumph als Siege sind.

Montaigne

Schuld haben sie beide nicht, weder der Mensch noch das Schicksal; sie passen nur immer ganz genau aufeinander.

Raabe

Auch wenn das Schicksal feindlich ist, kann ein Weiser immer noch das Glück erstreben und gegen den Wind segeln, um es zu erreichen.

Rousseau

Das Schicksal mischt die Karten, und wir spielen.

Schopenhauer

Was die Leute gemeiniglich das Schicksal nennen, sind meistens nur ihre eigenen dummen Streiche. Man kann daher nicht genugsam die schöne Stelle im Homer (Ilias 23,313) beherzigen, wo er die Metis, d. h. die kluge Überlegung empfiehlt.

Schopenhauer

Geschick ist eine Erfindung der Feigen und Resignierten.

Silone

Ob arm oder reich, niemand ist tugendhaft und glücklich, wenn ihn das Schicksal nicht an den richtigen Platz gestellt hat.

Vauvenargues

Von allen traurigen Worten der Zunge oder der Feder sind die traurigsten: Es hätte sein können.

Whittier

Des Schicksals Zwang ist bitter.

Wieland

SCHLECHTIGKEIT

Böse Ereignisse stammen aus bösen Ursachen. *Aristophanes*

Erfolgreiche Lumpen sind unerträglich. *Äschylus*

Es ist der Charakter des Bösen, daß es immer mit Energie anfängt und mit Schwäche aufhört.

Baader

Eine Wahrheit in böser Absicht berichtigt, schlägt alle Lügen, die man erfinden kann.

William Blake

Die Schlechten sind immer undankbar. *Cervantes*

Wo immer ein Mensch ein Verbrechen begeht, findet Gott einen Zeugen. Jedes geheime Verbrechen hat seinen Berichterstatter.

Emerson

Fluche und sei verflucht! Es ist die Frucht des Fluchens. *Fletcher*

Bösartigkeit hat ein gutes Gedächtnis. *Fuller*

Wenn die Menschen recht schlecht werden, haben sie keinen Anteil mehr als die Schadenfreude. *Goethe*

Die Menschen kennen einander nicht leicht, selbst mit dem besten Willen und Vorsatz; nun tritt noch der böse Wille hinzu, der alles entstellt.

Goethe

Kein Mensch ist so weise, daß er all seine schlechten Taten erkennt. *La Rochefoucauld*

Die größte Strafe böser Taten ist, daß man schlechten Menschen gleich wird.

Platon

Einem schlechten Menschen einen Gefallen zu erweisen, ist genau so gefährlich wie einen guten zu kränken.

Plautus

Die Beliebtheit eines schlechten Menschen ist so falsch wie er selbst.

Plinius der Jüngere

Niemand ist so schlecht, daß er schlecht zu erscheinen wünscht.

Quintilian

Wer ein Verbrechen nicht verhütet, wenn er kann, fördert es.

Seneca

Durch Bestechungen gewonnene Treue wird von Bestechungen überwunden.

Seneca

Die größte Sünde, die wir unseren Mitmenschen antun können ist nicht, sie zu hassen, sondern ihnen gegenüber gleichgültig zu sein. Das ist absolute Unmenschlichkeit. *Shaw*

Das Schlechte, das aus unserem Munde kommt, fällt häufig in unsern Busen hinein.

Smiles

Genauso selbstverständlich wie die Tatsache, daß Gott gut ist, so fest steht es, daß es so etwas wie ein notwendiges Übel nicht gibt.

Southey

Sag, was du willst, ein Schurke ist oft nur ein Narr. *Voltaire*

SCHMEICHELEI

Neid ist die aufrichtigste Form der Schmeichelei.

Collins

Wenn wir auch der Schmeichelei keinen Glauben schenken, der Schmeichler gewinnt uns doch.

Ebner-Eschenbach

Wer keine Liebe fühlt, muß schmeicheln lernen, sonst kommt er nicht aus.

Goethe

Sollen wir freudig horchen und willig gehorchen, so mußt du / Schmeicheln!

Goethe

Wahrhaft kluge und zugleich stolze Menschen nehmen Schmeicheleien wie eine Beleidigung auf, weil sie recht gut wissen, daß man um so stärkere Farben aufträgt, je mehr man den Geist des anderen unterschätzt.

Habicht

Wer einmal den Schmeichlern wohltut, / Leget sich die harte Not auf, / Immer ihnen schön zu tun.

Herder

Not ist von jeher als der Zustand erkannt worden, in dem sich ein Mensch mit sich selbst anfreundet, da er frei von Schmeichlern ist. *Johnson*

Schmeichler, Jaherren nähren die Ehrsucht und sind die Verderber der Großen und Mächtigen.
Kant

Jeder Schmeichler lebt auf Kosten seines Zuhörers.
La Fontaine

Wir hätten nur wenig Vergnügen, wenn wir uns nie selbst schmeichelten. *La Rochefoucauld*

Ein Schmeichler kann sich bei großen Persönlichkeiten alles erlauben.
Le Sage

Es gibt kein anderes Mittel, sich vor Schmeichelei zu hüten, als daß die Menschen einsehen, daß sie dich nicht beleidigen, wenn sie dir die Wahrheit sagen.
Machiavelli

Hinter der Schmeichelei eines schlechten Menschen versteckt sich Verrat.
Phädrus

Die Schmeichler sind gefährlicher als Raben, / Die pflegen Toten nur die Augen auszugraben, / Indes der Schmeichler sie dem Lebenden entwendet / Und den Scharfsichtigsten mit falschen Künsten blendet.
Rückert

Wer die Schmeichelei liebt, ist des Schmeichlers würdig.
Shakespeare

Sag' mir alle meine Fehler, Mann zu Mann. Ich kann alles ertragen außer Schmeichelei. *Shaw*

SCHMERZ

Kein Schmerz erträgt sich schwerer, / Als sich erinnern an die Zeit des Glückes / Im Unglück.
Dante

Der Schmerz wird zur Geburtsstätte des Menschen, der Geschichte will. Nur der Mensch, der sich innerlich dem Unheil aussetzt, kann erfahren, was ist, und den Antrieb gewinnen, es zu ändern. *Jaspers*

Das Peinlichste am körperlichen Schmerze ist das Unkörperliche, nämlich unsere Ungeduld und unsere Täuschung, daß er immer währe.
Jean Paul

Es kann unter Menschen kein gerechterer Grund zum Schmerz entstehen, als wenn sie von einer Seite, von der sie mit Recht Dankbarkeit und Wohlwollen erwarten müßten, Kränkungen und Schaden erleiden.
Rabelais

Gut, jeder kann den Schmerz bemeistern, nur der nicht, der ihn fühlt.
Shakespeare

SCHULDEN

Gib, und du wirst dir deinen Freund erhalten, selbst wenn du dein Geld verlierst. Borge, und du wirst wahrscheinlich deinen Freund verlieren, selbst wenn du dein Geld je zurückbekommst.
Bulwer-Lytton

Gläubiger haben ein besseres Gedächtnis als Schuldner.
Franklin

Gehe lieber ohne Abendbrot zu Bett als daß du mit Schulden aufstehst. *Franklin*

Wenn du einen unangenehmen Besucher loswerden willst, borge ihm stets. *Franklin*

Borge nur, was du dir zu verlieren leisten kannst.
George Herbert

Kleine Schulden gleichen einen Schrotschuß; sie rasseln auf allen Seiten, und man kann ihnen kaum unverletzt entgehen; große Schulden gleichen einer Kanone; geräuschvoll, aber wenig gefährlich. *Johnson*

Die beste Theorie, die ich über die menschliche Rasse aufstellen kann, ist, daß sie in zwei ganz verschiedene Gruppen fällt: Menschen, die borgen, und Menschen, die verborgen.
Lamb

Borgen ist viel besser nicht als Betteln: so wie Leihen, auf Wucher leihen, nicht viel besser ist als Stehlen. *Lessing*

Schulden und Lügen sind im allgemeinen vermischt. *Rabelais*

Eine kleine Schuld macht dir einen Menschen zum Schuldner, eine große zum Feind. *Seneca*

SCHWÄCHE

Wir schließen die Augen beim Beginn des Übels, weil es uns gering erscheint. Aber in dieser Schwäche liegt der Keim unserer Niederlage. *Amiel*

Auch der Klügste handelt gelegentlich schwach und der Schwächste weise. *Chesterfield*

Nur Menschen, welche Festigkeit besitzen, sind wahrer Sanftmut fähig; die da sanft scheinen, sind gewöhnlich bloß schwach und werden leicht bitter.
La Rochefoucauld

Es gibt zwei Arten von Schwäche: die, die bricht, und die, die sich beugt. *Lowell*

Alles Böse stammt von der Schwäche. *Rousseau*

Die Mäßigung der Schwachen ist nichts als Mittelmäßigkeit.
Vauvenargues

Kein Mensch ist auf eigenen Wunsch schwach.
Vauvenargues

SCHWEIGEN

Schweigen bedeutet für einen großen Teil der Menschheit Gewinn. *Äschylus*

Das Schweigen des Volkes belehrt Könige. *Beauvais*

Schweigen kann Gutes tun und wenig Schaden anrichten. *Braithwaite*

Keine Rede, die je gehalten wurde oder werden könnte, ist des Vergleiches mit dem Schweigen wert. *Carlyle*

Schweigen ist die unerträgliche Entgegnung. *Chesterton*

Wenn man sich nicht äußert, wird man nicht gebeten, es zu wiederholen. *Coolidge*

Schweigen ist die Mutter der Wahrheit. *Disraeli*

Es gibt schweigsame Menschen, die interessanter sind als die besten Redner. *Disraeli*

Schweigen, das Verdienst als die natürlichste Sache in der Welt aufnimmt, ist der höchste Beifall. *Emerson*

Dein Schweigen allein bedeutet Geständnis. *Euripides*

Wenn Menschen schweigen, werden Steine schrein. *Kosegarten*

Schweigende Menschen sind gefährlich. *La Fontaine*

Wo das Reden doch nicht fruchtet, hat das Schweigen bessre Statt; / Besser, daß man nichts geredet, als umsonst geredet hat. *Logau*

Gesegnet sind die, die nichts zu sagen haben, und die sich nicht überreden lassen, es zu sagen. *Lowell*

Ein Tor, der kein Wort sagt, unterscheidet sich nicht von einem Gelehrten, der still ist. *Molière*

Schweigen und Bescheidenheit sind wertvolle Eigenschaften für die Kunst der Unterhaltung. *Montaigne*

Ein schweigendes Gesicht hat oft Stimme und Worte. *Ovid*

Schweigen bedeutet Stärke. *Ovid*

Wünschst du, daß die Leute gut über dich denken? Sprich nicht. *Pascal*

Vergiß nicht, was Simonides gesagt hat – er hat nie bereut, daß er den Mund gehalten hat, aber oft, daß er gesprochen hat. *Plutarch*

Solange man schweigt, kann man für weise gelten; / Aber wenn man spricht, ist lautre Weisheit selten. *Rückert*

Stumme Verachtung unwürdigen Angreifers gilt allzu leicht für Schwäche. *Scheffel*

Jeden anderen Meister erkennt man an dem, was er ausspricht; / Was er weise verschweigt, zeigt mir den Meister des Stils. *Schiller*

Nur eine Sache in der Welt ist schlimmer als beredet zu werden: wenn niemand über einen redet. *Wilde*

Wir haben zwei Ohren und einen Mund, damit wir mehr zuhören und weniger reden. *Zeno*

SEELE

Die Seele sehnt sich immer danach, etwas zu tun. *Cicero*

Die ganze Welt ist die Heimat einer edlen Seele. *Demokritos*

Die Hauptsache ist, daß man eine Seele habe, die das Wahre liebt, und die es aufnimmt, wo sie es findet. *Eckermann*

Mir ist es unmöglich, mir so etwas wie eine Seele vorzustellen. Ich mag mich irren, und der Mensch mag eine Seele haben. Aber ich glaube es einfach nicht. *Edison*

Unzufrieden mit Gott hieße unzufrieden mit allem sein, was vollkommen und gut ist; und wie kann das eine denkende Seele? *Engel*

Seelenruhe, Heiterkeit und Zufriedenheit sind die Grundlagen alles Glücks, aller Gesundheit und des langen Lebens. *Hufeland*

Gewisse Gedanken sind Gebete. Es gibt Augenblicke, in denen – welche Stellung auch der Körper einnimmt – die Seele kniet. *Hugo*

Es ist unglaublich, wieviel Kraft die Seele dem Körper zu verleihen vermag. *Wilhelm von Humboldt*

Es gibt eine gewisse Jungfernschaft der Seele bei den Mädchen und eine moralische Entjungferung; diese findet bei vielen schon sehr frühzeitig statt. *Lichtenberg*

Der Körper erleidet nichts, aus dem die Seele nicht Nutzen zieht. *Meredith*

Größe der Seele besteht nicht so sehr daraus, sich hoch emporzuschwingen und vorwärts zu drängen, als aus der Kenntnis, wie man sich anzupassen und zu begrenzen hat. *Montaigne*

Die Seele des Menschen ist in drei Teile geteilt: Intelligenz, Vernunft und Leidenschaft. Auch andere Tiere besitzen Intelligenz und Leidenschaft, der Mensch allein Vernunft. Vernunft ist unsterblich, alles andere sterblich. *Pythagoras*

Es ist die Eigenschaft einer großen Seele, große Dinge zu verachten und Mäßigkeit dem Übermaß vorzuziehen. *Seneca*

Die meisten Menschen verkaufen ihre Seele und leben mit gutem Gewissen von dem Erlös.

Logan P. Smith

Die Seele wird nicht mit Waffen, sondern mit Liebe und Großzügigkeit erobert. *Spinoza*

SELBST-BEHERRSCHUNG

Jedermann kann wütend werden – das ist leicht. Aber mit dem Richtigen wütend zu sein, im richtigen Ausmaß, im richtigen Augenblick, zum richtigen Zweck und auf die richtige Weise – das liegt in jedermanns Gewalt und ist nicht leicht.

Aristoteles

Verfechte eine Behauptung nie mit Hitze und Lärm, obwohl du glaubst oder weißt, daß du Recht hast. *Chesterfield*

Handle nie in Wut. Es bedeutet im Sturm in See stechen. *Fuller*

Der Mensch ist nur dann wahrhaft Mensch, wenn er der Selbstbeherrschung fähig ist und selbst dann nur, wenn er sie ausübt.

Gandhi

Nichts verleiht mehr Überlegenheit als ruhig und unbekümmert zu bleiben. *Jefferson*

Es gibt nichts Besseres als Selbstbeherrschung. Wer andere besiegt, ist stark. Wer sich selbst besiegt, ist mächtig. *Laotse*

Vergiß nicht, wenn du wütend bist, nichts zu tun oder zu sagen, bevor du dir die 24 Buchstaben aufgesagt hast. *Plutarch*

Wie kann ich über andere herrschen, wenn ich nicht die volle Gewalt und Herrschaft über mich selbst habe? *Rabelais*

Wer seine Gedanken nicht beherrschen kann, wird bald die Herrschaft über seine Handlungen verlieren.

Thomas Wilson

Je behutsamer wir unsere Gefühle äußern, umso weniger brauchen wir zu erröten, wenn wir sie ändern. *Thomas Wilson*

SELBSTERKENNTNIS

Daß wir gewiß alle stets in der Lage sind, subjektiv zu urteilen; aus dem Angeborenen, aus dem alten Adam, der in unserem Fleische steckt, können wir alle nicht heraus.

Bismarck

Du kannst unbesiegbar sein, wenn du dich nie auf einen Wettstreit einläßt, dessen Sieg nicht in deiner Macht liegt.

Epiktet

Ich bin nur weniger Dinge in dieser Welt sicher. Die Versuchung ist stark, hinter alles, das ich schreibe, alles, das ich sage, und alles, das ich denke, große Fragezeichen zu setzen. *France*

Nichts wird leicht ganz unparteiisch wieder dargestellt. Man könnte sagen, hiervon mache der Spiegel eine Ausnahme, und doch sehen wir unser Angesicht niemals ganz richtig darin; ja, der Spiegel kehrt unsre Gestalt um und macht unsre linke Hand zur rechten. Dies mag ein Bild sein für alle Betrachtungen über uns selbst. *Goethe*

Inwendig lernt kein Mensch sein Innerstes / Erkennen! denn er mißt nach eignem Maß / Sich bald zu klein und leider oft zu groß.

Goethe

Die Existenzen fremder Menschen sind die besten Spiegel, worin wir die unsrige erkennen können. *Goethe*

Wie kann man sich selbst kennen lernen? Durch Betrachten niemals, wohl aber durch Handeln. Versuche, deine Pflicht zu tun, und du weißt gleich, was an dir ist.

Goethe

Ob du dich selber erkennst? Du tust es sicher, sobald du / Mehr Gebrechen an dir, als an den anderen entdeckst.

Hebbel

Wer andere kennt, ist gelehrt, wer sich selbst kennt, ist weise.

Laotse

Mensch, lerne dich selbst erkennen, das ist der Mittelpunkt aller Weisheit.

Lessing

Ich behaupte nicht, Ereignisse in der Gewalt gehabt zu haben, sondern gebe ohne weiteres zu, daß die Ereignisse mich in der Gewalt hatten.

Lincoln

Daß wir unvollkommen sind, wenn wir dies erkennen, / Kann man solch Erkenntnis schon eine Bessrung nennen.

Logau

Weder Mann noch Frau kann etwas wert sein, bis sie entdeckt haben, daß sie Narren sind. Das ist der erste Schritt, um geschätzt oder angenehm zu werden; – und bis er getan wird, besteht keine Hoffnung. Je eher man das entdeckt, desto besser.

Melbourne

Möge Gott mich vor mir selbst beschützen.

Montaigne

Wenn dir dein tägliches Leben armselig erscheint, klage es nicht an. Klage dich selbst an, sage dir selbst, daß du kein ausreichend guter Dichter bist, um all seinen Reichtum herbeizurufen. Denn für den Schöpfer gibt es keine Armut und keinen armseligen oder unwichtigen Platz.

Rilke

Nur die Oberflächlichen kennen sich selbst.

Wilde

SELBSTSUCHT

Enferne den Egoismus, und du kastriertest die Wohltäter.

Emerson

Die gewöhnliche Annahme, daß der Mensch von Natur selbstsüchtig sei und auch das Kind mit dieser Selbstsucht geboren werde, gründet sich auf eine sehr oberflächliche Beobachtung und ist durchaus falsch. *Fichte*

Wo alle selbstsüchtig sind, ist der Weise nicht mehr wert als der Narr. Er ist nur etwas gefährlicher. *Froude*

Selbstsucht ist der größte Fluch der menschlichen Rasse.

Gladstone

Die gleichen Leute, die anderen alles verweigern, sind berühmt dafür, sich selbst nichts zu versagen. *Hunt*

Wenn die Selbstsucht erst einmal größer, klüger, feiner, erfinderischer geworden ist, wird die Welt »selbstloser« aussehen.

Nietzsche

Wo immer ich gehe, folgt mir ein Hund namens »Ego«. *Nietzsche*

Intoleranz selbst ist eine Form des Egoismus. Den Egoismus unduldsam verdammen, bedeutet daran teilnehmen. *Santayana*

Nur von Nutzen wird die Welt regiert. *Schiller*

SELBSTVERTRAUEN

Ich schätze den als tapferer, der seine Verlangen überwindet, als den, der seine Feinde besiegt. Denn der schwerste Sieg ist der Sieg über sich selbst.

Aristoteles

Der Feind befindet sich in unseren Mauern. Gegen unseren eigenen Luxus, unsere eigene Dummheit und unsere eigene Kriminalität müssen wir kämpfen.

Cicero

Wer den Zweck will, muß die Mittel wollen, sich über kleine Unannehmlichkeiten hinwegsetzen und grandios genug denken, sich selbst und der Macht seiner Persönlichkeit zu vertrauen.

Goethe

Sobald du dir vertraust, sobald weißt zu zu leben.

Goethe

Selbstvertrauen ist die erste Voraussetzung für große Vorhaben.

Johnson

Das Vertrauen, das wir zu uns selbst haben, bewirkt den größten Teil des Vertrauens, das wir in andere setzen.

La Rochefoucauld

Die Versprechungen dieser Welt sind größtenteils Trugbilder. Sich selbst vertrauen und etwas Wertvolles werden ist das beste und sicherste Vorgehen.

Michelangelo

Was du tust, vertraue auf die Vorsehung und vertraue auf dich selbst. Eines von diesen ohne das andere wird dir selten frommen, aber beide vereinigt retten dich aus jeder Lage, ermutigen dich in jedem Unternehmen.
Platen Hallermund

Sie werden wohl bemerkt haben, je weniger ich über ein Thema weiß, desto größeres Selbstvertrauen habe ich, und desto mehr neues Licht werfe ich darauf.
Twain

SORGEN

Es können sich der Schlaf und Sorge nicht vertragen; / Die Sorge muß den Schlaf, der Schlaf die Sorge jagen. *Abschatz*

Kleine Sorgen machen zärtlich, große machen hart und wild.
Chénier

Zeige mir einen Menschen mit viel Sorgen und Kummer, und ich werde dir einen Menschen zeigen, der, was er auch sein mag, kein Pessimist ist.
Chesterton

Lebe heute, vergiß die Sorgen der Vergangenheit.
Epikur

Es ist besser für dich frei von Furcht auf einem Strohlager zu liegen als ein goldenes Bett und eine beladene Tafel zu besitzen und voller Sorgen zu sein. Reichsein ist kein Ziel, sondern bedeutet nur eine Veränderung der Sorgen. *Epikur*

Laß nur die Sorge sein, / Das gibt sich alles schon, / Und fällt der Himmel ein, / Kommt doch eine Lerche davon. *Goethe*

Sorgen bringen mehr Menschen um als Arbeit – weil sich mehr Menschen damit beschäftigen.
Elbert G. Hubbard

Die Leiden sind wie Gewitterwolken: in der Ferne sehen sie schwarz aus, über uns kaum grau.
Jean Paul

Eine Veränderung meiner Sorgen bekommt mir so wohl wie ein Urlaub. *Lloyd George*

Jeder muß sich seinen eigenen Sorgen zuwenden. *Ovid*

Bei allem ist der Mittelweg der beste. Jedes Übermaß bringt der Menschheit Sorgen. *Plautus*

Sorgen vergessen ist der Weg, sie zu heilen.
Publius Syrus

Der kluge Mensch denkt nur über seine Sorgen nach, wenn es Zweck hat. Zu anderen Zeiten denkt er an andere Dinge.
Russel

Die Voraussicht schenkte uns Hoffnung und Schlaf als Ausgleich für die vielen Sorgen des Lebens.
Voltaire

STAAT

In dem Staat, wo die Guten nichts voraus haben wollen und die Schlechten nicht voraus haben können, sind Friede und Eintracht. *Aristoteles*

Wenn Regierungen krank sind, müssen die Völker das Bett hüten. *Börne*

Die Grundlage eines jeden Staates ist die Ausbildung seiner Jugend. *Diogenes*

Welche Regierung die beste sei? Diejenige, die uns lehrt, uns selbst zu regieren. *Goethe*

Daß für Staaten die Möglichkeit, Gewalt zu erleiden, schon das Recht, Gewalt zu gebrauchen, gebe, ist ohne allen gerechten Grund. *Grotius*

Weise Regierungen haben zwar jederzeit eingeräumt, daß vor Alters Wunder geschehen wären, neue Wunder aber nicht erlaubt. *Kant*

Die wahre Regierung muß einem fruchtbaren Sommerregen gleichen, der das trockene Laub befeuchtet, ohne daß man ihn hört. *Klinger*

Je mehr ich von den Vertretern des Volkes sehe, desto mehr bewundere ich meine Hunde. *Lamartine*

Es kommt nicht darauf an, ob die Sonne in eines Monarchen Staaten nicht untergeht, wie sich Spanien ehedem rühmte, sondern was sie während ihres Laufes in diesen Staaten zu sehen bekommt. *Lichtenberg*

Die Hälfte der Logik schlechter Regierungen liegt in dem einen sophistischen Dilemma: Wenn das Volk unruhig ist, so ist es für die Freiheit nicht reif; wenn es ruhig ist, so verlangt es nicht nach Freiheit. *Macaulay*

Die gesamte Pflicht einer Regierung besteht darin, Verbrechen zu verhindern und Verträge einzuhalten. *Melbourne*

Selbst die beste Form der Regierung ist nur ein notwendiges Übel. In ihrer schlechtesten Art ist sie unerträglich. *Paine*

Laßt Toren streiten, welche Verfassung die beste sei; wo am besten regiert wird, ist die Verfassung die beste. *Pope*

Nur gegenwärtige Vorteile oder gegenwärtige Übel sind es, welche das Volk in Handlung setzen, und diese darf eine gute Staatskunst nicht abwarten. *Schiller*

Für despotisch beherrschte Staaten ist keine Rettung als in dem Untergang. *Schiller*

Die Regierungen sind gewöhnlich nicht besser als die Regierten.

Smiles

Sache des Staates ist die Sicherheit seiner Bürger und nichts anderes. *Spinoza*

Je korrupter der Staat, desto vielfacher seine Gesetze. *Tacitus*

Von ganzem Herzen begrüße ich den Leitsatz: »Die Regierung ist am besten, die am wenigsten regiert«. Wenn durchgeführt, läuft es auf folgendes heraus, an das ich auch glaube: »Die Regierung ist am besten, die gar nicht regiert«; und wenn die Menschheit dafür reif ist, wird das die Art ihrer Regierung sein. *Thoreau*

Jedes Land, in dem Betteln ein Beruf ist, wird schlecht regiert.

Voltaire

Die Staatsweisheit ist verschieden von Staatsklugheit; dieser ist jedes Mittel gleichviel, das zum Zweck führt, jener aber nur richtige Mittel zu heiligen Zwecken.

Weber

Unterm Monde ist jede Vollkommenheit ein negativer Begriff und die vollkommenste Verfassung doch nur die, welche die wenigsten Fehler hat. *Weber*

Die Diplomatie sollte schnell den von Conklin aufgestellten biologischen Grundsatz erlernen: »Holzbeine sind nicht vererblich, aber Holzköpfe sind es.« *Wiggam*

STIL

Leute glauben, daß ich ihnen Stil beibringen kann. Welch ein Unsinn das alles ist! Habe etwas zu sagen, und sage es so klar wie du kannst. Das ist das einzige Geheimnis des Stils.

Arnold

In jeder Kunst sollte der Stil eines Menschen seiner Kleidung gleichen – er sollte so wenig Aufmerksamkeit wie möglich auf sich lenken.

Samuel Butler

Stil ist richtiges Weglassen des Unwesentlichen.

Anselm Feuerbach

Alles Geschwätzige ist in der schriftlichen Darstellung vom Übel. Um schön zu schreiben, muß man klar und geordnet denken: »Man muß so denken, wie die Architekten bauen, nicht so, wie man Domino spielt.«

Fischer

Wann immer du einen Satz kürzen kannst, tu es. Und man kann es immer. Der beste Satz? Der kürzeste.

France

Will jemand einen klaren Stil schreiben, so sei es ihm zuvor klar in seiner Seele, und will jemand einen großartigen Stil schreiben, so habe er einen großartigen Charakter.

Goethe

Drücke das, was gesagt werden muß, auf solche Weise aus, daß du zu jedem Wort einem Kreuzverhör standhalten kannst.

Thomas Henry Huxley

Schreibe, wie du redest, so schreibst du schön!

Lessing

Jeder Mensch hat seinen eigenen Stil so wie seine eigne Nase; und es ist weder artig noch christlich, einen ehrlichen Mann mit seiner Nase zum besten zu haben, wenn sie auch noch so sonderlich ist.

Lessing

Dieser Brief ist länger geworden als üblich, weil mir die Zeit fehlte, ihn kürzer zu fassen.

Pascal

Nichts ist leichter als so zu schreiben, daß kein Mensch es versteht; wie hingegen nichts schwerer als bedeutende Gedanken so auszudrücken, daß jeder sie verstehen muß. *Schopenhauer*

Wenn ich einen schriftstellerischen Stil pflegen wollte, würde ich versuchen, ihn so einfach wie möglich und direkt zu halten und die Tatsachen so ausdrücken, wie sie sind. So hat Cicero es getan. Er hat seinen Fall dargelegt, dann hat er ihn besprochen, und das war alles.

Truman

Was das Adjektiv betrifft: im Zweifelsfall streich's aus.

Twain

STOLZ

Große Menschen sind stolz, kleine eitel. *Byron*

Undankbarkeit ist die Tochter des Stolzes. *Cervantes*

Setzt dem stolzen Manne Gleichgültigkeit entgegen, und ihr nehmt seiner Macht den Stachel.

Klinger

Die meisten Menschen sind zu verderbt, als daß ihnen die Anwesenheit eines Wohltäters nicht höchst beschwerlich sein sollte. Sie scheint ihren Stolz zu erniedrigen. *Lessing*

Der Stolz, eine edle Leidenschaft, ist nicht blind gegen einen Fehler, aber der Hochmut ist es.

Lichtenberg

Die wohlfeilste Art des Stolzes ist der Nationalstolz.

Schopenhauer

Wer stolz ist, verzehrt sich selbst; Stolz ist sein eigner Spiegel, seine eigne Trompete, seine eigne Chronik! *Shakespeare*

Wer zu sittsam ist, um zu schmeicheln, und zu stolz, um zu dienen, dem wird die freudlose Würde zufallen, zu verhungern.

Smollet

Stolz ist Freude, die dem Mann entspringt, der zu viel von sich hält.

Spinoza

STREIT

Wunderbar! Wenn die Menschen in Zank und Streit geraten sollen, da werden die Zaghaftesten beredt; wenn es aber gilt, ein Liebeswort, ein versöhnendes, zu sagen, da krümmen und winden sie sich wie Stotternde.

Auerbach

Um einen falschen Gedanken mit Erfolg zu widerlegen, muß man bekanntlich ein ganzes Buch schreiben, und den, der den Ausspruch getan hat, überzeugt man doch nicht.

Bismarck

Neunzehntel der ernsten Streitigkeiten, die im Leben vorkommen, ergeben sich aus Mißverständnissen, ergeben sich daraus, daß ein Mensch die Tatsachen nicht kennt, die einem anderen wesentlich erscheinen, oder daß er sonst seinen Standpunkt nicht versteht.

Brandeis

Die schlimmsten Streitigkeiten entstehen erst dann, wenn beide Seiten gleichermaßen im Recht und im Unrecht sind.

Churchill

Das Gleiche läßt uns in Ruhe; aber der Widerspruch ist es, der uns produktiv macht.

Eckermann

Ich begeht nie den Fehler, mich mit Menschen zu streiten, deren Ansichten ich nicht achte.

Gibbon

Gegner glauben uns zu widerlegen, wenn sie ihre Meinung wiederholen und auf die unsrige nicht achten.

Goethe

Laß dich nur in keiner Zeit / Zum Widerspruch verleiten; / Weise fallen in Unwissenheit, / Wenn sie mit Unwissenden streiten.

Goethe

Jeder, der ein Streitgespräch führt, indem er sich auf Autorität beruft, benutzt nicht seine Intelligenz; er benutzt nur sein Gedächtnis.

Leonardo da Vinci

Wer die Hand als erster zum Schlage erhebt, gibt zu, daß ihm die Ideen ausgegangen sind.

Franklin D. Roosevelt

Trinken

Wir trinken auf die Gesundheit anderer und verderben unsere eigene.

Jerome

Noch keiner starb in der Jugend, / Wer bis zum Alter gezecht!

Bodenstedt

Viele, die vernünftig sind, müssen sich betrinken. Das Beste im Leben ist nichts als Rausch. *Byron*

Es ist mir völlig gleichgültig, wohin das Wasser fließt, so lange es nicht in den Wein läuft.

Chesterton

Des Weines Reich ist eine Republik, / Wo jeder Untertan ein froher König. *Firmenich-Richarz*

Recht zu trinken ist auch eine Kunst, / Die nicht Jeglicher weiß zu fassen; / Du sollst den Wein in dir walten lassen, / Aber als Feuer, nicht als Durst! *Geibel*

Der Wein in eignen Faß ist dein; / Laß ihn heraus, so bist du sein.
Haug

Ob ich morgen leben werde, / Weiß ich freilich nicht; / Aber, wenn ich morgen lebe, / Daß ich morgen trinken werde, / Weiß ich ganz gewiß. *Lessing*

Zu viel kann man wohl trinken, / Doch nie trinkt man genug.
Lessing

Der Wein ist unter den Getränken das nützlichste, unter den Arzeneien das schmackhafteste und unter den Nahrungsmitteln das angenehmste.
Plutarch

Wer sich mit einem Betrunkenen streitet, kränkt einen Abwesenden. *Publius Syrus*

Man kann, wenn wir es überlegen, / Wein trinken fünf Ursachen wegen: / Einmal um eines Festtags willen, / Sodann vorhandenen Durst zu stillen, / Ingleichen künftigen abzuwehren, / Ferner dem guten Wein zu Ehren / Und endlich um jeder Ursach' willen.
Rückert

Wer trinkt, soll reines Herzens sein; / Mit Wein ist nicht zu scherzen! *Rückert*

Es liegt kein zuverlässiger wissenschaftlicher Beweis vor, nach dem der mäßige Genuß guter alkoholischer Getränke einem gesunden Körper irgendeinen Schaden zufügt. Andererseits zeugt die gesamte Geschichte, daß Alkohol immer von den stärksten, klügsten, schönsten und in jeder Weise besten Rassen der Welt genossen wurde.
Saintsbury

Der Wein erfindet nichts, er schwatzt's nur aus. *Schiller*

Der hat nicht wohl getrunken, der sich übertrinkt.
Walther von der Vogelweide

TADEL

Tadeln ist leicht; deshalb versuchen sich so viele darin. Mit Verstand loben ist schwer; darum tun es so wenige.
Anselm Feuerbach

Fühl' dich nicht von kleinlichem Tadel / Ungebärdig beleidigt; / Groß ist nicht, wer gegen die Nadel / Mit dem Schwert sich verteidigt.
Güll

Vor Großen muß man sich niemals tadeln, sie glauben zu leicht, man sage des Bösen zu wenig.
Jean Paul

Ich empfinde den Schmerz eines kleinen Tadels, selbst wenn er unberechtigt ist, stärker als das Vergnügen vieler Lobe.

Jefferson

Ehe man tadelt, sollte man immer erst versuchen, ob man nicht entschuldigen kann.

Lichtenberg

Keiner läßt sich lieber tadeln, als wer am meisten Lob verdient.

Plinius der Ältere

Nicht nur Lob, sondern auch Tadel zur Unzeit bringt Schaden.

Plutarch

Das Tadeln ist immer ein dankbarerer Stoff als das Loben.

Schiller

TALENT

Hart und sauer ist der Weg, den das Talent erklimmen muß, hart und sauer jeder Tritt, der ihm vorwärts zu gehen erlaubt ist, und bei dem die Frage ihn ewig quälen muß, ob es kein Fehltritt war.

Brachvogel

Es ist nicht genug, daß man Talent habe, es gehört mehr dazu, um gescheit zu werden; man muß auch in großen Verhältnissen leben und Gelegenheit haben, den spielenden Figuren der Zeit in die Karten zu sehen und selber zu Gewinn und Verlust mitzuspielen.

Eckermann

Mein Trost ist nur, daß ein wirklich großes Talent nicht irre zu leiten und nicht zu verderben ist.

Eckermann

Tiefe Aufrichtigkeit ist die einzige Grundlage der Begabung wie des Charakters.

Emerson

Große Talente sind das schönste Versöhnungsmittel.

Goethe

Man soll sich vor einem Talente hüten, das man in Vollkommenheit auszuüben nicht Hoffnung hat.

Goethe

Wer mit einem Talent, zu einem Talent geboren ist, findet darin sein schönstes Dasein.

Goethe

Wenn keine Talente vorhanden sind und daher von den Unberufenen, die sich an ihre Stelle setzen, die alten Kniffe, dies zu verbergen, angewandt werden, so nennt die Tageskritik das: neue Wege einschlagen.

Hebbel

Große Talente kommen von Gott, geringe vom Teufel.

Hebbel

Darf sich das Talent die Freiheit nehmen, die sich das Genie nimmt? Ja; aber jenes verunglückt, wo dieses triumphiert.

Schumann

TATKRAFT

Unsere Taten sind manchmal besser als unsere Gedanken.
Bailey

Nur wenige Menschen werfen sich der Tätigkeit aus innerem, moralischem Bedürnisse in die Arme. Erhebt nicht die Not ihre eiserne Rute, bellt nicht der Hunger des niedern Bedürfnisses, so bleibt der gewöhnliche Mensch ein ächzendes Faultier, das kauert oder schleicht.
Bentzel-Sternau

Was immer du tust, tue es mit all deiner Macht. *Cicero*

Bevor man handelt, muß man einen unbeschwerten Kopf haben und frei von Zweifeln sein.
Dostojewski

Menschen der Tat mischen sich erst ein, wenn die Redner schweigen. *Gaboriau*

Das Tun interessiert, / Das Getane nicht.
Goethe

Die Tat ist alles, nichts der Ruhm.
Goethe

Es ist nicht genug, zu wissen, man muß auch anwenden, es ist nicht genug zu wollen, man muß auch tun.
Goethe

Nur Taten geben dem Leben Stärke. *Jean Paul*

Was heiter und selig macht und erhält, ist bloß Tätigkeit.
Jean Paul

Verzage nicht, wenn du einmal fehltest, und deine ganze Reue sei eine schönere Tat. *Jean Paul*

Tse-Kung fragte, woran man einen überlegenen Menschen erkennt. Der Meister erwiderte: »Er handelt, bevor er spricht, und er spricht später entsprechend seinen Handlungen.«
Konfuzius

Vertraue keiner Zukunft, wie immer angenehm! Lasse die tote Vergangenheit ihre Toten begraben! Handle – in der lebenden Gegenwart – mit dem Herzen und von Gott geleitet.
Longfellow

Es ist ein langer Weg vom Beginn einer Sache bis zu ihrer Durchführung. *Molière*

Die Tat wird vergessen, doch das Ergebnis bleibt bestehen. *Ovid*

Mit Taten war mein Leben gefüllt, nicht mit untätigen Jahren.
Ovid

Laß dich gut beraten, bevor du beginnst. Doch, wenn du dich entschieden hast, handle sofort.
Sallust

Es ist nichts als die Tätigkeit nach einem bestimmten Ziel, was das Leben erträglich macht.
Schiller

Gegen den Strom der Zeit kann zwar der einzelne nicht schwimmen; aber wer Kraft hat, hält sich und läßt sich von demselben nicht mit fortreißen. *Seume*

Ich glaube nicht an Zufall. Die Menschen, die in der Welt vorwärts kommen, sind die Menschen, die aufstehen und nach dem von ihnen benötigten Zufall Ausschau halten. *Shaw*

Handeln schafft mehr Vermögen als Vorsicht.
Vauvenargues

TOD

Glücklich ist der, der stirbt, bevor er den Tod gerufen hat. *Bacon*

Es ist besser, ein für allemal zu sterben, als in dauernder Erwartung des Todes zu leben. *Caesar*

Tod bedeutet Ruhe von Arbeit und Elend. *Cicero*

Wie kann der Tod schlecht sein, wenn wir uns in seiner Anwesenheit nicht darüber klar sind?
Diogenes

Beim Tode eines geliebten Menschen schöpfen wir eine Art Trost aus dem Glauben, daß der Schmerz über unseren Verlust sich nie vermindern wird.
Ebner-Eschenbach

Es ist viel dringender erforderlich, die Seele als den Körper zu heilen, denn Tod ist besser als ein schlechtes Leben. *Epiktet*

In dieser Welt gibt es nichts Sicheres als den Tod und die Steuern.
Franklin

Was räucherst du nun deinem Toten? / Hätt'st du's ihm so im Leben geboten! *Goethe*

Wer stets den Tod vor Augen hat, / Dem wird die bunte Welt erblassen. / Ein trister Ehbund, in der Tat, / Wo man nur denkt ans Scheidenlassen! *Heyse*

Alles, was geschieht, / Ist nur Leid und Lied. / Gott spielt auf der Harfe Trost sich zu. / Welle fällt und steigt. / Ach, wie bald schon neigt / Sich dein Haupt im Tod. Dann lächle du. *Klabund*

Wir verstehen das Leben nicht: wie können wir den Tod verstehen? *Konfuzius*

Genau wie ein gut ausgenutzter Tag glücklichen Schlaf bringt, so bringt ein gut ausgenutztes Leben einen glücklichen Tod.
Leonardo da Vinci

Nichts ist gewiß im Leben eines Menschen außer, daß er es verlieren muß. *Meredith*

Man stirbt nur einmal und für so lange. *Molière*

Wenn du nicht weißt, wie zu sterben, mach dir keine Sorgen. Die Natur wird es dich zur rechten

Zeit lehren. Sie wird diese Arbeit für dich ausführen. Kümmer' dich nicht selbst darum. *Montaigne*

Man muß stolz sterben, wenn es nicht mehr möglich ist, stolz zu leben. *Nietzsche*

Wenn ein Mensch stirbt, stirbt er nicht nur an der Krankheit, die er hat. Er stirbt an seinem ganzen Leben. *Péguy*

»Lernt sterben«, spracht im Hospital / Ein Mönch zu einem frommen Greise. / »Was lernen?« rief der graue Weise / »Man kann es gleich beim erstenmal.« *Pfeffel*

Wer da stirbt, zahlt alle Schulden. *Shakespeare*

Sterben müssen ist eine Auszeichnung, auf die kein Mensch stolz ist. *Alexander Smith*

Wenn wir vor dem letzten Gericht stehen, wird man uns nicht fragen, was wir gelesen, sondern was wir getan haben. *Thomas von Kempen*

Der Tod ist nicht nur das Ende, sondern auch das Heilmittel des Lebens. Man ist nirgends so gut aufgehoben wie im Sarg. *Tillier*

Der Tod ist der einzige wahre Jakobiner, der alle gleich macht. *Weber*

Nicht sich, nur andre hält man stets für sterblich. *Young*

TRÄUME

Das Leben wäre unerträglich, wenn wir nie träumten. *France*

Wenn du träumen kannst – und dich von den Träumen nicht meistern läßt, wenn du jede unnachgiebige Minute ausfüllen kannst mit sechzig Sekunden Langstreckenlauf, sodann ist die Erde und alles, was sie enthält, dein und – was noch mehr ist, ein Mann wirst du sein, mein Sohn. *Kipling*

Je mehr ein Mensch träumt, desto weniger glaubt er. *Mencken*

Wenn wir allnächtlich den gleichen Traum hätten, hätte er die gleiche Wirkung auf uns wie die Dinge, die wir jeden Tag sehen. Und wenn ein Arbeiter mit Sicherheit allnächtlich zwölf Stunden lang träumte, daß er ein König wäre, würde es ihn, glaube ich, fast so glücklich wie einen König machen, der jede Nacht zwölf Stunden hintereinander träumen sollte, daß er ein Arbeiter wäre. *Pascal*

Ein Künstler ist ein Träumer, der einwilligt, von der wirklichen Welt zu träumen. *Santayana*

Du siehst Dinge; und du sagst »Warum?« Aber ich träume von Dingen, die es nie gegeben hat; und ich sage »Warum nicht?« *Shaw*

Wie viele unserer Tagträume würden zu Albträumen werden, sollte die Gefahr bestehen, daß sie eintreffen.

Logan P. Smith

TROST

Es muß sein! – grausamster Zwang. Es hat sein müssen! – bester Trost.

Ebner-Eschenbach

Hier ist das Geheimnis der Inspiration: sage dir, daß Tausende und Zehntausende nicht sehr intelligenter Menschen, bestimmt nicht intelligenter als wir anderen, Probleme gemeistert haben, die genauso schwierig sind wie die, die dich jetzt verwirren.

Feather

Gegen die Erde gibt es keinen Trost als den Sternenhimmel.

Jean Paul

Was kann, wenn man nahe daran ist, diese Welt zu verlassen, tröstender sein, als zu sehen, daß man nicht umsonst gelebt habe, weil man einige, wenngleich nur wenige, zu guten Menschen gebildet hat!

Kant

Es ist ein großer Trost in Widerwärtigkeiten, wenn man sich immer einige Jahre älter denkt. Wer die Welt kennt, weiß, was einige Jahre für Veränderungen machen.

Kleist

Am unerträglichsten von allen Grausamkeiten sind die, die unter den Titel Beileid und Trost fallen.

Landor

Trösten ist eine Kunst des Herzens. Sie besteht oft nur darin, liebevoll zu schweigen und schweigend mitzuleiden.

Leixner

TUGEND

Die größten Tugenden müssen diejenigen sein, welche den Nebenmenschen am nützlichsten sind. *Aristoteles*

Die Geschichte lehrt uns Tugend; aber die Natur predigt unaufhörlich das Laster.

Börne

Was die Theologen auch sagen mögen, die Menschheit hat im ganzen viel mehr Tugenden als Laster.

Buckle

Die einzige Belohnung der Tugend ist Tugend.

Emerson

Es ist wahr, man darf die Tugend nur kennen, um sie zu lieben; aber um sie recht feurig zu lieben, muß man noch mehr, muß man auch noch das Laster kennen.

Engel

Tugend ohne Wachsamkeit / Verliert sich bald in Sicherheit.

Gellert

Mut und Bescheidenheit sind die unzweideutigsten Tugenden; denn sie sind von der Art, daß Heuchelei sie nicht nachahmen kann.

Goethe

Was ist Tugend anderes als das wahrhaft Passende in jedem Zustand? *Goethe*

Die Tugend, die stets bewacht werden muß, ist kaum der Schildwache wert.

Goldsmith

Gott ist das heiligste Wesen und will nur das, was gut ist, und verlangt, daß wir die Tugend ihres innern Wertes wegen ausüben sollen und nicht deswegen, weil er es verlangt.

Kant

Die Tugend selbst ist Lohn, wird sie auch nicht belohnet; / Sie gibt den Himmel dem, in dessen Brust sie wohnet.

Kotzebue

Man verachtet nicht alle, welche Laster haben, aber alle, die nicht eine einzige Tugend haben.

La Rochefoucauld

Man spricht selten von der Tugend, die man hat; aber desto öfter von der, die uns fehlt.

Lessing

Die Tugend wird doch nirgends gelten. / Das Gute kömmt nicht gern geschwind.

Lessing

Das Ausmaß eines Menschens Tugend darf nicht an seinen Bemühungen gemessen werden, sondern an seinem täglichen Leben.

Pascal

Bei allen Dingen liebe die Mäßigung, eine Tugend, die schwerer ist, als sie scheint, aber notwendiger als irgendeine. Glaube aber nicht, daß das Schlimme durch Mäßigung könne geadelt werden.

Platen Hallermund

Nichts ist liebenswürdiger als die Tugend.

Rousseau

Es war tiefe Weisheit, wenn die Römer Tapferkeit und Tugend mit einem und demselben Wort bezeichneten. Es gibt in der Tat keine Tugend, die mit Recht so genannt wird, ohne Sieg über uns selbst; und was nichts kostet, ist auch nichts wert.

Smiles

Tugend werde von uns nimmer vertauscht für Gold!

Solon

Das Volk und die Großen haben weder dieselben Tugenden noch dieselben Laster.

Vauvenargues

Menschlichkeit ist die erste Tugend.

Vauvenargues

UNGLÜCK

Nur nicht verzagt im Unglück! – Wenn Gott einen Baum umhauen läßt, so sorgt er schon dafür, daß seine Vögel auf einem andern nisten können.

Lavater

Zwei Drittel des menschlichen Unglücks kommt der menschlichen Schwäche, das letzte Drittel halb der menschlichen Geselligkeit und die andere Hälfte dem Streben nach Glück auf Rechnung.

Bentzel-Sternau

Es ist ein Wahn zu glauben, daß / Unglück den Menschen besser macht. / Es hat dies ganz den Sinn, als ob / Der Rost ein scharfes Messer macht, / Der Schmutz die Reinlichkeit befördert, / Der Schlamm ein klares Gewässer macht!

Bodenstedt

Das Unglück kann die Weisheit nicht, – / Doch die Weisheit kann das Unglück tragen.

Bodenstedt

Die Lehren des Unglücks sind nicht immer heilsam; zuweilen mildern und bessern sie, ebensooft aber verhärten und verderben sie auch.

Bulver-Lytton

Was auch dein Unglück sei, / Du mußt es tragen; Fluch und Trotz ist nutzlos! *Byron*

Die meisten unserer Unglücksfälle sind leichter zu ertragen als die Bemerkungen unserer Freunde.

Colton

Ratten und Eroberer dürfen im Unglück keine Gnade erwarten.

Colton

Indem wir über unser Unglück sprechen, erleichtern wir es oft.

Corneille

Kein größerer Schmerz ist denkbar / Als sich erinnern glücklich heitrer Zeit / Im Unglück. *Dante*

Im Unglück finden wir meistens die Ruhe wieder, die uns durch die Furcht vor dem Unglück geraubt wurde.

Ebner-Eschenbach

Glücklicherweise kann der Mensch nur einen gewissen Grad des Unglücks fassen; was darüber hinausgeht, vernichtet ihn oder läßt ihn gleichgültig. *Goethe*

Es ist des Menschen höchstes Unglück dies: / Daß er bei allem, was ihn trifft im Leben, / Sich still und ruhig hält, bis es geschehen, / Und wenn's geschehen, nicht.

Grillparzer

Wer einmal zusammen an den Abgründen des Lebens gewandelt, der ist unauflöslich hinfort verbunden, denn das Unglück verbündet die Seelen.

Grosse

Menschen im Unglück glauben nie, daß man ausreichend mitempfindet. *Johnson*

Unter den Unglücklichen beklagt man die am wenigsten, die es durch ihre Schuld geworden sind; sie sind aber am meisten zu beklagen. Der Trost eines guten Gewissens fehlte ihnen.

Kleist

Im Schoße des Unglücks wird man inniger vereint als Zwillingsbrüder im Schoße einer Mutter.

Kotzebue

Nicht durch sich selbst unglücklich sein ist keine geringe Erleichterung des Unglücks.

Krantor

Es ist ein großes Unglück, weder ausreichend geistreich zu sein, um gut zu reden, noch beurteilen zu können, wann es besser ist, zu schweigen. *La Bruyère*

Niemand erscheint das Glück so blind wie denen, denen es keine Gunst gezeigt hat.
La Rochefoucauld

Kein Unfall ist so unglückselig, daß der Kluge nicht einen Nutzen daraus ziehen wird, noch so erfreulich, daß ihn der Narr nicht als Kränkung auslegen wird.
La Rochefoucauld

Alles menschliche Unglück rührt von dem Unwissen her, wie man ruhig im Zimmer bleibt.
Pascal

Mein ganzes Leben über kannte ich keinen Menschen, der eines anderen Unglück nicht mit wahrhaft christlicher Fassung ertragen hätte. *Pope*

Im Unglück wird jedes Gerücht geglaubt.
Publius Syrus

Es ist ein Trost für die Unglücklichen, Gefährten im Elend zu haben.
Publius Syrus

Das Unglück, Schatz, das Unglück kommt / Unhöflich wie ein Häscher, klopft nicht an, / Läßt sich nicht melden, nicht um Zutritt bitten; / Keck tritt es ein und bleibt und setzt sich fest / Und spielt voll Übermut den Herrn vom Hause.
Raupach

Da hat ein Gott im Menschen sich verkörpert, / Wo man das Unglück trägt mit Heiterkeit.
Raupach

Wenn dir ein Unglück widerfährt, so wird die erste Regung deines Freundes nicht etwa Mitgefühl sein oder gar das Bedürfnis, dir zu helfen, sondern die Befriedigung darüber, daß er für seinen Teil dein Unglück längst kommen sah – und seine nächste: die Überzeugung, daß du selber daran schuld bist. *Schnitzler*

Es ist närrisch, heute unglücklich zu sein, weil du es in der Zukunft vielleicht einmal sein wirst.
Seneca

Du brauchst nie zu glauben, daß ein Mensch durch das Unglück eines anderen glücklich werden kann.
Seneca

Kein Übel wird beweint, dem man entrann.
Shakespeare

Unheil beklagen, das nicht mehr zu bessern, / Heißt um so mehr das Unheil nur vergrößern.
Shakespeare

Es gibt zwei Tragödien im Leben. Die eine: daß dir dein Herzenswunsch nicht erfüllt wird. Die andere: daß er es wird.
Shaw

Gutes kommt mit trägem Schritt, / Unheil stürzt auf uns herab; /

Langsam baut sich eine Hütte, / Und wie gräbt sich schnell ein Grab! *Tiedge*

Wir haben kein Recht, diejenigen unglücklich zu machen, die wir nicht bessern können.

Vauvenargues

ÜBERZEUGUNG

Die Überzeugung ist das Gewissen des Geistes.

Chamfort

Die Frömmsten haben überhaupt keine Überzeugungen.

Chesterton

Daß es gleich vergebliche Arbeit ist, Mohren zu waschen, und Leute, die einmal Partei genommen, auf andere Gedanken zu bringen.

Engel

Überzeugung soll mir niemand rauben; / Wer's besser weiß, der mag es glauben!

Goethe

Wie glücklich sind die, deren Überzeugungen mit der allgemeinen Meinung übereinstimmen.

Halifax

Du hast einen Menschen nicht überzeugt, weil du ihn zum Schweigen gebracht hast.

John Morley

Menschen sind leichter durch Gründe zu überzeugen, die sie selbst entdeckt haben, als durch Gründe, die andere gefunden haben. *Pascal*

In der Welt lernt der Mensch nur aus Not oder Überzeugung.

Pestalozzi

Jeder, der nur einmal seine Überzeugung in sich zum Schweigen bringt, ist unrein, geistlos, zu allem Schlechten fähig; denn die Möglichkeit und der Anfang ist da!

Rahel

Jeder wird, wo immer er geht, von einer Wolke beruhigender Überzeugungen begleitet, die ihm wie Fliegen an einem Sommertage folgen. *Russell*

Eine Sache, die keiner glaubt, kann nicht zu oft bewiesen werden.

Shaw

Man fragt mich immer, wieso sich meine Ansichten seit meiner Jugend so wenig verändert haben. Der Grund ist: ich habe sie durch die Dichtung gebildet. Wie ich immer behaupte, das Ästhetische ist das überzeugendste und dauerhafteste.

Shaw

UNDANK

Der Undank ist immer eine Art Schwäche. Ich habe nie gesehen, daß tüchtige Menschen wären undankbar gewesen.

Goethe

Das ist nicht Undank, was die Not gebeut. – / Es bleibt wohl Undank; nur die Not entschuldigt.

Goethe

Bist undankbar, so hast nicht recht, / Bist du dankbar, so geht dir's schlecht; / Den rechten Weg wirst nie vermissen, / Handle nur nach Gefühl und Gewissen!

Goethe

Der Mensch neigt sehr dazu, sich über die Undankbarkeit derer zu beschweren, die ihn weit überflügelt haben. *Johnson*

Die große Elle, die man zeigt, um sich einer Verpflichtung zu entledigen, ist eine Art von Undank.

La Rochefoucauld

Man findet kaum so viel Undankbare, als man in der Lage ist, Wohltaten zu erweisen.

La Rochefoucauld

Wenn du einmal von einem außerordentlichen Undanke hören solltest, so untersuche ja alle Umstände genau, bevor du einen Menschen mit einem so abscheulichen Schandflecke brandmarken lässest. *Lessing*

Nichts zieht den Undank so unausbleiblich nach sich als Gefälligkeit, für die kein Dank zu groß wäre.

Lessing

Welcher Undankbare hätte sich nicht zu entschuldigen gewußt!

Lessing

Du liebst ein Nichts, wenn du einen Undankbaren liebst.

Plautus

Schwache und begrenzte Menschen sind ganz notwendig oft undankbar.

Rahel

UNGLAUBE

Der Teufel teilt die Welt in Atheismus und Aberglauben.

George Herbert

Der Ungläubige an die Menschheit wird ebenso oft betrogen als der Gläubige an die Menschen.

Jean Paul

Bei den meisten Menschen gründet sich der Unglaube in einer Sache auf blinden Glauben in einer anderen.

Lichtenberg

Unglaube ist blind.

Milton

Ein Mensch kann kein Atheist werden, nur weil er es wünscht.

Napoleon I.

Ungläubigkeit bedeutet nicht, zu glauben oder nicht zu glauben. Es bedeutet, sich zu etwas bekennen, was man nicht glaubt.

Paine

UNRECHT

Kinder und Untertanen haben viel seltener unrecht als Eltern und Könige.

Chesterfield

Der größte Feind des Rechts ist das Vorrecht.

Ebner-Eschenbach

Unrecht ist gegraben in Metall, / Wohltat in die Flut geschrieben.

Haug

Der Mensch gewöhnt sich an wiederholte Liebe, nicht an wiederholte Ungerechtigkeit.

Jean Paul

Es kommt nicht darauf an, daß man absichtlich Unrecht tut, sondern, daß man es niemals versehentlich tun darf.

Junius

Kein Streit würde lange währen, wenn sich nur eine Partei im Unrecht befände. In jedem Streit wird man von demjenigen glauben, daß er unrecht hat, der den Zwist vorausgesagt hat.

La Rochefoucauld

Wer die Krankheit hat, keine Ungerechtigkeit ertragen zu können, darf nicht zum Fenster hinaussehen und muß die Stubentür zuschließen. Vielleicht tut er auch wohl, wenn er den Spiegel wegnimmt.

Seume

UNSTERBLICHKEIT

Für die, welche an keine Unsterblichkeit glauben, gibt es auch keine.

Börne

Sag' etwas, das sich von selbst versteht, zum erstenmal, und du bist unsterblich.

Ebner-Eschenbach

Du hast Unsterblichkeit im Sinn, / Kannst du uns deine Gründe nennen? / Gar wohl! Der Hauptgrund liegt darin, / Daß wir sie nicht entbehren können.

Goethe

Die Unsterblichkeit ist nicht jedermanns Sache.

Goethe

Gönnt doch den Wahn dem armen Schlucker, / Der nur des Lebens Bitterkeit genießt / Unsterblichkeit ist ja der Zucker, / Der ihm den herben Trank der Zeit versüßt.

Heyse

Der Gedanke der Unsterblichkeit ist ein leuchtendes Meer, wo der, der sich darin badet, von lauter Sternen umgeben ist.

Jean Paul

Ein guter Mensch stirbt nie.

Kallimachos

Doch keinem gab / Natur das Vorrecht der Unsterblichkeit.

Schiller

UNWISSEN

Unwissenheit über seine Unwissenheit ist das Leiden des Unwissenden.

Alcott

All unsere Liebe, all unsere Heldenverehrung, all unsere Träume von bevorstehendem Frieden, all unsere Hoffnungen auf Vermögen sind die Früchte des Unwissens.

Belloc

Es ist besser, nichts zu wissen als etwas, das nicht zutrifft.

Billings

Welchem das Wissen, Religion, Charakter und Weisheit / Fehlen, der wandelt als Tier, menschlich gestaltet, dahin.

Bohlen

Unwissen hat noch nie ein Problem beseitigt.

Disraeli

Die Erkenntnis der eigenen Unwissenheit ist der erste Schritt zum Wissen.

Disraeli

Wir sehen die Sonne, den Mond und die Sterne. Es scheint uns, daß sie sich um uns drehen. Das ist falsch. Wir fühlen, daß die Erde unbeweglich ist. Auch das ist falsch. Wir sehen die Sonne über dem Horizont aufsteigen. Sie steht unter uns. Wir berühren, was wir für einen festen Körper halten. So etwas gibt es nicht.

Flammarion

Unwissen ist die Vorbedingung, ich sage nicht zum Glück, sondern zum Leben selbst. Wenn wir alles wüßten, könnten wir das Leben nicht eine Stunde ertragen.

France

Unwissen und Irren sind lebensnotwendig, wie Wasser und Brot.

France

Wer wenig weiß, wiederholt es oft.

Fuller

Es ist nichts schrecklicher als eine tätige Unwissenheit.

Goethe

Weiß denn der Sperling, wie's dem Storch zumute sei?

Goethe

Aber die Menschen vermögen nicht leicht, aus dem Bekannten das Unbekannte zu entwickeln; denn sie wissen nicht, daß ihr Verstand ebensolche Künste wie die Natur treibt.

Goethe

Nicht dein Nichtwissen gibt dir den Schein der Ignoranz, sondern nur die Art wie du dein Nichtwissen zu verdecken suchst.

Gutzkow

Der Dicke weiß nicht, was der Magere denkt.

George Herbert

Unwissenheit ist vor dem Tode Tod.

Herder

Das Rezept für dauerndes Unwissen ist: sei mit deinen Ansichten und deinem Wissen zufrieden.
Elbert G. Hubbard

Das Vergnügen des Unwissens ist auf seine Weise genau so groß wie das Vergnügen des Wissens.
Aldous Huxley

Wer Vorstellungsvermögen ohne Wissen hat, hat Flügel und keine Füße.
Joubert

Es ist erstaunlich, wie wenige Menschen sich der Kunst, im Bett zu liegen, bewußt sind.
Lin Yutang

Wie sehr der Mensch nach Wissenschaft verborgener Dinge ringt, / So bleibt ihm doch unzählig viel, davon er sagt: »mich dünkt«. *Logau*

Jeder direkte Angriff auf die Unwissenheit muß versagen, weil die Menge jederzeit bereit ist, ihr kostbarstes Eigentum zu verteidigen – ihre Unwissenheit.
Loon

Nur die Unwissenden verachten die Bildung.
Publius Syrus

Die Menschen wissen nichts. Darum sind Theaterstücke beliebt, und darum können die uralten Geschichten immer wieder aufgewärmt werden. Sie alle wenden sich gegen originelle Gedanken. *Shaw*

Es gibt nur ein Gutes, das ist Wissen. Es gibt nur ein Übel, das ist Unwissenheit.
Sokrates

Im Leben braucht man nur Unwissenheit und Vertrauen. Dann ist der Erfolg gesichert.
Twain

Ich besitze lieber mein Unwissen als das Wissen eines anderen, denn ich habe viel mehr davon.
Twain

Für den Unwissenden ist alles möglich.
Wieland

VOLK

Das Volk muß in kleinen Dosen genossen werden.
Emerson

In dem Gewissen eines Volkes liegt seine Macht.
Dryden

Kein Volk ist je durch den Handel verdorben worden.
Franklin

Eine Nation, der Gefühl nichts bedeutet, ist auf dem Wege aufzuhören, eine Nation zu sein.
Froude

Gelegentlich sieht das gewöhnliche Volk richtig; gelegentlich irrt es sich.
Horaz

Die Menschheit ehrt ihre Zerstörer, verfolgt ihre Wohltäter, baut lebenden Räubern Paläste und Gräber für längst tote Propheten.
Inge

Die Völker und die einzelnen Menschen sind nur am besten, wenn sie am frohesten sind, und verdienen den Himmel, wenn sie ihn genießen.
Jean Paul

Keinem Volk ist es gestattet, ungestraft in Unwissenheit zu leben. Wenn ein Volk erwartet, unwissend und frei zu sein, erwartet es etwas, das es nie gab und nie geben wird. *Jefferson*

Warum soll man nicht geduldiges Vertrauen zu der endgültigen Gerechtigkeit des Volkes haben? Gibt es eine bessere oder gleichberechtigte Hoffnung in der Welt?
Lincoln

Wir kennen ein Volk nicht, bevor wir seine Lebensvergnügungen kennen, genau wie wir einen Menschen nicht kennen, bevor wir wissen, wie er seine Freizeit verbringt. *Lin Yutang*

Nichts ist so ungewiß oder so wertlos wie das Urteil des Pöbels.
Livius

Für jeden Menschen und jede Nation kommt einmal der Augenblick der Wahl im Kampf zwischen Wahrheit und Lüge, sich für das Gute oder Böse zu entscheiden. *Lowell*

Nehmt euch in acht, Ihr, die Ihr das Volk in Unwissenheit erhalten wollt, seid am meisten bedroht; seht Ihr denn nicht, mit welcher Leichtigkeit man ein unvernünftiges Tier zum reißenden Tiere macht? *Mirabeau*

Nation: Eine Gruppe von Menschen, die eine Sprache spricht und die gleichen Zeitungen liest.
Nietzsche

Wer das Volk nicht liebt, der ist seiner nicht wert. Wer das Volk verachtet, der regiert es nicht wohl.
Pestalozzi

Keine Nation ist fähig, über eine andere Nation zu urteilen.
T. Woodrow Wilson

VATERLAND

Vaterlandsliebe ist ein lebhafter Sinn für kollektive Verantwortung. Nationalismus ist ein dummer Hahn, der auf seinem eigenen Misthaufen kräht.
Aldington

Wo ich am besten gedeihe, dort ist mein Vaterland.
Aristophanes

In Dr. Johnsons berühmten Lexikon wird Patriotismus als die letzte Zuflucht eines Schurken bezeichnet. Trotz aller Hochachtung für einen aufgeklärten aber minderwertigen Wörterbuch-Verfasser möchte ich mir die Behauptung erlauben, daß es die erste ist.
Bierce

Wenn wir unser Land lieben sollen, so muß es schön sein.
Burke

Wer seine Heimat nicht liebt, kann nichts lieben.
Byron

Halte fest am Vaterland!
Euripides

Ihr habt gehört: Es ist süß und ehrenvoll, für das Vaterland zu sterben. Ich aber sage euch: Es ist süß und ehrenvoll für das Vaterland zu leben.

Faulhaber

Das Vaterland verleiht die allerbesten Gaben.

Goethe

Es gibt keine patriotische Kunst und keine patriotische Wissenschaft. Beide gehören, wie alles hohe Gute, der ganzen Welt und können nur durch allgemeine freie Wechselwirkung aller zugleich Lebenden gefördert werden.

Goethe

Man hat gesagt und wiederholt: Wo mir's wohlgeht, da ist mein Vaterland! Doch wäre dieser tröstliche Spruch noch besser ausgedrückt, wenn es hieße: Wo ich nütze, ist mein Vaterland.

Goethe

Nichts ist beschämender als Unkenntnis des Vaterlandes.

Gabriel Harvey

Je weniger Bedeutung ein Staatsmann hat, desto mehr liebt er die Fahne.

Kin Hubbard

Unbegrenzt sind die edlen Bestrebungen, die die Worte »meine Heimat« hervorrufen können.

Inge

Der Kaufmann hat keine Heimat.

Jefferson

Gott schenkte der ganzen Menschheit die ganze Erde, um sie zu lieben. Doch da unsere Herzen klein sind, bestimmte er für jeden einen Flecken, den er über alles liebt.

Kipling

Was ist Patriotismus anderes als Liebe für die guten Dinge, die wir in unserer Kindheit gegessen haben?

Lin Yutang

Patriotismus ist eine Art Religion; es ist das Ei, aus dem Kriege gebrütet werden.

Maupassant

Der Mensch ist nicht für sich allein geboren, sondern für sein Land.

Platon

Es wird eine Zeit kommen, wo Nationalstolz ebenso angesehen werden wird wie Eigenliebe und andre Eitelkeit; und Krieg wie Schlägerei.

Rahel

Mir erscheint es schrecklich unwürdig, wenn die Seele von der Geographie beherrscht wird.

Santayana

Wahre Vaterlandsliebe gehört keiner Partei an.

Smollett

Je mehr ich von anderen Ländern sehe, desto mehr liebe ich mein eigenes.

Staël

Unser Vaterland ist die Stelle, an die unser Herz gebunden ist. *Voltaire*

Unser Patriotismus ist zu einer reinen Selbstbehauptung, einer fahnenwehenden Sentimentalität ohne konstruktive Pflichten geworden. *Wells*

VERBRECHEN

Hast du je einen Menschen gesehen, der sich mit einem Verbrechen zufrieden gegeben hat. *Juvenal*

Manche Verbrechen sind so großartig, zahlreich oder übermäßig durchgeführt, daß sie harmlos, ja sogar glorreich werden. So geschieht es, daß man öffentlichen Raub als Finanzgenie und ungerechtes Erbeuten einer Provinz als Eroberung bezeichnet. *La Rochefoucauld*

Leicht vergessen wir die Verbrechen, die nur uns selbst bekannt sind. *La Rochefoucauld*

Verbrechen ist so ansteckend wie die Pest. *Napoleon I.*

Wenn du am Verbrechen deines Freundes teilhast, machst du es dir zu eigen. *Publius Syrus*

Du bist selbst eines Verbrechens schuldig, wenn du ein Verbrechen nicht bestrafst. *Publius Syrus*

Jeder unbestrafte Mord raubt jedem Menschen einen Teil seiner Sicherheit. *Webster*

Niemand begeht je ein Verbrechen, ohne etwas Dummes zu tun. *Wilde*

VERGANGENHEIT

Die »guten alten Zeiten« – alle Zeiten, wenn alt, sind gut. *Byron*

Nichts ist zarter als die Vergangenheit; / Rühre sie an wie ein glühendes Eisen; / Denn sie wird dir sogleich beweisen, / Du lebest auch in heißer Zeit. *Goethe*

Weder kann die Welle, die vorbei ist, zurückgerufen werden; noch kann die Stunde, die entschwunden ist, zurückkehren. *Ovid*

Wer sich an die Vergangenheit nicht erinnern kann, ist dazu verdammt, sie zu wiederholen. *Santayana*

Nichts ist gewiß, außer der Vergangenheit. *Seneca*

VERLEUMDUNG

Die Verleumdung ist eine Wespe, die uns belästigt, und gegen die man keine Bewegung machen darf, wenn man nicht sicher ist, sie zu töten, weil sie sonst ihre Angriffe mit verdoppelter Wut wiederholt. *Chamfort*

Es ist eine abgeschmackte Verleumdung der menschlichen Natur, daß der Mensch als Sünder geboren werde. *Fichte*

Wer. . . / Nicht dem Verleumder widerspricht, / Der liebt auch seinen Bruder nicht. *Gellert*

Die Verleumdung, das freche Gespenst, setzt sich auf die edelsten Gräber. *Heine*

Verleumdung unterscheidet sich von allen anderen Kränkungen durch folgenden entsetzlichen Umstand: wer sie begeht, kann sie nie wieder gutmachen. *Johnson*

Was ist Verleumdung? Ein Urteil »schuldig«, in Abwesenheit des Angeklagten ausgesprochen, hinter geschlossenen Türen, ohne Verteidigung oder Berufung, seitens eines interessierten und voreingenommenen Richters. *Roux*

Drei Menschen auf einmal verdirbt Verleumdungsgift! / Den, der sie spricht, den, der sie hört, den, so sie trifft. *Rückert*

Es liebt die Welt, das Strahlende zu schwärzen / Und das Erhabne in den Staub zu ziehn. *Schiller*

Wer bösartiges Gerede ausgräbt, zerstört seinen eigenen Frieden. *Seneca*

Seine Pflichten weiter auszuführen und zu schweigen, ist die beste Antwort auf Verleumdung. *George Washington*

Verleumder aber gleichen Hornissen; schlägt man nach ihnen, so werden sie nur frecher, und man muß sich ganz ruhig verhalten, bis der Augenblick da ist, sie für immer aufs Maul zu schlagen. *Weber*

VERNUNFT

Am stillsten und wirksamsten geht Vernunft verkleidet einher wie die Kalifen in Tausend und Eine Nacht. *Bentzel-Sternau*

Ein vernünftiger Mensch muß vor allem wissen, wann er geschlagen ist, um den Kampf sofort aufzugeben. *Samuel Butler*

Die Vernunft ist des Herzens größte Feindin. *Casanova*

Nichts kann von Dauer sein, wenn die Vernunft nicht herrscht. *Curtius Rufus*

Es geschieht nichts Unvernünftiges, das nicht Verstand und Zufall wieder in die Richte brächten; nichts Vernünftiges, das Unverstand und Zufall nicht mißleiten könnten. *Goethe*

Das Gewebe dieser Welt ist aus Notwendigkeit und Zufall gebildet; die Vernunft stellt sich zwischen beide und weiß sie zu beherrschen. *Goethe*

Genieße mäßig Füll und Segen, / Vernunft sei überall zugegen, / Wo Leben sich des Lebens freut.

/ Dann ist Vergangenheit beständig, / Das Künftige voraus lebendig, / Der Augenblick ist Ewigkeit. *Goethe*

Vernünftiges und Unvernünftiges haben gleichen Widerspruch zu erleiden. *Goethe*

Wo es an Vernunft fehlt, fehlt es an allem. *Halifax*

Nichts erscheint uns häßlicher als die Vernunft, wenn sie sich nicht auf unserer Seite befindet. *Halifax*

Was vernünftig ist, das ist wirklich; und was wirklich ist, das ist vernünftig. *Hegel*

Unsere Vernunft kann ohne Hilfe der Erfahrung keinen Schluß auf das wirkliche Dasein und auf Tatsachen machen. *Hume*

Der Verstand will belehrt, die Sinnlichkeit belebt sein; der erste begehrt Einsicht, die zweite Faßlichkeit. *Kant*

Das Übergewicht der Neigungen entschuldigt den Menschen nicht, daß er nicht Herr seiner selbst ist; er soll seine Kraft gebrauchen lernen, die in der Vernunft besteht. *Leibniz*

Die Siege der Vernunft, einmal gewonnen, sind für die Ewigkeit gewonnen. *Macaulay*

Die Vernunft ist durchaus souverän, sie erkennt keine Autorität über sich; keine Gewalt kann sie zwingen, für unrichtig anzunehmen, was sie wahr erkannt hat. E pur si muove! *Moltke*

In der Wirklichkeit gibt es nicht, das ganz logisch ist. *Nietzsche*

Es gibt zwei gleich gefährliche Abwege: die Vernunft schlechthin zu leugnen und außer der Vernunft nichts anzuerkennen. *Pascal*

Das Herz hat Gründe, die die Vernunft nicht kennt. *Pascal*

Mit dem Hunger nach der Unendlichkeit wird der Mensch geboren; er spürt ihn früh; aber wenn er in die Jahre des Verstandes kommt, erstickt er ihn meistens leicht und schnell. *Raabe*

Vernunft ist der einzige wahrhafte Despot. *Rahel*

Wenn nur ein Punkt Freiheit auf der Erde ist, wo Vernunft eingestanden wird, werden darf, so wird sie sich von da aus schon Platz machen, wenn es auch langsam ginge und lange dauern sollte. *Rahel*

Die Vernunft hat geleistet, was sie leisten kann, wenn sie das Gesetz findet und aufstellt; vollstrecken muß es der mutige Wille und das lebendige Gefühl. *Schiller*

Vernunft ist nichts anderes als die Analyse des Glaubens. *Schubert*

Vernunft ist nur ein Teil des göttlichen Geistes in einen menschlichen Körper gesetzt. *Seneca*

Ein vernünftiger Mensch beurteilt gegenwärtige Ereignisse auf Grund vergangener. *Sophokles*

Was den Menschen hindert, die Vernunft zu vervollkommnen und ein vernünftiges Leben zu führen, dies allein ist ein Übel. *Spinoza*

Nichts bringt dem Menschen mehr Gewinn als nach den Grundsätzen der Vernunft zu leben. *Spinoza*

Alle Werkzeuge, mit denen die Menschheit an ihrem Schicksal arbeitet, sind stumpf; das schärfste unter ihnen aber ist die Vernunft. *Van Doren*

Die Vernunft errötet über die Neigungen, über die sie nicht Rechenschaft ablegen kann. *Vauvenargues*

Die Vernunft täuscht uns öfter als die Natur. *Vauvenargues*

VERSTÄNDNIS

Alles kann der Edle leisten, / Der versteht und rasch ergreift. *Goethe*

Es hört doch jeder nur, was er versteht. *Goethe*

Diejenigen, welche widersprechen und streiten, sollten mitunter bedenken, daß nicht jede Sprache jedem verständlich sei. *Goethe*

Selten habt ihr mich verstanden, / Selten auch verstand ich euch; / Nur wenn wir im Kot uns fanden, / So verstanden wir uns gleich. *Heine*

Es gibt in Wahrheit kein letztes Verständnis ohne Liebe. *Morgenstern*

Guter Charakter und guter Verstand müssen sich immer vereinen. Irren ist menschlich, verzeihen göttlich. *Pope*

Alles verstehen macht einen sehr nachsichtig. *Staël*

Ein Mensch ist fähig zu verstehen, wie der Äther schwingt, und was auf der Sonne vorgeht – aber wie sich ein anderer die Nase anders schnauben kann als er, das ist er unfähig zu verstehen. *Turgenjew*

VERTRAUEN

Mit dem Vertrauen ist es eine wunderliche Sache. Hört man nur einen: der kann sich irren oder sich betrügen; hört man viele, die sind in demselbigen Falle, und gewöhnlich findet man da die Wahrheit gar nicht heraus. *Goethe*

Sobald du dir vertraust, sobald weißt du zu leben. *Goethe*

Wenn ein kluger Mensch einem anderen vertraut, darf er sich nicht auf ein Versprechen verlassen, das gegen dessen Natur geht.
Halifax

Vertrauen ist die größte Selbstaufopferung. *Hebbel*

Wir neigen dazu, Unbekannten zu glauben, weil sie uns noch nie betrogen haben.
Johnson

Vertrauen trägt mehr zur Unterhaltung bei als Geist.
La Rochefoucauld

Vertrauen zu genießen ist ein größeres Kompliment als geliebt zu werden.
Macdonald

Vertrauen stellt sich bei Fragen großer Bedeutung nur langsam ein. *Ovid*

Glaube nicht übereilt. *Ovid*

Wie die Seele kehrt Vertrauen nie zurück, wenn es einmal entschwunden ist.
Publius Syrus

Es ist gleich falsch, Allen oder Keinem zu trauen.
Seneca

Mangelndes Vertrauen ist nicht das Ergebnis von Schwierigkeiten. Schwierigkeiten haben ihren Ursprung in mangelndem Vertrauen.
Seneca

VERZEIHEN

Gott vergibt wie eine Mutter, die das Vergehen in ewige Vergessenheit fortküßt. *Beecher*

Verzeihen ist besser als Rache. Denn Verzeihen ist das Zeichen einer milden Natur, aber Rache verrät eine brutale Natur.
Epiktet

Wenn sich jemand diese zwei Worte zu Herzen nimmt und sie als Richtlinie und Vorschrift beachtet, wird er fast sündenfrei und sehr friedlich leben. Diese beiden Worte sind: ertrage und verzeihe.
Epiktet

Der Siege göttlichster ist das Vergeben. *Jean Paul*

Man verzeiht im gleichen Ausmaß, indem man liebt.
La Rochefoucauld

Wenn sich jeder des Vergangenen erinnerte, würde kein Mensch je jemandem etwas verzeihen.
Lynd

Ein tapferer Mensch hält niemand für überlegen, der ihm eine Kränkung zufügt. Denn es liegt in seiner Macht, dem anderen selbst überlegen zu werden, indem er sie vergibt. *Pope*

Eine Versöhnung / Ist keine, die das Herz nicht ganz befreit. / Ein Tropfe Haß, der in dem Freudenbecher / Zurückbleibt, macht den Segenstrank zum Gift. *Schiller*

Versprechen füllen den Magen nicht. *Spurgeon*

VERZWEIFLUNG

Der Tag ist verloren, ausgebrochen aus der Kette deines Lebens, den du in Trübsinn und tatenloser Verzweiflung hinstarrtest. *Auerbach*

Verzweiflung ist der Narren Schlußfolgerung. *Disraeli*

Führe einen Verzweifelten nicht in Versuchung. *Shakespeare*

Verzweiflung vergrößert nicht nur unseren Kummer, sondern auch unsere Schwäche. *Vauvenargues*

Es hat Verzweiflung oft die Schlachten schon gewonnen. *Voltaire*

VORSICHT

Wer nie verließ der Vorsicht enge Kreise / Und selbst aus seiner Jugend Tagen / Nichts zu bereuen hat, zu beklagen, / Der war nie töricht – aber auch nie weise. *Bodenstedt*

Wir müssen alles zugleich vorsichtig und zuversichtlich tun. *Epiktet*

Klug ist, wer ruhig sich verhält zur rechten Zeit; / Und diese Vorsicht ist es, die den Mann bewährt. *Euripides*

Die Vorsicht ist einfach, die Hinterdreinsicht vielfach. *Goethe*

Vorsicht vor dem Burschen, der dich unentwegt reden läßt. *Kin Hubbard*

Es ist besser, den Wolf der Herde fern zu halten, als sich darauf zu verlassen, ihm die Zähne zu ziehen und die Klauen zu beschneiden, nachdem er in sie eingefallen ist. *Jefferson*

Verteidige oder entschuldige dich nie, bevor du angeklagt wirst. *Karl I.*

Von Leuten, die schweigen, und Hunden, die nicht bellen, wenn sie getroffen werden, hat man sich wohl fürzusehen. *Lehmann*

Ein vorsichtiger Autler ist mehr als einer, der hupt, wenn er bei Rot weiterfährt. *Morgan*

Vorsicht und Mißtrauen sind gute Dinge, nur sind auch ihnen gegenüber Vorsicht und Mißtrauen nötig. *Morgenstern*

Nimm dich vor der Heuchelei der stillen Leut' in acht; / Am tiefsten ist ein Fluß, der kein Geräusche macht. *Opitz*

Gebranntes Kind scheut Feuer bis zum nächsten Tag. *Twain*

Lege all deine Eier in einen Korb – und beaufsichtige den Korb. *Twain*

VORTEIL

Nach der Erkenntnis, wann man eine Gelegenheit beim Schopfe packen muß, ist das Wichtigste im Leben zu wissen, wann man einen Vorteil nicht ausnutzen soll.

Disraeli

Ich finde nichts vernünftiger in der Welt, als von den Torheiten anderer Vorteil zu ziehen.

Goethe

Was ist unser höchstes Gesetz? – Unser eigener Vorteil! *Goethe*

Was Vorteil bringt, das tut man unverzagt. *Sophokles*

Der größte Vorteil von allen ist es, keine Vorteile zu genießen.

Thoreau

VORURTEIL

Um glücklich zu sein, muß man seine Vorurteile abgelegt und seine Illusionen behalten haben.

Châtelet

Ein Urteil läßt sich widerlegen, aber niemals ein Vorurteil.

Ebner-Eschenbach

Es gibt Menschen, die selbst für Vorurteile zu dumm sind.

Friedell

Wenn du Vorurteile zur Tür hinausjagst, kehren sie durchs Fenster zurück.

Friedrich der Große

Vorurteile sind die Stützen der Zivilisation.

Gide

Vorurteil ist das Kind der Unwissenheit.

Hazlitt

Die Vorurteile hängen dem Menschen an wie das Moos den Bäumen. Wer sie mit Gewalt auskratzen wollte, würde dem Baume schaden.

Knebel

Daß irgend ein Mensch auf Erden ohne Vorurteil sein könne, ist das größte Vorurteil.

Kotzebue

Vorurteile und eine unglückliche Liebe sind zwei Stücke, deren eines schon hinreicht, einen Mann zu etwas ganz anderm zu machen, als er ist.

Lessing

Der Vorteil übt eine geheime Macht über unser Urteil aus; was ihm gemäß ist, erscheint uns alsbald billig, gerecht, vernünftig; was ihm zuwider läuft, stellt sich uns, im vollen Ernst, als ungerecht und abscheulich, oder zweckwidrig und absurd dar. Daher so viele Vorurteile des Standes, des Gewerbes, der Nation, der Sekte, der Religion.

Schopenhauer

WELT

Was ist nicht beschwerlich auf dieser Welt. *Goethe*

Leg's dem Leben nicht zur Last, / Dünkt sein Werk dich Plunder! / Wenn du Märchenaugen hast, / Ist die Welt voll Wunder. *Blüthgen*

Es gehört nicht zu den Plänen Gottes, daß ein großer Teil der Menschen in dieser Welt gut, weise, und wohlhabend sein soll. Wenn das der Fall wäre, hätte Er dafür gesorgt, daß es der Fall ist. *Samuel Butler*

Welt hat eine plumpe Pfote. *Eichendorff*

Es gibt nichts Gutes ohne Schlechtes in der Welt. Aber alles ist im richtigen Verhältnis gemischt. *Euripides*

Nur für die Erbärmlichen ist die Welt erbärmlich, nur für die Leeren leer. *Ludwig Feuerbach*

Die Welt ist einmal wie sie ist, und die Dinge verlaufen nicht, wie wir sie wollen, sondern wie die andern wollen. *Fontane*

Was wir in Welt und Menschen lesen, / Ist nur der eigne Widerschein. *Fontane*

Der Deutsche soll alle Sprachen lernen, damit ihm zu Hause kein Fremder unbequem, er aber in der Fremde überall zu Hause sei. *Goethe*

Wir mögen die Welt kennenlernen, wie wir wollen, sie wird immer eine Tag- und eine Nachtseite behalten. *Goethe*

Wissenschaft und Kunst gehören der Welt an, und vor ihnen verschwinden die Schranken der Nationalität. *Goethe*

Die Welt ist ein Sardellensalat; / Er schmeckt uns früh, er schmeckt uns spat. *Goethe*

Ist denn so groß das Geheimnis, was Gott und der Mensch und die Welt sei? / Nein! Doch niemand hört's gerne; da bleibt es geheim. *Goethe*

Die Welt ist nicht aus Brei und Mus geschaffen, / Deswegen haltet euch nicht wie Schlaraffen; / Harte Bissen gibt es zu kauen, / Wir müssen erwürgen oder sie verdauen. *Goethe*

Die Welt ist eine Glocke, die einen Riß hat; sie klappert, aber klingt nicht. *Goethe*

Wer fremde Sprachen nicht kennt, weiß nichts von seiner eigenen. *Goethe*

Je mehr ich die Welt sehe, desto weniger kann ich hoffen, daß die Menschheit je eine weise, kluge, glückliche Masse werden könne. *Goethe*

Die Welt ist ein wunderschönes Buch, doch von geringem Nutzen für den, der nicht lesen kann. *Goldoni*

Mensch, ergründe die Welt und nicht die Bücher, wie viel sie / Auch enthalten; es ward stets aus der Welt ja geschöpft. *Hebbel*

Die Welt gleicht immerdar dem Wirt, / Der sich in seinen Gästen / Zu seinem größten Teile irrt, / Besonders in den Besten. *Hebbel*

Versuch's und übertreib's einmal, / Gleich ist die Welt von dir entzückt. / Das Grenzenlose heißt genial, / wär's auch nur grenzenlos verrückt. *Heyse*

Das ist's, warum sich's leben läßt / Trotz alledem auf dieser Erden: / Die ganze Welt ist nur ein Nest, / Doch jedes kann eine Welt dir werden. *Heyse*

Wie sehr die Menschen ein altes Sprichwort lieben! Sie zitieren immer »Es gibt nichts Neues unter der Sonne«, und doch gibt es jeden Tag etwas Neues. *Howe*

Es gibt zwei Welten: die Welt, die wir mit dem Lineal messen können, und die Welt, die wir mit unserem Herzen und unserer Phantasie empfinden. *Hunt*

Wir leben in einer Welt, worin ein Narr viele Narren, aber ein weiser Mann nur wenige Weise macht.
Kant

Die Welt ist nicht schlimmer und nicht besser, als sie vor tausend Jahren war und nach tausend Jahren sein wird.
Kotzebue

Die Welt ist eine Schlange, und ihre Haut das Jahr; / Die neue, wenn sie wechselt, wird, wie die alte war.
Kuh

Um es in der Welt zu etwas zu bringen, tut man, als habe man es zu etwas gebracht.
La Rochefoucauld

Die Welt ist ein Geheimbund von Schurken gegen die wackeren Leute, von Gemeinen gegen die Edlen.
Leopardi

Auch in dieser Hinsicht ist die Welt den Weibern ähnlich: mit Schüchternheit und Zurückhaltung erreicht man nichts bei ihr.
Leopardi

Alle Länder gute Menschen tragen.
Lessing

Um ein fremdes Land kennen zu lernen, muß man nicht nur dort gelebt haben und im eigenen, sondern auch mindestens noch in einem anderen.
Maugham

Man kann über die Welt lachen, sie verachten, sie hassen; aber man darf sich mit ihr nicht entzweien.
Mohr

Sollst nicht murren, sollst nicht schelten, / Wenn die Sommerzeit vergeht; / Denn es ist das Los der Welten, / Alles kommt und alles geht.
Wilhelm Müller

Die Weltverbesserung geht einen sehr langsamen Gang.
Platen Hallermund

Die Welt ist einmal darauf gegründet, daß sich einer an dem andern ärgere.
Raabe

Das Beste, was der Mensch aus der Welt mit nach Hause bringen kann, ist doch nur seine Bekanntschaft mit ihr.
Raabe

Und da begann ich zu glauben, daß , was so häufig gesagt wird, durchaus richtig ist: daß sie eine Hälfte der Welt nicht weiß, wie die andre lebt.
Rabelais

Wie rühm´ ich diese »beste Welt« von allen? / So rühm' ich sie, daß sie erschaffen sei / So schlecht als möglich, ohne zu zerfallen; / Um ein Haar schlechter, und sie ging entzwei.
Rückert

Die Made hält / Ihren Käse für die Welt.
Sanders

Die Füße eines Menschen sollten in seinem Lande verwurzelt sein.

Mit seinen Augen aber sollte er die Welt überblicken.

Santayana

Wenn du das große Spiel der Welt gesehen, / So kehrst du reicher in dich selbst zurück. *Schiller*

Meiner Ansicht ist die Welt für mich geschaffen, nicht ich für die Welt. Mein Grundsatz ist es daher, sie zu genießen, so lange ich kann. Soll die Zukunft sich um sich selbst kümmern.

Smollett

Sieh' ein Gebirge, einen Berg, ein Meer, einen Fluß, und du hast alles gesehen. *Sokrates*

Ich bin weder Athener noch Grieche, sondern ein Bürger der Welt.

Sokrates

Die Welt ist mit so vielen Dingen gefüllt, daß wir alle glücklich wie Könige sein sollten.

Stevenson

Die Welt wird schöner mit jedem Tag; / Man weiß nicht, was noch werden mag.

Uhland

Die Welt ist gleich unschuldig, wenn du sie für schöner, als wenn du sie für häßlicher hältst, als sie ist. Nimm sie für das, was sie ist.

Wieland

Jeder von uns ist sein eigener Teufel, und wir machen uns diese Welt zur Hölle.

Wilde

WAHNSINN

Selbst die Verrücktheit begabter Menschen ist anders als die der Narren oder Nichtse.

Balzac

Wen die Götter vernichten wollen, den machen sie zuerst wahnsinnig.

Euripides

An einem Verrückten erschrickt uns am meisten die vernüftige Art, auf die er sich unterhält.

France

Verrücktsein hat seine Freuden, die nur die Verrückten kennen.

Hazlitt

Üblicherweise war er wahnsinnig, aber er hatte lichte Momente, in denen er nur dumm war.

Heine

Mancher Mensch ist unter gewissen Umständen wahnsinnig und geht durchs Leben, ohne es zu merken.

Johnson

Wenn wir bedenken, daß wir alle verrückt sind, verschwinden die Mysterien und ist das Leben erklärt.

Twain

WAHRHEIT

Was die Menschen beherrscht, ist die Furcht vor der Wahrheit.
Amiel

Ein Mann, der nach dem Wahren strebt und Rechten, / Ist ein lebend'ger Vorwurf für den Schlechten.
Bodenstedt

Oft kommt die Wahrheit uns recht unwahrscheinlich vor.
Boileau-Despreaux

Wie glücklich wäre ich, wenn ich die Wahrheit oder das, was ich dafür halte, verbreiten könnte, ohne einem Menschen dadurch wehe zu tun! Aber wie vermöchte ich das?
Börne

Wer die Bettdecke von der schlummernden Wahrheit wegzieht, den nennt man einen Ruhestörer. *Börne*

Wahrheit verletzt nie den, der sie spricht.
Browning

Jedermann sucht nach Wahrheit, doch Gott allein weiß, wer sie gefunden hat.
Chesterfield

Wer seine Ohren für die Wahrheit verschlossen hat, so daß er auch vom Freunde das Wahre nicht hören mag, an dessen Rettung muß man die Hoffnung aufgeben.
Cicero

Die reine Wahrheit wird häufiger als alles andere der Übertreibung beschuldigt.
Conrad

Durch Vernunft, nicht aber durch Gewalt soll man die Menschen zur Wahrheit führen.
Diderot

Zeit ist kostbar, aber die Wahrheit ist kostbarer als Zeit.
Disraeli

Man muß das Wahre immer wiederholen, weil auch der Irrtum um uns her immer wieder gepredigt wird, und zwar nicht von einzelnen, sondern von der Masse. *Eckermann*

Unwahrheit ist so einfach, Wahrheit so schwierig.
George Eliot

Wahrheit hat ihren eignen unabhängigen Wert in sich selbst.
Engel

Die Sprache der Wahrheit ist einfach. *Euripides*

Die größte Freude, die ein Mensch in der Welt haben kann, besteht in der Entdeckung neuer Wahrheiten.
Friedrich der Große

Hüte dich, eine unwahrscheinliche Wahrheit zu erzählen.
Fuller

Zwei Wahrheiten können sich nie widersprechen. *Galilei*

Das Wahre ist eine Fackel, aber eine ungeheure; deswegen suchen wir alle nur blinzelnd so daran vorbeizukommen, in Furcht sogar, uns zu verbrennen.
Goethe

Die Menschen verdrießt's, daß das Wahre so einfach ist; sie sollten bedenken, daß sie noch Mühe genug haben, es praktisch zu ihrem Nutzen anzuwenden.
Goethe

Wer gegen sich selbst und andere wahr ist und bleibt, besitzt die schönste Eigenschaft der größten Talente. *Goethe*

Die Wahrheit widerspricht unserer Natur, der Irrtum nicht, und zwar aus einem sehr einfachen Grunde; die Wahrheit fordert, daß wir uns für beschränkt erkennen sollen; der Irrtum schmeichelt uns, wir seien auf ein oder die andere Weise unbegrenzt.
Goethe

Das Absurde, Falsche läßt sich jedermann gefallen: denn es schleicht sich ein; das Wahre, Derbe nicht: denn es schließt aus.
Goethe

Es ist ganz einerlei, ob man das Wahre oder das Falsche sagt: beidem wird widersprochen. *Goethe*

Ein Mensch, der alles beim richtigen Namen nennt, könnte kaum die Straße entlang gehen, ohne als gemeinsamer Feind niedergeschlagen zu werden. *Halifax*

Die Wahrheit würde beliebter werden, wenn sie nicht immer unangenehme Tatsachen ausdrückte. *Haskins*

Ein ehrlicher Mensch spricht die Wahrheit, obwohl sie verletzen mag; ein eitler, damit sie es tut.
Hazlitt

Mit dem besten Willen der Treuherzigkeit kann kein Mensch über sich selbst die Wahrheit sagen.
Heine

Als Lachender reden die Wahrheit ist unverwehrt. *Horaz*

Wir haben fast den Zustand erreicht, in dem man nicht die Wahrheit sagen kann, ohne indiskret zu sein. *Kin Hubbard*

Die nackte und ungenierte Wahrheit ist immer unerfreulich.
Huneker

Es ist immer die beste Politik, die Wahrheit zu sprechen, es sei denn, daß man ein ungewöhnlich guter Lügner ist. *Jerome*

Es kann sein, daß nicht alles wahr ist, was ein Mensch dafür hält, (denn er kann irren); aber in allem, was er sagt, muß er wahrhaft sein (er soll nicht täuschen).
Kant

Wahrheit ist eine widerliche Arznei; man bleibt lieber krank, ehe man sich entschließt, sie einzunehmen.
Kotzebue

Wahrheit tut nicht so viel Gutes in der Welt wie ihr Schein Unheil anrichtet.

La Rouchefoucauld

O welch ein Unterschied: die Wahrheit aussprechen, und die Wahrheit empfinden.

Lavater

Wer die Warheit geigt, dem schlägt man die Fiedel umb den Kopff. *Lehmann*

Zur Begräbnuss der Warheit gehören gar viel Schauffeln.

Lehmann

Die Menschen sind verschieden, doch die Wahrheit ist Eine, und alle, die sie suchen, auf welchem Gebiet es sei, helfen einander.

Leibniz

Die Menschen hassen nie so sehr den, der Böses tut, noch das Böse selbst, wie den, der es beim Namen nennt.

Leopardi

Er, der die Wahrheit sucht, darf nicht die Stimmen zählen.

Lessing

Nichts ist groß, was nicht wahr ist.

Lessing

Ich weiß nicht, ob es Pflicht ist, Glück und Leben der Wahrheit zu opfern. Aber das weiß ich, ist Pflicht, wenn man Wahrheit lehren will, sie ganz oder gar nicht zu lehren.

Lessing

Es ist mir unmöglich, zu glauben, daß die Wahrheit gemein sein könne; ebenso unmöglich, als zu glauben, daß in der ganzen Welt auf einmal Tag sein könne.

Lessing

Für die Wahrheit! Wie vielfach ist sie? Jeder glaubt, sie zu haben, und jeder hat sie anders.

Lessing

Man muß in der Welt und im Reiche der Wahrheit frei untersuchen, es koste, was es wolle, und sich nicht darum bekümmern, ob der Satz in eine Familie gehört, worunter einige Glieder gefährlich werden können.

Lichtenberg

Vom Wahrsagen läßt sich wohl leben in der Welt, aber nicht vom Wahrheit sagen.

Lichtenberg

Die Wahrheit ist ein Öl (die Lügen Wasser), schwimmt / Doch endlich oben auf, wie viel man Wasser nimmt.

Logau

Oft können wir Menschen etwas nicht sagen, was sie wissen sollten, weil sie etwas anderes wissen wollen.

Macdonald

Eine Wahrheit kann erst wirken, wenn der Empfänger für sie reif ist. Nicht an der Wahrheit liegt es daher, wenn die Menschen noch so voller Unweisheit sind.

Morgenstern

Wahrheit allein verwundet.
Napoleon I.

In den Bergen der Wahrheit kletterst du nie vergebens.
Nietzsche

Die beste Antwort auf einen falschen Gedanken ist die Wahrheit.
Nixon

Wir erkennen die Wahrheit nicht nur mit dem Verstand, sondern auch mit dem Herzen.
Pascal

Die Wahrheit leidet oft mehr unter der Hitze ihrer Verteidiger als unter den Behauptungen ihrer Gegner. *Penn*

Wahr sei der Mensch, er krieche nicht, / Sonst braucht es kein Gebet! *Platen Hallermund*

Wahrheit ist eine gerechte und dauerhafte Sache. Sie ist der angenehmste aller Töne.
Platon

Während wir alles untersuchen, entdecken wir gelegentlich eine Wahrheit, wo wir wie am wenigsten vermuten.
Quintilian

Die Wahrheit ist nie trostlos.
Ranke

Wahrheit ist ein Kleinod, das nicht übermalt werden darf. Sie kann aber vorteilhaft eingefaßt und in gutes Licht gesetzt werden.
Santayana

Der Verstand feiert jedesmal einen kleinen Triumph, wenn er eine Wahrheit ausdrücken kann.
Santayana

Was einer im Reiche der Wahrheit erwirbt, hat er allen erworben.
Schiller

Weh' dem, der zu der Wahrheit geht durch Schuld! / Sie wird ihm nimmermehr erfreulich sein.
Schiller

Wir gelangen nur selten anders als durch Extreme zur Wahrheit.
Schiller

Freunde, bedenket euch wohl, die tiefere, kühnere Wahrheit / Laut zu sagen; sogleich stellt man sie euch auf den Kopf!
Schiller

Die Wahrheit ist keine Dirne, die sich denen an den Hals wirft, welche ihrer nicht begehren; vielmehr ist sie eine so spröde Schöne, daß selbst, wer ihr alles opfert, noch nicht ihrer Gunst gewiß sein darf.
Schopenhauer

Wahrheit ist ein Hund, der ins Loch muß und hinausgepeitscht wird, während Donna Schoßhündin am Feuer stehen und stinken darf.
Shakespeare

Meine Art des Scherzens ist, die Wahrheit zu sprechen. Das ist der komischste Witz in der Welt.
Shaw

Irrtum ist die Macht, die die Menschen zusammenschweißt. Wahrheit wird ihnen nur übermittelt, wenn sie in die Tat umgesetzt wird.

Tolstoi

Im Zweifelsfalle sprich die Wahrheit.

Twain

Wahrheit ist unser kostbarster Besitz. Laßt uns sparsam mit ihm umgehen.

Twain

Es gibt Wahrheiten, die nicht für alle Menschen und alle Zeiten bestimmt sind.

Voltaire

Liebe die Wahrheit, doch verzeihe den Irrtum.

Voltaire

Wahrheit ist eine Frucht, die nur recht reif gepflückt werden soll.

Voltaire

Nichts ist so mächtig wie die Wahrheit, und nur selten ist etwas so eigenartig.

Webster

Die Wahrheit ist weder hier noch da – ist, wie die Göttin und das Licht, worin sie wohnt, allenthalben.

Wieland

WEISHEIT

Pred'ge Weisheit lang und breit, / Wer geht in ihren Pfaden? / Auf Erden wird kein Mensch gescheit, / Außer durch eignen Schaden.

Blüthgen

Um die Menschen klug zu machen, muß man klug sein; sie dumm zu machen, muß man dumm scheinen.

Börne

Dumme Gedanken hat jeder – nur der Weise verschweigt sie.

Busch

Ich liebe die Weisheit mehr als sie mich liebt.

Byron

Rückzug ist nicht Flucht; abwarten, wenn Gefahr die Hoffnung übertrifft, ist nicht Weisheit. Es ist Aufgabe des Weisen, sich für den Morgen zu erhalten und nicht alles an einem Tage zu wagen.

Cervantes

Sei klüger als andere, wenn du kannst, aber sag's ihnen nicht.

Chesterfield

Wenn man nachgeben muß, ist es eine Zeitvergeudung, es nicht mit soviel Anmut wie möglich zu tun.

Churchill

Weisheit ist die Kenntnis menschlicher und göttlicher Dinge und der Ursachen, durch die sie im Zaume gehalten werden.

Cicero

Wie der Mond zeigt der Weise der Welt nur seine leuchtende Seite.
Collins

Klugheit erwirbt auch das Tier. Weisheit ist die Klugheit der Hochgesinnten. *Ebers*

Weise ist der Mensch, der nicht den Dingen nachtrauert, die er nicht besitzt, sondern sich der Dinge erfreut, die er hat.
Epiktet

Für zu viel Weisheit zahlt der Mensch mit zu viel Schmerz.
Euripides

Weise will jeder sein, / Niemand will es werden. *Feuchtersleben*

Langsam aber sicher verwirklicht die Menscheit die Träume der Weisen. *France*

Die Gelehrtesten unter uns unterscheiden sich von den Unwissenden nur durch ihre Fähigkeit, daß sie sich über mannigfaltige und komplizierte Irrtümer amüsieren.
France

Nach Leiden und Verlusten werden die Menschen bescheidener und weiser. *Franklin*

Elend macht einen Menschen weise, wenn auch nicht reich.
Fuller

Das Jahrhundert ist vorgerückt; jeder einzelne aber fängt doch von vorne an.
Goethe

Derjenige, der sich mit Einsicht für beschränkt erklärt, ist der Vollkommenheit am nächsten.
Goethe

Jene nenn' ich die Klügsten, die leicht sich vom Tage belehren / Lassen; es bringt wohl der Tag Rätsel und Lösung zugleich.
Goethe

Wenn du weise bist, lebe wie du kannst, wenn du nicht so leben kannst, wie du willst. *Gracián*

Ein kluger Mensch kann einen Teil seiner Weisheit am nützlichsten dafür einsetzen, daß er mehr oder weniger errät, was andere über ihn denken. Es ist gefährlich, etwas teilweise zu erraten, und bedrückend, richtig zu raten.
Halifax

Jugend und Schönheit besitzen selten Weisheit. *Homer*

Man muß eine Fliege opfern, um eine Forelle zu fangen.
George Herbert

Wage es, weise zu sein; beginne! Wer die Stunde, richtig zu leben, aufschiebt, gleicht dem Bauern, der darauf wartet, daß der Fluß austrocknet, bevor er ihn überquert. Doch er fließt weiter und wird es ewig tun. *Horaz*

Jedermann ist zumindest fünf Minuten am Tag ein verdammter Narr; Weisheit besteht darin, die Grenze nicht zu überschreiten.
Elbert G. Hubbard

Logische Folgerungen sind die Vogelscheuchen der Dummen und die Leitsterne der Weisen.
Julian Huxley

Die Kunst der Weisheit besteht darin, zu wissen, was man übersehen muß. *William James*

Weisheit bedeutet der Seele, was Gesundheit dem Körper bedeutet.
La Rochefoucauld

Ein Weiser hält es für besser, sich nicht in einen Kampf einzulassen als ihn zu gewinnen.
La Rochefoucauld

Weisheit ist nichts anders als die Wissenschaft der Glückseligkeit, so uns nämlich zur Glückseligkeit zu gelangen lehrte. *Leibniz*

Ein einziges Tischgespräch mit einem Weisen ist besser als zehnjähriges Bücherstudium.
Longfellow

Der Weise ist auf alle Ereignisse vorbereitet. *Molière*

Ein kluger Mensch sieht so viel, wie er sehen muß, nicht so viel wie er kann. *Montaigne*

Das deutlichste Anzeichen von Weisheit ist anhaltende gute Laune. *Montaigne*

Die höchste Weisheit ist, nicht weise stets zu sein. *Opitz*

Die Athener haben nichts dagegen, wenn ein Mensch klug ist, so lange er seine Klugheit nicht anderen übermittelt. *Platon*

Nicht durch Alter, sondern durch Fähigkeit erreicht man Weisheit.
Plautus

Manchmal ist es angebracht, selbst das zu vergessen, was man weiß. *Publius Syrus*

Zu der echten Weisheit Ruhme / Schwingt sich leichtes Flattern nie / Und zu ihrem Heiligtume / Steigt kein Fuß mit wenig Müh´. *Schlegel*

Der Weise ist sein eigener bester Gehilfe. *Scott*

Niemand war je durch Zufall weise. *Seneca*

Der Weise fragt nicht, ob man ihn auch ehrt; / Nur er allein bestimmt sich seinen Wert. *Seume*

Weisheit ist immer ein Segen, Bildung manchmal ein Fluch.
Shedd

Die Schwelle zum Tempel der Weisheit ist die Erkennung unserer eigenen Unwissenheit.
Spurgeon

Man muß es wagen, weise zu sein.
Theognis

Wer nur weise ist, führt ein trauriges Leben. *Voltaire*

Die Wohlerzogenen widersprechen anderen. Die Weisen widersprechen sich selbst. *Wilde*

WERT

Mit dem Werte der Menschen ist es wie mit dem der Diamanten, die bei einer gewissen Größe, Reinheit und Vollkommenheit ihren festen und bestimmten Preis haben, darüber hinaus aber unschätzbar sind und keine Käufer finden.

Chamfort

Man ergötzt sich über das, was man hat, durch den Wert, den man ihm gibt, und tröstet sich über das, was man nicht hat, durch den eingebildeten Unwert.

Engel

Die Dinge haben nur den Wert, den man ihnen verleiht.

Molière

Nicht, was er tut, nur wie er's tut, bestimmt / Des Menschen Wert.

Raupach

Geistige Werte müssen uns ansprechen wie Könige, sie dürfen nicht aufgedrängt werden wollen.

Schopenhauer

Glaube mir, der ist ein Neuling in der Welt, / Der viel auf Menschenwert und Menschentugend hält; / Aus Hunderten von dem Gezüchte / Sind neunundneunzig Bösewichte.

Weber

WILLE

Wer recht wirken will, muß nie schelten, sich um das Verkehrte nicht bekümmern, sondern nur immer das Gute tun.

Eckermann

Der alleredelste Zustand ist: Nichts wollen können.

Feuchtersleben

Ja, mit dem besten Willen leisten wir / So wenig, weil uns tausend Willen kreuzen.

Goethe

Es gibt in der moralischen Welt nichts, was nicht gelänge, wenn man den rechten Willen dazu mitbringt.

Wilhelm von Humboldt

Es ist überall nicht in der Welt zu denken möglich, was ohne Einschränkung für gut könnte gehalten werden als allein der gute Wille.

Kant

Man kann die Befehlshaber von drei Armeen gefangennehmen, aber man kann den Willen eines Menschen nicht brechen.

Konfuzius

Derjenige ist stark verrückt, der jedermann und seinen Vater zufriedenstellen will.

La Fontaine

Denn der Wille und nicht die Gabe macht den Geber.

Lessing

Wer das Gefühl hat, keinen freien Willen zu haben, ist verrückt: wer es ableugnet, ist töricht.

Nietzsche

Den Menschen macht sein Wille groß und klein.

Schiller

Alle andern Dinge müssen; der Mensch ist das Wesen, welches will.

Schiller

Der gute Wille ist die Hauptsache.

Shakespeare

Unsere Körper sind unsere Gärten, in denen unser Wille der Gärtner ist.

Shakespeare

Niemand will bösartig sein.

Sokrates

Da man nicht tun kann, was man will, muß man das wollen, was man tun kann.

Terenz

Wollt! Menschenwille ist des Menschen Schicksal!

Wildenbruch

WISSEN

Ein Mensch ohne Wissenschaft ist wie ein Soldat ohne Degen, wie ein Acker ohne Regen; er ist wie ein Wagen ohne Räder, wie ein Schreiber ohne Feder; Gott selbst mag die Eselsköpf nicht leiden.

Abraham a Santa Clara

Was bedeutet unser ganzes Wissen? Wir wissen nicht einmal, wie das Wetter morgen sein wird.

Auerbach

Man weiß nicht, was genug ist, bevor man weiß, was mehr als genug ist.

William Blake

Ohne Wissenschaft bleibt der Aussätzige ungereinigt und der Sklave unbefreit.

Buckle

Die Wissenschaft ist ein Ozean. Er steht dem Nachen so gut offen wie der Fregatte. Der eine fährt mit einer Ladung wertvoller Güter über ihm dahin, der andere gondelt und angelt nach Heringen.

Bulwer-Lytton

Es gibt vier Arten von Menschen: der, der nichts weiß und nicht weiß, daß er nichts weiß: er ist ein Narr – vermeide ihn. Der, der nichts weiß und weiß, daß er nichts weiß: er ist simpel – belehre ihn. Der, der weiß und nicht weiß, daß er es weiß: er schläft – wecke ihn. Der, der weiß und weiß, daß er es weiß: er ist weise – folge ihm. *Burton*

Der weiseste Ausspruch von allen: die einzig wahre Weisheit liegt darin, nicht zu glauben, daß man weiß, was man nicht weiß.

Cicero

Vorstellungskraft ist wichtiger als Wissen.

Einstein

Gib Licht, und die Dunkelheit wird von allein verschwinden.
Erasmus

Investierung in Wissen zahlt die besten Zinsen. *Franklin*

Im allgemeinen wissen wir nur zu gut, was wir tun sollten, aber wir wissen nichts, was wir tun würden. Es ist ein Zeichen der Anmaßung, wenn wir glauben, heiße Kohle anfassen zu können, ohne uns zu verbrennen.
Franz von Sales

Alles ist schwer, bevor es leicht ist.
Fuller

Wissen ist ein Schatz, aber Ausübung der Schlüssel dazu.
Fuller

Was ich recht weiß, weiß ich nur mir selbst; ein ausgesprochenes Wort fördert selten, es erregt meistens Widerspruch, Stocken und Stillstehen.
Goethe

Wir würden gar vieles besser kennen, wenn wir es nicht zu genau erkennen wollten. Wird uns doch ein Gegenstand unter einem Winkel von fünfundvierzig Graden erst faßlich.
Goethe

In der Wissenschaft ist die absoluteste Freiheit nötig.
Goethe

Was man nicht weiß, das eben brauchte man; / Und was man weiß, kann man nicht brauchen.
Goethe

Was ich nicht weiß, / Macht mich nicht heiß. / Und was ich weiß, / Machte mich heiß, / Wenn ich nicht wüßte, / Wies werden müßte.
Goethe

Nichts im Leben, außer Gesundheit und Tugend, ist schätzenswerter als Erkenntnis und Wissen.
Goethe

Die Wissenschaft hilft uns vor allem, daß sie das Staunen, wozu wir von Natur berufen sind, einigermaßen erleichtere; sodann aber, daß sie dem immer gesteigerten Leben neue Fähigkeiten erwecke zur Abwendung des Schädlichen und Einleitung des Nutzbaren.
Goethe

Die Wissenschaft wird dadurch sehr zurückgehalten, daß man sich abgibt mit dem, was nicht wissenswert, und mit dem, was nicht wißbar ist.
Goethe

Eigentlich weiß man nur, wenn man wenig weiß; mit dem Wissen wächst der Zweifel.
Goethe

Wüßten wir, woran sich Menschsen am ehesten erinnern, wüßten wir vielleicht, was sie am ehesten tun werden.
Halifax

Wenn ein wenig Wissen gefährlich ist, wo ist der Mensch, der so viel hat, daß er außer Gefahr ist?
Thomas Henry Huxley

Die Klugen kennen ihre Schwächen zu gut, um Unfehlbarkeit anzunehmen. Wer am meisten weiß, weiß am besten, wie wenig er weiß. *Jefferson*

Pflege unseres Hirns ist von größerer Bedeutung als sein Fortschritt. *Joubert*

Um überhaupt etwas zu erreichen, bedarf ein Mensch einer bestimmten Menge intelligenter Unwissenheit.
Kettering

Wenn du etwas weißt, behaupte, daß du es weißt. Und wenn du etwas nicht weißt, gib zu, daß du es nicht weißt: das ist Wissen.
Konfuzius

Der sicherste Weg, die Grenzen deines Wissens zu vertuschen, ist, sie nicht zu übertreten.
Leopardi

Wer viel weiß, hat viel zu sorgen.
Lessing

Ich weiß nicht, wer mein Großvater war. Mich interessiert es weit mehr, zu wissen, was sein Enkel sein wird.
Lincoln

Wissen macht schrittweise, nicht sprunghaft Fortschritt.
Macaulay

Vollständiges Wissen muß auch Verständnis für die Tiefe unseres Unwissens einschließen. Diese Einstellung fördert Bescheidenheit und Ehrfurcht.
Millikan

Es ist weitaus besser, etwas über alles zu wissen, als alles über eine Sache zu wissen. Universalität ist am besten. *Pascal*

Dein Wissen hat keine Bedeutung, wenn niemand anders weiß, daß du weißt. *Persius*

Wer eine Fackel besitzt, gibt sie an andere weiter.
Platon

Die besten Dinge sind die schwersten. *Plutarch*

Das Einzige, was wir nie wissen, ist, wie man das unbeachtet läßt, was man nicht wissen kann.
Rousseau

Wissen, das den Geist beschwert, ist nichts nutz.
Rückert

Das Reich der Wissenschaft ist keine Demokratie, noch weniger Ochlokratie, sondern Aristokratie im edelsten Sinne. Die Besten sollen herrschen!
Schelling

Einem ist sie (die Wissenschaft) die hohe, die himmlische Göttin, dem andern / Eine tüchtige Kuh, die ihn mit Butter versorgt.
Schiller

Die Natur hat uns den Samen des Wissens geschenkt, aber nicht das Wissen selbst.

Seneca

Wir wissen, was wir sind, aber wir wissen nicht, was wir sein könnten. *Shakespeare*

Alles, was ich weiß, ist, daß ich nichts weiß.

Sokrates

Es gibt nur zwei Arten von Menschen, die wirklich fesseln – Leute, die alles wissen, und Leute, die überhaupt nichts wissen.

Wilde

WOHLTAT

Wohltat am falschen Orte ist gleich einer Übeltat.

Cicero

Lang erwartete Geschenke sind Zahlungen, keine Gaben.

Franklin

Wenn du von deinem Besitz spendest, gibst du nur wenig. Erst wenn du einen Teil deiner selbst gibst, schenkst du wahrlich.

Gibran

Leute, die eine große Wohltat gleich, ohne Bedenken annehmen können, sind der Wohltat selten würdig. Die sie am meisten verdienen, haben auch immer das meiste Mißtrauen gegen sich selbst.

Lessing

Es ist ein guter Grundsatz, von niemand mehr zu erbitten als er, ohne sich Unbequemlichkeiten zu machen, geben kann.

Maugham

Die Kunst des Geschenkegebens besteht darin, den Menschen etwas zu geben, das sie sich nicht selbst kaufen können; etwas, das sie ohne deine Mithilfe niemals besitzen könnten.

Milne

Es reicht nicht aus, Gutes zu tun. Man muß es auf die richtige Weise tun.

John Morley

Die Annahme einer Wohltat bedeutet den Verkauf der Freiheit.

Plautus

Eine Wohltat wird mit Absicht und Urteilskraft durchgeführt. Es ist eine freiwillige nützliche Handlung, die dem Spender durch den dem Empfänger gewährten Trost Freude bereitet.

Seneca

WUNSCH

Kein Mensch ist reich, der mehr wünscht als er hat.

Billings

Ach, Freundchen, rede nicht so wild, / Bezähme deine Zunge! / Ein jeder Wunsch, wenn er erfüllt, / Kriegt augenblicklich Junge.

Busch

Der Himmel begünstigt gute Wünsche. *Cervantes*

Unerreichbare Wünsche werden als »fromme« bezeichnet. Man scheint anzunehmen, daß nur die profanen in Erfüllung gehen.
Ebner-Eschenbach

Verlange nicht, daß die Dinge gehen, wie du es wünschest, sondern wünsche sie so, wie sie gehen, und du wirst dich wohl befinden. *Epiktet*

Der Durchschnittsmensch, der nicht weiß, was er mit diesem Leben anfangen soll, wünscht sich ein anderes, das ewig dauern soll.
France

Wenn einem Menschen die Hälfte seiner Wünsche in Erfüllung gingen, hätte er zweimal so viel Sorgen.
Franklin

Es ist leichter, das erste Verlangen zu unterdrücken, als alle folgenden zu befriedigen.
Franklin

Wünsche nicht, etwas anderes zu sein als du bist, und versuche das vollkommen zu sein.
Franz von Sales

Vieles wünscht sich der Mensch, und doch bedarf er nur wenig, / Denn die Tage sind kurz und beschränkt der Sterblichen Schicksal.
Goethe

Dir scheint es möglich, weil der Wunsch dich trügt. *Goethe*

Wir sind nie entfernter von unseren Wünschen, als wenn wir uns einbilden, das Gewünschte zu besitzen. *Goethe*

Wie selten ist der Mensch mit dem Zustande zufrieden, in dem er sich befindet! Er wünscht sich immer den seines Nächsten, aus welchem sich dieser gleichfalls heraussehnt. *Goethe*

Der wahre Zweck der Sprache besteht nicht darin, unsere Wünsche auszudrücken, sondern sie zu verbergen.
Gildsmith

Was ich dir wünsche, mein Freund? Ich wünsche allen dasselbe: / Finde jeglicher den, der ihm im Innersten gleicht! / Bist du ein Guter, so kann dich der Himmel nicht besser belohnen, / Bist du ein Schlimmer, so straft ärger die Hölle dich nicht.
Hebbel

Wünsche dir nicht zu scharf das Auge, denn wenn du die Toten / In der Erde erst siehst, siehst du die Blumen nicht mehr!
Hebbel

Nackend suche ich das Lager derjenigen auf, die wunschlos sind. *Horaz*

Was man oft sehnlich gewünscht, trägt man mit Mühe zuletzt.
Knebel

Es ist gut, daß wir nicht all unsre Wünsche kennen.

La Rochefoucauld

Der Wunsch, klug zu erscheinen, hindert einen oft daran, es zu sein.

La Rochefoucauld

Wie einer ist, so wünscht und hofft er. *Lavater*

Es ist eine menschliche Schwachheit, sich dasjenige leicht überreden zu lassen, was man heftig wünscht. *Lessing*

Der Blick des Forschers fand nicht selten mehr, als er zu finden wünschte.

Lessing

Wenn du in deinem Zitatenlexikon nachschlägst, wirst du wenig Gründe finden, warum ein vernünftiger Mensch den Wunsch hegen soll, reich zu werden.

Lynd

Wir sind, was wir müssen, und nicht, was wir wünschen.

Meredith

Es ist nicht gut, zu viel Freiheit zu besitzen. Es ist nicht gut, alles zu besitzen, was man wünscht.

Pascal

Was des Menschen Herzenswunsch ist, dazu läßt er sich gern befehligen. *Scheffel*

Das Meer hat Grenzen, doch tiefer Wunsch hat keine.

Shakespeare

Wer seine Wünsche zähmt, ist immer reich genug.

Voltaire

WÜRDE

Durch Schmerzen erreicht der Mensch größere Schmerzen, durch unwürdige Behandlung Würde.

Bacon

Zusammenfassung des Benehmens: die eigene Würde zu bewahren, ohne die Freiheit anderer zu stören.

Bacon

Die Würde eines Mannes kann von dem Haus, in dem er lebt, verstärkt, aber nicht gesichert werden. Der Besitzer muß dem Haus Ehre machen, nicht das Haus dem Besitzer.

Cicero

Es zeugt von guter Bildung und Besonnenheit, wenn Männer sich bei anscheinendem Glück in ihrem Wesen nicht ändern und im Unglück ihre volle Würde bewahren.

Plutarch

So wie die Anmut der Ausdruck einer schönen Seele ist, so ist Würde der Ausdruck einer erhabenen Gesinnung.

Schiller

ZEIT

Wem Zeit ist Ewigkeit, / Und Ewigkeit wie die Zeit / Der ist befreit / Von allem Streit.

Böhme

Es gibt kein Gegengift gegen das Opium der Zeit.

Browne

Die Zeit reift alles. Kein Mensch wird weise geboren.

Cervantes

Es ist eine unbezweifelte Wahrheit: je weniger man zu tun hat, desto weniger Zeit findet man, es zu tun. Man gähnt, zaudert, kann es tun, wann man will, und daher tut man es oft gar nicht.

Chesterfield

Die Zeit ist eine mächtige Meisterin; sie bringt vieles in Ordnung.

Corneille

Die Klügsten trauern am meisten über Zeitverlust.

Dante

Und dann ist die Zeit ein wunderlich Ding. Sie ist ein Tyrann, der seine Launen hat, und der zu dem, was einer sagt und tut, in jedem Jahrhundert ein ander Gesicht macht.

Eckermann

Die Menschen sind ihrer Zeit ähnlicher als ihren Vätern.

Fleischer

Verlorene Zeit kann man nie wiederfinden.

Franklin

Ist die Zeit das Kostbarste unter allem, so ist die Zeitverschwendung die allergrößte Verschwendung.

Franklin.

Jedwede Zeit hat ihre Wehen.

Freiligrath

Zeit ist Geld – das ist der vulgärste Ausspruch, den je ein Zeitalter oder ein Volk gekannt hat. Dreh ihn um, und du erhälst eine kostbare Wahrheit – Geld ist Zeit.

Gisling.

Könnte man Zeit wie bares Geld beiseite legen, ohne sie zu benutzen, so wäre dies eine Art von Entschuldigung für den Müßiggang der halben Welt – aber keine völlige.

Goethe

Alles hat seine Zeit! Ein Spruch, dessen Bedeutung man bei längerem Leben immer mehr anerkennen lernt; diesem nach gibt es eine Zeit zu schweigen, eine andere zu sprechen.

Goethe

Die gold´ne Zeit, womit der Dichter uns / Zu schmeicheln pflegt, die schöne Zeit, sie war, / So scheint es mir, so wenig, als sie ist; / Und war sie je, so war sie nur gewiß, / Wie sie uns immer wieder werden kann.

Goethe

Lästert nicht die Zeit, die reine! Schmäht ihr sie, so schmäht ihr euch! / Denn es ist die Zeit dem weißen, unbeschrieb'nen Blatte gleich: / Das Papier ist ohne Makel, doch die Schrift darauf seid ihr! Wenn die Schrift nicht just erbaulich, nun, was kann das Blatt dafür?

Grün

Jede Zeit glaubt, ihr Kampf sei vor allen der wichtigste.

Heine

Die Römer hätten nie Zeit gehabt, die Welt zu erobern, wenn sie erst hätten Latein lernen müssen.

Heinze

Keine Zeit ist mit der Zeit zufrieden; das heißt, die Jünglinge halten die künftige für idealer als die gegenwärtige, die Alten die vergangene.

Jean Paul

Jede große Zeit erfaßt den ganzen Menschen.

Mommsen

Wenn man viel hineinzustecken hat, so hat ein Tag hundert Taschen.

Nietzsche

Des Menschen Engel ist die Zeit.

Schiller

Gewöhnliche Menschen überlegen nur, wie sie ihre Zeit verbringen. Ein intelligenter Mensch versucht, sie auszunutzen.

Schopenhauer

Außer der Zeit gehört uns nichts.
Seneca

Zeit ist die einzige Anleihe, die selbst ein dankbarer Empfänger nicht zurückzahlen kann.
Seneca

Komme, was kommen mag! / Die Stunde rennt auch durch den rauh'sten Tag!
Shakespeare

Es gibt nichts Gutes in dieser Welt, das die Zeit nicht verbessert.
Alexander Smith

Lieber zu spät als nie, doch lieber nie zu spät.
Spurgeon

Keiner kann seine Zeit gut einteilen, der nicht vorsichtig in der Wahl seiner Gesellschaft ist.
Taylor

Wir haben nicht ausreichend Zeit, um nur vorsätzlich zu handeln.
Vauvenargues

Der am meisten beschäftigste Mensch hat die meiste Zeit.
Vinet

ZAGHAFTIGKEIT

Ein Mensch, der von der Notwendigkeit zu handeln überzeugt sein muß, bevor er es tut, ist kein Mensch der Tat. Es ist, als ob sich ein Tennisspieler, bevor er den Ball zurückschlägt, fragt: was ist der physische und moralische Wert des Tennisspieles? Man muß genau so handeln, wie man atmet.
Clemenceau

Was hilft es, viel von Stimmung reden? Dem Zaudernden erschien sie nie.
Goethe

Es ist nichts erbärmlicher in der Welt als ein unentschlossener Mensch, der zwischen zweien Empfindungen schwebt, gern beide vereinigen möchte und nicht begreift, daß nichts sie vereinigen kann als eben der Zweifel, die Unruhe, die ihn peinigen.
Goethe

Wer abwartet, viel Gutes auf einmal zu tun, wird nie etwas tun.
Johnson

Es gibt Leute, die zu keinem Entschluß kommen können, sie müssen sich denn erst über die Sache beschlafen haben. Das ist ganz gut; nur kann es Fälle geben, wo man riskiert, mitsamt der Bettlade gefangen zu werden.
Lichtenberg

Das Schlimmste an allen Dingen ist die Unentschlossenheit.
Napoleon I.

Der Zaghafte sieht Gefahren, die überhaupt nicht bestehen.
Publius Syrus

Dem Zaghaften und Zögernden ist alles unmöglich, weil es ihm so erscheint.
Scott

Wer gar zu viel bedenkt, wird wenig leisten.

Schiller

Unsere Zweifel sind Verräter. Sie führen zum Verlust des Guten, das wir oft gewinnen könnten, weil wir uns fürchten, den Versuch zu wagen.

Shakespeare

Wer nicht handelt, dem wird der Himmel nie helfen.

Sophokles

ZORN

Zorn macht langweilige Menschen geistreich, er läßt sie aber arm bleiben.

Bacon

Man soll, wenn einen der Zorn überfällt, höflich bleiben.

Bismarck

Zorn ist ein teurer Luxus, den sich nur Menschen mit einem bestimmten Einkommen leisten können.

Curtis

Vorsicht vor der Wut eines Geduldigen. *Dryden*

Wenn wir zürnen, hat unser Gegner seinen Zweck erreicht; wir sind in seiner Gewalt.

Feuchtersleben

Zorn ist nie ohne Grund, aber selten mit einem guten.

Halifax

Zähle dich nicht zu Menschen, so lange Zorn dich empört; / Nur in der Ruhe gedeiht Menschheit des Menschen, Verstand.

Herder

Das Paradies ist für die bereitet, die ihren Zorn zurückhalten und ihn meistern, und die denen, die sie beleidigt haben, verzeihen.

Herder

Heftige und böse Worte verraten eine schwache Sache.

Hugo

In der höheren Liebe ist der Zorn nur Trauer über den Gegenstand.

Jean Paul

Zorn mit Ohnmacht wird verspottet.

Lichtwer

Nicht durch Zorn, sondern durch Lachen tötet man.

Nietzsche

Wie schwach die Hand sein mag, Zorn verleiht ihr Kraft.

Ovid

Jeder Schlag, den unsere Wut austeilt, wird uns letzten Endes selbst treffen.

Penn

Zorn oder Haß in Worten oder Mienen blicken zu lassen, ist unnütz, ist gefährlich, ist unklug, ist lächerlich, ist gemein. Man darf also Zorn oder Haß nie anders zeigen als in Taten.

Schopenhauer

Das größte Gegenmittel gegen den Zorn ist der Aufschub.

Seneca

Der Zorn gehört wohl zu den größten Sünden; / Doch ist kein Mensch, der nie gezürnt, zu finden.

Shakespeare

Zorn ist ein Fehler des Temperaments, den oft die besten Menschen haben; aber fortgesetzter Zorn bis zur Rache und zum Verderben des Gegners durch Verleumdung , Aufstacheln und die niedrigsten Mittel ist eine der schändlichsten Erscheinungen in der Menschennatur. *Weber*

ZUFALL

Zufall ist der Spitzname für Vorsehung. *Chamfort*

Der Zufall ist die in Schleier gehüllte Notwendigkeit.

Ebner-Eschenbach

Wir entscheiden unsere Taten nicht völlig allein. Sie hängen weniger von uns ab als vom Zufall. Sie werden uns von allen Seiten geboten. Wir sind ihrer nicht immer würdig.

France

Je mehr man altert, desto mehr überzeugt man sich, daß Seine heilige Majestät der Zufall gut drei Viertel der Geschäfte dieses miserablen Universums besorgt.

Friedrich der Große

Es gibt einen Meister, der uns alle mühelos übertrifft, und dieser Meister ist der Zufall.

Gaboriau

Sehr leicht zerstreut der Zufall, was er sammelt. *Goethe*

Wer nichts dem Zufall überläßt, wird wenig schlecht verrichten, aber er wird auch wenig leisten.

Halifax

Der Zufall beherrscht die Menschen und nicht die Menschen den Zufall.

Herodot

Das Wort Zufall ist Gotteslästerung. / Nichts unter der Sonne ist Zufall.

Lessing

Überall herrscht der Zufall; laß deine Angel nur hängen; / Wo du's am wenigsten glaubst, sitzt in dem Strudel der Fisch.

Ovid

Den Zufall gibt die Vorsehung; – zum Zwecke / Muß ihn der Mensch gestalten.

Schiller

Gepriesen sei mir der Zufall; er hat größere Taten getan als die klügelnde Vernunft und wird besser bestehen an jenem Tag als der Witz aller Weisen.

Schiller

Der Mensch wird mit Neigung geboren, ein Höchstmaß eigenen Verschuldens an dem Unglück anderer zu entdecken, aber nur den blinden Zufall an seinem eigenen.

Schnitzler

Zufall ist ein Wort ohne Sinn. Nichts kann ohne Ursache bestehen. *Voltaire*

ZUKUNFT

Nur das Heute ist das Alte. / Jede Morgenröte weiht / Uns für eine neue Zeit, / Und wer sagt uns, wie sie walte?

Biernatzki

Man kann die Zukunft nie im Lichte der Vergangenheit planen.

Burke

Ich denke nie an die Zukunft. Sie kommt früh genug.

Einstein

Wenn du ein sorgenfreies Leben genießen möchtest, denke an das, was kommen wird, als ob es bereits geschehen ist.

Epiktet

Unsere eigenen Angelegenheiten behandeln wir nach dem Grundsatz: was geschehen wird, ist etwas Unerwartetes, und jede Sorge über die Zukunft ist eine Zeitvergeudung.

Feather

Wer von den ungewissen Ereignissen der Zukunft nichts erhofft und nichts befüchtet ist wahrhaft klug. *France*

Wenn doch der Mensch sich nicht vermessen wollte, irgend etwas für die Zukunft zu versprechen! Das Geringste vermag er nicht zu halten, geschweige wenn sein Vorsatz von Bedeutung ist.

Goethe

Jede Zeit ist ein Rätsel, das nicht sie selber, sondern erst die Zukunft löst.

Ihering

Blicke nicht klagend in die Vergangenheit. Sie kehrt nicht zurück. Weise verbessern die Gegenwart. Sie ist dein. Schreite vorwärts, um der nebligen Zukunft furchtlos und mit tapferem Herzen zu begegnen.

Longfellow

Die Zukunft beeinflußt die Gegenwart genauso wie die Vergangenheit.

Nietzsche

Die Zukunft allein ist unser Zweck, und so leben wir nie, wir hoffen nur zu leben.

Pascal

Mein Vaterland ist nicht gestern. Mein Vaterland ist Morgen.

Rolland

Was nun einmal geschehn, kann ungeschehn nie wieder werden; / Aber für das, was kommt, wache und sorge zuvor!

Theognis

AUTORENVERZEICHNIS

Abkürzungen

Ath.	=	Athener	La.	=	Lateiner
B.	=	Brite	Ly.	=	Lydier
Ca.	=	Canadier	No.	=	Norweger
Chi.	=	Chinese	Ö.	=	Österreicher
Dä.	=	Däne	Pe.	=	Perser
D.	=	Deutscher	Po.	=	Pole
Flo.	=	Florentiner	Rö.	=	Römer
F.	=	Franzose	Ru.	=	Russe
Gr.	=	Grieche	Schwe.	=	Schwede
Ho.	=	Holländer	Schwei.	=	Schweizer
In.	=	Inder	Sp.	=	Spanier
Ir.	=	Ire	Tsch.	=	Tscheche
It.	=	Italiener	U.	=	Ungar
Ja.	=	Japaner	USA	=	Vereinigte Staaten von Amerika

Abraham a Santa Clara, 1644–1709, D.
Abschatz, Hans Assmann Freiherr von, 1646–1699, D.
Ackerman, Carl William, 1890–1970, USA
Adams, Henry, 1838–1918, USA
Agassiz, Louis, 1807–1873, Schwei.
Alcott, Amos Bronson, 1799–1888, USA
Aldington, Richard, 1892–1962, B.
Alexander, William, 1580–1640, B.
Alfieri, Vittorio Graf, 1749–1803, It.
Altenberg, Peter, 1859–1919, Ö.
Ambrosius, um 340–397, La.
Amiel, Henri Frédéric, 1821–1881, Schwei.
Andersen, Hans Christian, 1805–1875, Dä.
Angelus Silesius, 1624–1677, D.
Ariosto, Ludovico, 1474–1533, It.
Aristophanes, um 445–385 v. Chr., Gr.
Aristoteles, 384–322 v. Chr., Gr.
Arndt, Ernst Moritz, 1769–1860, D.
Arnold, Matthew, 1822–1888, B.
d'Arras, Jean,um 1375, F.
Ascham, Roger, 1515–1568, B.
Äschylus, 525–456 v. Chr., Gr.
Auerbach, Berthold, 1812–1882, D.
Auffenberg, Joseph Freiherr von, 1798–1857, D.
Austen, Jane, 1775–1817, B.
d'Avenant, Sir William, 1606–1668, B.

Baader, Franz Xaver von, 1765–1841, D.
Bacon, Francis, 1561–1626, B.
Bagehot, Walter, 1826–1877, B.
Bailey, Philip James, 1816–1902, B.
Balzac, Honoré de, 1799–1850, F.
Bang, Hermann, 1857-1912, Dä.
Barrie, Sir James Matthew, 1860–1937, B.
Baruch, Bernard, 1870–1965, USA

Baudalaire, Charles,
1821–1867, F.
Baum, Vicki, 1888–1960, USA
Beauvais, Jean B. C. M.,
1731–1790, F.
Beecher, Henry Ward,
1813–1887, USA
Beerbohm, Sir Max,
1872–1956, B.
Beethoven, Ludwig van,
1770–1827, D.
Behrman, Samuel N.,
1893–1973, USA
Bell, Clive, 1881–1964, B.
Belloc, Hilaire, 1870–1953, F.
Bentzel-Sternau, Christian Ernst
Karl Graf von, 1767–1849, D.
Bertin, Rose, 1794–1813, F.
Bierbaum, Otto Julius,
1865–1910, D.
Bierce, Ambrose,1842–1916, USA
Biernatzki, Joh. Christoph,
1795–1840, D.
Billings, Josh, 1818–1885, USA
Bismarck, Otto Fürst von,
1815–1898, D.
Blackstone, Sir William,
1723–1780, B.
Blake, John Lauris,
1788–1857, USA
Blake, William, 1757–1827, B.
Blüthgen, Viktor, 1844–1920, D.
Boccacio, Giovanni,
1313–1375, It.
Böcklin, Arnold,
1827–1901, Schwei.
Bodenstedt, Friedrich von,
1819–1892, D.
Bohlen, Peter von, 1796–1840, D.
Böhme, Jakob, 1575–1624, D.
Boileau-Despréaux, Nicolas,
1636–1711, F.
Bolitho, William, 1890–1930, B.
Börne, Ludwig, 1786–1837, D.
Bouterwek, Friedrich,
1766–1828, D.
Brachvogel, Emil, 1824–1878, D.
Braithwaite, Richard,
1588–1673, B.
Brandeis, Louis, 1856–1941, USA
Braston, Oliver S.,
um 1495, B.
Briand, Aristide, 1862–1932, F.
Brillat-Savarin, Anthelme,
1755–1826, F.
Brockes, Berthold Heinrich,
1680–1747, D.
Brontë, Emily, 1818–1848, B.
Browne, Sir Thomas,
1605–1682, B.
Browning, Robert, 1812–1889, B.
Buckle, Henry Thomas,
1821–1862, B.
Bulwer-Lytton, Eduard George
Earl,1803–1873, B.
Burbank, Luther,
1849–1926, USA
Burckhardt, Jacob,
1818–1897, Schwei.
Bürger, Gottfried August,
1747–1794, D.
Burke, Edmund, 1729–1797, B.
Burton, Lady Isabel Arundel,
1831–1896, B.
Busch, Wilhelm, 1832–1908, D.
Butler, Nicholas Murray,
1862–1947, USA
Butler, Samuel, 1835–1902, B.
Byron, Lord George Gordon
Noël, 1788–1824, B.

Cabell, James Branch,
1879–1958, USA
Caesar, Gajus Julius,
100-44 v. Chr., Rö.
Calderón de la Barca, Pedro,
1600–1681, Sp.
Carlyle, Thomas, 1795–1881, B.
Carnegie, Andrew,
1835–1919, USA
Caruso, Enrico, 1873–1921, It.

Casanova, Giovanni Giacomo, Chevalier de Seingalt, 1725–1798, It.
Castelli, Ignaz Franz, 1781–1862, Ö.
Çato, Marcus Porcius, 234–149 v. Chr., Rö.
Cervantes Saavedra, Miguel de, 1547–1616, Sp.
Chamfort, Nicolas Sébastien Roch de, 1741–1794, F.
Chamisso, Adalbert von, 1781–1838, D.
Chateaubriand, François René Vicomte de, 1768–1848, F.
Châtelet, Gabrielle Emilie le Tonnelier de Breteuil, Marquise du, 1706–1749, F.
Chatfield-Taylor, Hobard C., 1865–1945, USA
Chénier, André-Marie, 1762–1794, F.
Chesterfield, Philip Dormer Stanhope, Earl of, 1694–1773, B.
Chesterton, Gilbert Keith, 1874–1936, B.
Churchill, Sir Winston Spencer, 1874–1965, B.
Cicero, Marcus Tullius, 106–43 v. Chr., La.
Claudian, um 375–404 n. Chr., La.
Claudius, Matthias, 1740–1815, D.
Clemenceau, Georges, 1841–1929, F.
Cocteau, Jean, 1889–1963, F.
Colby, Frank Moore, 1865–1925, USA
Coleridge, Mary Elizabeth, 1861–1907, B.
Coleridge, Samuel Taylor, 1772–1834, B.
Collins, John Churton, 1848–1908, B.
Colton, Charles Caleb, 1780–1832, B.
Comenius, Johann Amos, 1592–1670, Ö.
Congreve, William, 1670–1729, B.
Conrad, Joseph, 1857–1924, B.
Coolidge, Calvin, 1872–1933, USA
Corneille, Pierre, 1606–1684, F.
Cornificius, Quintus, um 50 v. Chr., La.
Coty, René, 1872–1962, F.
Coward, Noël, 1899–1973, B.
Curtis, Georges William, 1824–1892, USA
Curtius Rufus, Quintus, um 200 n. Chr., Rö.
Cushman, Charlotte, 1816–1876, USA

Dana, John Cotton, 1856–1929, USA
Dante Alighieri, 1265–1321, It.
Darling, Charles John, 1849–1936, B.
Daudet, Alphonse, 1840–1897, F.
David, Ben, um 1793, B.
Defoe, Daniel, 1660–1731, B.
Delacroix, Eugène, 1798–1863, F.
Delavigne, Jean François Casimir, 1793–1843, F.
Demokritos, um 460 v. Chr., Gr.
Demosthenes, 384–322 v. Chr., Gr.
Destouches, Philippe Néricault, 1680–1754, F.
Dhammapada, um 500 n. Chr., In.
Dickens, Charles, 1812–1870, B.
Diderot, Denis, 1713–1784, F.
Diesterweg, Friedrich Adolf Wilhelm, 1790–1866, D.
Diogenes von Sinope, um 412–323 v. Chr., Gr.

Disraeli, Benjamin,
1804–1881, B.
Donne, John, 1573–1631, B.
Dostojewski, Fedor M.,
1821–1881, Ru.
Douglas, Georges Norman,
1868–1952, B.
Drayton, Michael, 1563–1631, B.
Dryden, John,
1631–1700, B.
Dunne, Finlay Peter,
1867–1936, USA
Du Pont, Elluthère Irénée,
1771–1834, USA
Dürer, Albrecht, 1471–1528, D.

Ebers, Georg, 1837–1898, D.
Ebner-Eschenbach, Marie von,
1830–1916, D.
Eckermann, Johann Peter,
1792–1854, D.
Edison, Thomas Alva,
1847–1931, USA
Egidy, Moritz von, 1847–1898, D.
Eichendorff, Joseph
Freiherr von, 1788–1857, D.
Einstein, Albert,
1879–1955, Schwei.
Eliot, Charles William,
1834–1926, USA
Eliot, George, 1819–1880, B.
Ellis, Henry Havelock,
1859–1939, B.
Emerson, Ralph Waldo,
1803–1882, USA
Engel, Johann Jakob,
1741–1802, D.
Ennius, Quintus,
239–169 v. Chr., La.
Eötvös, Józef Baron von,
1813–1871, U.
Epiktet, um 50–138 n. Chr., Gr.
Epikur, 341–271 v. Chr., Gr.
Erasmus, um 1466–1536, Ho.
l'Estrange, Sir Roger,
1616–1704, B.
Euripides,
um 480–407 v. Chr., Gr.

Faulhaber, Kardinal Michael
von, 1869–1952, D.
Feather, William,
1889–1981, USA
Feuchtersleben, Ernst Freiherr
von, 1806–1849, Ö.
Feuerbach, Anselm,
1829–1880, D.
Feuerbach, Ludwig,
1804–1872, D.
Fichte, Johann Gottlieb,
1762–1814, D.
Firmenich-Richarz, Johann
Matthias, 1808–1889, D.
Fischart, Johann,
um 1546–1590, D.
Fischer, Kuno, 1824–1907, D.
Fisher, Dorothy Canfield,
1879–1958, USA
Fitzgerald, Francis Scott,
1896–1940, USA
Flammarion, Camille,
1842–1925, F.
Flaubert, Gustave, 1821–1880, F.
Fleischer, Heinrich Leberecht,
1801–1887, D.
Fletcher, John, 1579–1625, B.
Fontane, Theodor, 1819–1898, D.
Ford, Henry, 1863–1947, USA
Fosdick, Harry Emerson,
1878–191939, USA
France, Anatole, 1844–1924, F.
Franklin, Benjamin,
1706–1790, USA
Franz von Sales, 1567–1622, F.
Freiligrath, Ferdinand,
1810–1876, D.
Frenssen, Gustav, 1863–1945, D.
Freud, Sigmund, 1856–1939, Ö.
Freytag, Gustav, 1816–1895, D.
Friedell, Egon, 1878–1938, Ö.
Friedrich der Große,
1712–1786, D.

Fröbel, Friedrich, 1782–1852, D.
Frost, Robert, 1874–1963, USA
Froude, James Antony,
1818–1894, B.
Fuller, Thomas, 1654–1734, B.

Gaboriau, Emile, 1835–1873, F.
Galilei, Galileo, 1564–1642, It.
Gandhi, Mahatma,
1869–1948, In.
Gascoigne, Caroline Leigh,
1804–1880, B.
Gaudy, Franz Freiherr von,
1800–1840, D.
Gauguin, Paul, 1848–1903, F.
Gayton, Edmund, 1608–1666, B.
Geibel, Emanuel, 1815–1884, D.
Gellert, Christian Fürchtegott,
1715–1769, D.
Gentz, Friedrich von,
1764–1832, Ö.
Gervinus, Georg Gottfried,
1805–1871, D.
Gibbon, Edward, 1737–1794, B.
Gibbons, Kardinal James,
1834–1921, USA
Gibran, Kahlil,
1883–1931, USA
Gide, André, 1869–1951, F.
Gilbert, Sir William Schwenck,
1836–1911, B.
Gisling, George, 1857–1903, B.
Gladstone, William Ewart,
1809–1898, B.
Gleim, Johann Wilhelm Ludwig,
1719–1803, D.
Goethe, Johann Wolfgang von,
1749–1832, D.
Goldoni, Carlo, 1707–1793, It.
Goldsmith, Oliver, 1728–1774, B.
Goltz, Bogumil, 1801–1870, D.
Gottschall, Rudolf von,
1823–1909, D.
Grabbe, Christian Dietrich,
1801–1836, D.
Gracián y Morales, Baltasar,
1601–1658, Sp.
Grayson, David 1870–1946, USA
Greene, Graham, geb. 1904, B.
Grillparzer, Franz,
1791–1872, Ö.
Grosse, Julius, 1828–1862, D.
Grotius, Hugo, 1583–1645, Ho.
Grün, Anastasius, 1806–1876, Ö.
Gryphius, Christian,
1649–1706, D.
Güll, Friedrich, um 1880, D.
Gutzkow, Karl, 1811–1878, D.

Habicht, Ludwig, 1872–1949, D.
Hagedorn, Friedrich von,
1708–1754, D.
Hahn-Hahn, Ida Gräfin von,
1805–1880, D.
Hähnel, Ernst, 1811–1891, D.
Halifax, George Savile,
Marquess of, 1633–1695, B.
Hamilton, Alexander,
1757–1804, USA
Hardy, Thomas, 1840–1928, B.
Hare, Augustus William,
1792–1834, B.
Hare, Julius Charles,
1795–1855, B.
Harrington, James,
1611–1677, B.
Harris, Sidney J.,
1917–1986, USA
Harsdörfer, Georg Philipp,
1607–1658, D.
Harvey, Gabriel, 1545–1630, B.
Harvey, William, 1874–1936, B.
Haskins, Henry S.,
geb. 1875, USA
Haug, Friedrich, 1761–1829, D.
Hawthorne, Nathaniel,
1804–1864, USA
Haydon, Benjamin Robert,
1786–1849, B.
Hazlitt, William, 1778–1830, B.
Hebbel, Friedrich, 1813–1863, D.

Hegel, Georg Wilhelm Friedrich, 1770–1831, D.
Heine, Heinrich, 1797–1856, D.
Heinrich IV. von Navarra, 1553–1610, F.
Helps, Sir Arthur, 1813–1875, B.
Hemingway, Ernest, 1898–1961, USA
Henri, Robert, 1865–1929, USA
Heraklit, um 500 v. Chr., Gr.
Herbart, Johann Friedrich, 1776–1841, D.
Herbert, Sir Alan Patrick, 1890–1971, B.
Herbert, George, 1593–1633, B.
Herder, Johann Gottfried von, 1744–1803, D.
Herodot, um 490–420 v. Chr., Gr.
Herriot, Edouard, 1872–1957, F.
Hesse, Hermann, 1877–1962, D.
Heyse, Paul von, 1830–1914, D,
Hippel, Theodor Gottlieb von, 1741–1796, D.
Hippokrates, um 460–377 v. Chr., Gr.
Hoffmann von Fallersleben, August Heinrich, 1798–1874, D.
Hölderlin, Friedrich, 1770–1843, D.
Holland, Josiah Gilbert, 1818–1881, USA
Homer, um 800 v. Chr., Gr.
Hood, Thomas, 1799–1845, B.
Horaz, 65–8 v. Chr., La.
Howe, Edgar Watson, 1853–1937, USA
Hubbard, Elbert Green, 1856–1915, USA
Hubbard, Kin, 1868–1930, USA
Hufeland, Christoph Wilhelm, 1762–1836, D.
Hugo, Victor, 1802–1885, F.
Humboldt, Alexander von, 1769–1859, D.
Humboldt, Wilhelm von, 1767–1835, D.
Hume, David, 1711–1776, B.
Huneker, James Gibbons, 1860–1921, USA
Hunt, Leigh, 1784–1859, B.
Huxley, Aldous, 1894–1963, B.
Huxley, Julian, 1887–1975, B.
Huxley, Thomas Henry, 1825–1895, B.

Ibsen, Henrik, 1828–1906, No.
Immermann, Karl, 1796–1840, D.
Inge, Dean William Ralph, 1860–1954, B.
Ingersoll, Robert Green, 1833–1899, USA

Jakobi, Friedrich Heinrich, 1743–1819, D.
James, Henry, 1843–1916, USA
James, William, 1842–1910, USA
Jaspers, Karl, 1883–1969, D.
Jean Paul, 1763–1825, D.
Jefferson, Thomas, 1743–1826, USA
Jerome, Jerome Klapka, 1859–1927, B.
Jhering, Rudolf von, 1818–1892, D.
Johnson, Samuel, 1709–1784, B.
Jones, Sir William, 1746–1794, B.
Jonson, Ben, 1573–1637, B.
Joubert, Joseph, 1754–1824, F.
Juan Manuel von Kastilien, 1282–1349, Sp.
Junius, 1740–1818, B.
Juvenal, um 58–140 n. Chr., Rö.

Kafka, Franz, 1883–1924, Ö.
Kallimachos, um 305–240 v. Chr., Gr.
Kant, Immanuel, 1724–1804, D.

Karl I. von England,
1600-1649, B.
Karr, Alphonse, 1808–1890, F.
Keil, Georg, um 1830, D.
Keller, Gottfried,
1819–1890, Schwei.
Kenko, Yoshida, 1238–1350, Ja.
Kettering, Charles F.,
1876–1959, USA
Kierkegaard, Sören,
1813–1855, Dä.
Kingsley, Charles, 1819–1875, B.
Kinkel, Gottfried, 1815–1882, D.
Kipling, Rudyard, 1865–1936, B.
Klabund, 1890–1928, D.
Kleist, Ewald von, 1715–1759, D.
Klinger, Friedrich Maximillian
von, 1752–1831, D.
Klopstock, Friedrich Gottlieb,
1724–1803, D.
Knebel, Karl Ludwig von,
1744–1834, D.
Knigge, Adolf Freiherr von,
1752–1796, D.
Koestler, Arthur, 1905–1983, B.
Konfuzius,
um 551–479 v. Chr., Chi.
Körner, Theodor, 1791–1813, D.
Kosegarten, Ludwig Theobul,
1758–1818, D.
Kotzebue, August von,
1761–1819, D.
Krantor, um 50–120 n. Chr., Gr.
Kraus, Karl, 1874–1936, Ö.
Kretschmann, Karl Friedrich,
1738–1789, D.
Krösus, König von Lydien,
um 560 v. Chr., Ly.
Kuh, Ephraim Moses,
1731–1790, D.

La Bruyère, Jean de,
1645–1696, F.
La Fontaine, Jean de,
1621–1695, F.
Lagarde, Paul Anton de,
1827–1891, D.
Lamartine, Alphonse de,
1790–1869, F.
Lamb, Charles, 1775–1834, B.
Landor, Walter Savage,
1775–1864, B.
Lane, Franklin Knight,
1864–1921, Ca.
Laotse, um 600 v. Chr., Chin.
La Rochefoucauld, François,
Duc de, 1613–1680, F.
Lasalle, Ferdinand,
1825–1864, D.
Laube, Heinrich, 1806–1884, D.
Lavater, Johann Kaspar,
1741–1801, Schwei.
Law, Andrew Bonar,
1858–1923, B.
Lawes, Lewis E.,
1883–1947, USA.
Leacock, Stephen Butler,
1869–1944, Ca.
Legouvé, Jean-Baptiste,
1764–1812, F.
Lehmann, Christian Gottfried,
1765–1823, D.
Leibniz, Gottfried Wilhelm,
1646–1716, D.
Leixner, Otto von, um 1890, D.
Leonardo da Vinci,
1452–1519, It.
Leopardi, Giacomo Graf,
1798–1837, It.
Le Sage, Alain René,
1668–1747, F.
Lessing, Gotthold Ephraim,
1729–1781, D.
Leszczynski, Stanislaw
1677–1766, Po.
Lewis, Sinclair,
1885–1951, USA
Lichtenberg, Georg Christoph,
1742–1799, D.
Lichtwer, Magnus Gottfried,
1719–1783, D.

Lincoln, Abraham, 1809–1865, USA
Lindner, Gustav Adolf, 1828–1887, Ö.
Lingenthal, Karl Salomo Zachariä von, um 1830, D.
Lin Yutang, geb. 1895, Chin.
Lippmann, Walter, 1889–1974, USA
Liszt, Franz von, 1811–1886, U .
Livius, Titus, 59 v. Chr. – 17 n. Chr., Rö.
Lloyd George, David, 1863–1945, B.
Locke, John, 1632–1704, B.
Logau, Friedrich Freiherr von, 1604–1655, D.
Longfellow, Samuel, 1819–1892, USA
Loon, Hendrik Willem van, 1882–1944, USA
Lorimer, George Horace, 1867–1937, USA
Lowell, James Russell, 1819–1891, USA
Luce, Clare Boothe, 1903–1987, USA
Lynd, Robert, 1879–1949, B.
Lynes, Russell, geb. 1910, USA

Macaulay, Lord Thomas Babington, 1800–1859, B.
Macdonald, George, 1824–1905, B.
Machiavelli, Niccolò, 1469–1527, Flo.
Macy, John Albert, 1877–1932, USA
Madách, Imre, 1823–1864, U.
Madariaga y Rojo, Salvador de, 1886–1978, Sp.
Mahin, John Lee, um 1900, USA
Maistre, Joseph Marie, Comte de, 1753–1821, F.
Mann, Thomas, 1875–1955, D.
Mark, Aurel, 121–180 n. Chr., Rö.
Marquis, Donald Robert Perry, 1878–1937, USA
Martial, Marcus Valerius Martialis, um 38–100 n. Chr., Lat.
Martin, Everett Dean, 1880–1941, USA
Masefield, John, 1875–1967, USA
Masssieu, Jean-Baptiste, 1742–1818, F.
Maugham, William Sommerset, 1874–1965, B.
Maupassant, Guy de, 1850–1893, F.
Maurois, André, 1885–1967, F.
Melbourne, William Lamb Viscount, 1779–1848, B.
Menander, 342–291 v. Chr., Gr.
Mencken, Henry Louis, 1880–1956, USA
Menen, Aubrey, 1912–1989, B.
Meredith, George, 1828–1909, B.
Metastasio, Pietro Antonio, 1698–1782, It.
Michelangelo, Buonarroti, 1475–1564, It.
Michelet, Jules, 1798–1874, F.
Mill, John Stuart, 1806–1873, B.
Millikan, Robert Andrews, 1868–1953, USA
Milne, Alan Alexander, 1882–1956, B.
Milton, John, 1608–1674, B.
Mirabeau, Honoré Gabriel de Riqueti, Marquis de, 1749–1791, F.
Mohr, Johann Jakob, um 1885, D.
Molière, 1622–1673, F.
Moltke, Helmuth Graf von, 1800–1891, D.
Mommsen, Theodor, 1871–1903, D.
Montaigne, Michel Eyquem, Seigneur de, 1533–1592, F.
Montesquieu, Charles de Secondat, 1689–1755, F.

Moore, George, 1853–1933, B.
Moore, Thomas, 1779–1852, Ir.
Morgan, Lewis Henry, 1818–1881, USA
Morgenstern, Christian, 1871–1914, D.
Morley, Christopher Darlington, 1890–1957, USA
Morley, John, 1838–1923, B.
Müller, Johannes von, 1752–1809, Schwei.
Müller, Wilhelm, 1794–1827, D.

Napoleon I., 1769–1821, F.
Napoleon III., 1808–1873, F.
Nepos, Cornelius, um 100–32 v. Chr., Lat.
Newman, John Henry Kardinal, 1801–1890, B.
Nicholson, Sir Harold, 1886–1968, B.
Niebuhr, Reinhold, 1892–1971, USA
Nietzsche, Friedrich Wilhelm, 1844–1900, D.
Nixon, Richard M., geb. 1913, USA
Novalis, 1772–1801, D.

O'Malley, Austin, um 1920, USA
Opitz, Martin, 1597–1639, D.
Osler, Sir William, 1849–1919, Ca.
Ouida (Marie Louise de la Ramée), 1839–1908, B.
Overbury, Sir Thomas, 1581–1613, B.
Ovid, Publius Ovidius Naso, 43 v. Chr. bis 17 n. Chr., Rö.

Paine, Thomas, 1737–1809, USA
Palmer, Samuel, 1741–1813, B.
Pascal, Blaise, 1623–1662, F.
Pasteur, Louis, 1822–1895, F.
Péguy, Charles, 1783–1914, F.
Penn, William, 1644–1718, B.
Persius, Aules Persius Flaccus, 34–62 n. Chr., Lat.
Pestalozzi, Johann Heinrich, 1746–1827, Schwei.
Petit-Senn, Jean, 1800–1861, F.
Pfeffel, Gottlieb Konrad, 1736–1809, D.
Phädrus, um 20 n. Chr., Lat.
Phelps, Edward John, 1822–1900, USA
Philemon, um 361–263 v. Chr., Ath.
Phillips, Wendell, 1811–1884, USA
Picasso, Pablo, 1881–1973, Sp.
Pitkin, Walter Boughton, 1878–1953, USA
Platen Hallermund, August Graf von, 1796–1835, D.
Platon, 427–347 v. Chr., Gr.
Plautus, Titus Maccius, um 251–184 v. Chr., Rö.
Plinius der Ältere, Gaius Plinius Secundus, um 23–79 n. Chr., Lat.
Plinius der Jüngere, Gaius Plinius Caecilius Secundus, um 61–113 n. Chr., Lat.
Plutarch, um 50–125 n. Chr., Gr.
Pollock, Channing, 1880–1946, USA
Pope, Alexander, 1688–1744, B.
Powys, John Cowper, 1872–1963, B.
Procter, Bryan Walter, 1787–1874, B.
Proust, Marcel, 1871–1922, F.
Publius Syrus, um 50 v. Chr., Rö.
Pythagoras, um 582–500 v. Chr., Gr.

Quintilian, Marcus Fabius Quintilianus, um 30–96 n. Chr., Rö.

Raabe, Wilhelm, 1831–1910, D.
Rabelais, François,
1494–1553, F.
Racine, Jean-Baptiste,
1639–1699, F.
Raimund, Ferdinand,
1790–1836, Ö.
Ramakrishna, 1834–1886, In.
Ranke, Leopold von,
1795–1886, D.
Raupach, Ernst, 1784–1852, D.
Reed, Thomas Brackett,
1839–1902, USA
Regnard, Jean-François,
1655–1710, F.
Renan, Ernest, 1823–1892, F.
Richelieu, Armand-Jean
du Plessis, Duc de,
1585–1642, F.
Rilke, Rainer Maria,
1875–1926, D.
Robbins, Leonard,
1877–1947, USA
Robert, Ernst Friedrich Ludwig,
1778–1832, D.
Rodin, Auguste, 1840–1917, F.
Rogers, Will, 1879–1935, USA
Rolland, Romain, 1866–1944, F.
Roosevelt, Franklin Delano,
1882–1945, USA
Roosevelt, Theodore,
1858–1919, USA
Rossetti, Christina Georgina,
1830–1894, B.
Rousseau, Jean-Jacques,
1712–1778, F.
Roux, Joseph, 1834–1866, D.
Rückert, Friedrich,
1788–1866, D.
Ruskin, John, 1819–1900, B.
Russell, Bertrand, 1872–1970, B.

Saadi, Mossleh ed-Din,
1184–1292, Pe.
Sailer, Johann Michael,
1751–1832, D.
Sainte-Beuve, Charles-Augustin,
1804–1869, F.
Saintsbury, George Edward
Bateman, 1845–1933, B.
Saki, 1870–1916, B.
Sallet, Friedrich von,
1812–1843, D.
Sallust, Gaius Sallustius Crispus,
86–35 v. Chr., Rö.
Sanders, Daniel, 1819–1897, D.
Santayana, George Augustin
Nicolas de, 1863–1952, USA
Saphir, Moritz Gottlieb,
1795–1858, U.
Sappho, um 600 v. Chr., Gr.
Saurin, Bernard Joseph,
1706–1781, F.
Schefer, Leopold, 1784–1862, D.
Scheffel, Josef Victor von,
1826–1886, D.
Schelling, Friedrich Wilhelm
Joseph von, 1775–1854, D.
Schiller, Friedrich,
1759–1805, D.
Schlegel, August Wilhelm von,
1767–1845, D.
Schleiermacher, Friedrich Ernst
Daniel, 1768–1834, D.
Schnitzler, Arthur, 1862–1931, Ö.
Schönaich-Carolath, Emil Prinz
von, 1852–1908, D.
Schopenhauer, Arthur,
1788–1860, D.
Schubart, Christian Friedrich
Daniel, 1739–1791, D.
Schubert, Franz, 1797–1828, Ö.
Schumann, Robert,
1810–1856, D.
Schweitzer, Albert, 1875–1965, F.
Schwendi, Lazarus von,
1522–1584, D.
Scott, Sir Walter, 1771–1832, B.
Selden, John, 1584–1654, B.
Seneca, Lucius Annaeus,
um 4 v. Chr. bis 65 n. Chr., Rö.

Seume, Johann Gottfried, 1763–1810, D.
Sévigné, Marie de Rabutin-Chantal, Marquise de, 1626–1696, F.
Shakespeare, William, 1564–1616, B.
Shaw, George Bernard, 1856–1950, Ir.
Shedd, John A., 1859–1957, USA
Shenstone, William, 1714–1763, B.
Sheridan, Richard Brinsley, 1751–1816, Ir.
Sidney, Sir Philip, 1554–1586, B.
Silone, Ignazio, 1900–1978, It.
Simonson, Lee, 1888–1967, USA
Sirius, Peter, um 1800, D.
Smedley, Francis Edward, 1818–1864, B.
Smiles, Samuel, 1812–1904, B.
Smith, Alexander, 1830–1867, B.
Smith, Horace, 1779–1849, B.
Smith, Logan Pearsall, 1865–1946, USA
Smith, Sydney, 1771–1845, B.
Smollett, Tobias George, 1721–1771, B.
Sokrates, 470–399 v. Chr., Ath.
Solon, um 640–561 v. Chr., Gr.
Sophokles, um 496–406 v. Chr., Gr.
Southey, Robert, 1774–1843, B.
Spencer, Herbert, 1820–1903, B.
Spengler, Oswald, 1880–1936, D.
Spinoza, Baruch Benedictus de, 1632–1677, Ho.
Spurgeon, Charles Haddon, 1834–1892, B.
Staël-Holstein, Anne Louise Germaine, Baronne de, 1766–1817, F.
Stein, Gertrude, 1874–1946, USA
Stendhal, 1783–1842, F.
Stephens, James, 1882–1950, Ir.
Sterling, John, 1806–1844, B.
Stevenson, Robert Louis, 1850–1894, B.
Stifter, Adalbert, 1805–1868, Ö.
Stokowski, Leopold, 1882–1977, B.
Strauß, David Friedrich, 1808–1874, D.
Strindberg, August, 1849–1912, Schwe.
Swedenborg, Emanuel von, 1688–1772, Schwe.
Swift, Jonathan, 1667–1745, B.
Swope, Herbert Bayard, 1882–1958, USA

Tacitus, Cornelius, um 55–116 n. Chr., La.
Talleyrand, Charles Maurice de, 1754–1838, F.
Tauber, Joseph Samuel, 1822–1879, Ö.
Taylor, Jeremy, 1613–1667, B.
Terenz, Publius Terentius Afer, um 195–159 v. Chr., Rö.
Thackeray, William Makepeace, 1811–1863, B.
Thales von Milet, 624–546 v. Chr., Gr.
Theognis, um 500 v. Chr., Gr.
Thiersch, Heinrich Wilhelm Josias, 1817–1885, D.
Thomas von Kempen, 1380–1471, D.
Thompson, D´Arcy Wentworth, 1829–1902, B.
Thoreau, Henry David, 1817–1862, USA
Thurber, James, 1894–1961, USA
Tiberius, Claudius Nero, 42 v. Chr. bis 37 n. Chr., Rö.
Tiedge, Christoph August, 1752–1841, D.
Tillier, Claude, 1801–1844, F.
Tolstoi, Graf Leo Nikolajewitsch, 1828–1910, Ru.

Treitschke, Heinrich von,
1834–1896, D.
Trollope, Anthony, 1815–1882, B.
Truman, Harry S.,
1884–1972, USA
Tschechow, Anton,
1860–1904, Ru.
Tupper, Martin Farquhar,
1810–1889, B.
Turgenjew, Iwan,
1818–1883, Ru.
Turnbull, Margaret,
1890–1942, USA
Twain, Mark, 1835–1910, USA
Tydings, Milliard E.,
1890–1961, USA

Uhland, Ludwig, 1787–1862, D.

Van Doren, Carl, 1885–1950, D.
Varnhagen von Ense,
Karl August, 1785–1858, D.
Varnhagen von Ense,
Rahel, 1771–1833, D.
Vauvenargues, Luc de Clapiers,
Marquis de, 1715–1747, F.
Vergil, Polydore, 1470–1555, It.
Villiers, George, Duke of
Buckingham, 1628–1687, B.
Vinet, Alexandre,
1797–1847, Schwei.
Vizé, Jean Donnedy de,
1640–1710, F.
Voltaire, François-Marie Arouet
de, 1694–1778, F.
Vries, Peter de, geb. 1910, USA

Wagner, Richard, 1813–1883, D.
Waiblinger, Wilhelm Friedrich,
1804–1830, D.
Wallace, Lewis, 1827–1905, USA
Walpole, Horace, 1717–1797, B.
Walther von der Vogelweide,
um 1170–1230, D.
Ware, Eugene Fitch,
1841–1911, USA
Washington, George,
1732–1799, USA

Weber, Karl Julius,
1767–1832, D.
Webster, Daniel, 1782–1852, USA
Weinberger, Harry,
geb. 1888, USA
Wellington, Arthur Wellesley,
Duke of, 1769–1852, B.
Wells, Herbert George,
1866–1946, B.
Whistler, James Abbott McNeill,
1834–1903, USA
Whitehead, Alfred North,
1861–1947, USA
Whitman, Walt, 1819–1892, USA
Whittier, John Greenleaf,
1807–1892, USA
Wieland, Christoph Martin,
1733–1813, D.
Wiggan, Albert Edward,
1872–1955, USA
Wilde, Oscar, 1854–1900, Ir.
Wildenbruch, Ernst von,
1845–1909, D.
Williamson, Hugh Ross,
1901–1978, B.
Wilson, Thomas, 1525–1581, B.
Wilson, Thomas Woodrow,
1856–1924, USA
Winckelmann, Johann Joachim,
1717–1768, D.
Wolzogen, Adolf von,
um 1865, D.
Wordsworth, William,
1770–1850, B.

Young, Edward, 1683–1765, B.

Zeno, um 350–264 v. Chr., Gr.
Ziel, Ernst, um 1889, D.
Zschokke, Heinrich,
1771–1848, Schwei.

CONSENS-SPORT

LEBENDIGE LESEERLEBNISSE

Roland Eitel
Jürgen Klinsmann – Der Weg nach oben
ISBN 3-926729-05-8
DM 19.80 • ÖS 154.40 • Sfr 18.50

Holger Obermann
Und alle träumen von Pele
ISBN 3-926729-06-6
DM 19.80 • ÖS 154.40 • Sfr 18.50

Peter Scholl
Jakob, der Elefant, der seine Nase verloren hat
ISBN 3-926729-01-5
DM 24.80 • ÖS 193.40 • Sfr 23.00

CONSENS-KULTUR

DER MENSCH LEBT NICHT VOM BROT ALLEIN

In Vorbereitung:
Ernst Günter Tange
Wer liest, kann mitreden
ABC für Bücherfreunde und Zeitungsleser
ISBN 3-926729-19-8
DM 24.80 • ÖS 193.40 • Sfr 23.00

CONSENS-HUMOR

VORWIEGEND HEITER

Oskar Beck
Profi auf Stellensuche – Sport einmal anders
ISBN 3-926729-07-4

Karl Heinz Bodensiek
Vergnügliches Kursbuch für heitere Gesichts-Züge
ISBN 3-926729-10-4

Horst Busse
...Und so heiter und so heiter...
ISBN 3-926729-12-0

Wolf-Dieter Feller
Ringelnätze gibt's nicht viel
ISBN 3-926729-03-1

Egon Jameson u.a.
Wer gerne lacht, lebt länger!
ISBN 3-926729-08-2

Hannes Lockenvitz
Und niemand räumt die Hürden fort
ISBN 3-926729-11-2

Hannes Lockenvitz
Perlen vor die Säue
ISBN 3-926729-17-1

Eddy Schacht
Es sprießen fix die Limericks
ISBN 3-926729-15-5

Jeder illustrierte Band:
Ideal als Dankeschön oder Mitbringsel für alle Gelegenheiten!
DM 9.80 • Sfr 9.80 • ÖS 76.40